作者夫妇在西山塘老街上屋场门口庆金婚

作者全家在西山塘老街上屋场前的全家福

作者夫妇在西山塘老街上屋场门口接受女儿、女婿们祝福金婚，同时喜庆三代国庆结良缘

　　作者出生在韶峰（仙女峰）下右边的这个老屋场。该老屋场位于韶山市韶山乡石塘村陈家冲细坝咀

　　这就是作者的家，位于湘乡市栗山镇西山塘老街上

作者最近回到出生地韶峰（仙女峰）下的老屋场，位于韶山市韶山乡石塘村陈家冲细坝咀

作者夫妇在华南师范大学校园散步

作者家人在华南师范大学校园欣赏木棉花

作者祖孙三代常回到祖居屋前敬畏韶峰（仙女峰）这位大自然的母亲

作者夫妇在广州过生日

作者（左二）和姻嫂（右坐下者）带孙子
参观上海世博会时，孙子在地上拼图引起很
多摄影记者的兴趣

作者和妻子钟俊元在1962年
国庆节结婚留影

作者夫妇和外婆到县城送儿子上大学（1983年）

作者在银行系统工作时
30岁生日留影（1964年）

作者（中）开赴抗美援朝前线时在徐州和战友留影（1953年初）

作者（后排左一）五兄弟年轻时的合影（1961年）

# 此"屋"最相思

陈尧根 著

湖南师范大学出版社

图书在版编目（CIP）数据

此"屋"最相思／陈尧根著．—长沙：湖南师范大学出版社，2014.9
ISBN 978－7－5648－1733－6

Ⅰ.①此… Ⅱ.①陈… Ⅲ. ①中国文学—当代文学—作品综合集 Ⅳ.
①I217.2

中国版本图书馆 CIP 数据核字（2014）第 144421 号

.

此"屋"最相思

陈尧根 著

◇组稿编辑：李 阳
◇责任编辑：欧珊珊
◇责任校对：黄 莉
◇出版发行：湖南师范大学出版社
地址／长沙市岳麓山 邮编／410081
电话／0731.88853867 88872751 传真/0731.88872636
网址/http://press.hunnu.edu.cn
◇经销：新华书店
◇印刷：永清县晔盛亚胶印有限公司
◇开本：710 mm×1000 mm 1/16
◇印张：12.75 插页8
◇字数：268 千字
◇版次：2014 年 9 月第 1 版 2024 年 8 月第 2 次印刷
◇书号：ISBN 978－7－5648－1733－6
◇定价：52.00 元

# 序 言

尧根兄今年进入耄耋之年了，他依然孜孜不倦地看书学习，夜以继日地写作。他在已经出版了《阿爸情》、《韶山魂》等文学作品之后，去年传来几篇重点文章要我圈阅，今年又传来了《此"屋"最相思》书稿。初读《此"屋"最相思》一稿，真令人心地豁然开朗。本书再现了尧根兄对亲情、友情的进一步张扬，也是对人民创造安居乐业环境的热情赞颂，确实使人难以释卷。20 世纪 40 年代，一堂兄雕刻在赠给老父亲竹制笔筒上的那副"老来偏得奇花梦，兴至还贪随草书"的对联，是一个很好的注脚，它是在为实现中华民族伟大复兴的中国梦加油鼓劲。我为他老有所为的精神深深感动，为他又一本新书即将出版致以热烈的祝贺！

通读《此"屋"最相思》一书，尧根兄把我们引领到了热爱大自然、热爱祖国和热爱人民的情感激流中。他热情歌颂韶峰，不忘我们在那里的根。我们兄弟姊妹七人，我俩是五兄弟的末尾了，我们沾老兄们的光多读了几年书，谈吐也就比较相投。他于 20 世纪 50 年代响应抗美援朝的伟大号召辍学从戎，后来转业回到县银行工作，在 40 公里外的岳家建房定居。我 60 年代大学毕业后分配到北京工作，也就一直身居在外，可我们却永远思念着韶峰下的那个老家。我们韶峰人，从小就在酷似仙女的韶峰妈妈身上爬上爬下感受着温暖，叫我们怎能把她忘记呢？尧根兄在 2010 年出版的《韶山魂》一书里称我们老百姓是大山的小儿子，我们和韶峰永远心连心。他在《韶峰吟》一诗中表达的思想感情就是我们韶峰人的真情实感，我们世世代代永远忘不了那个自然界的母亲。

尧根兄把我们原籍韶峰下的老人的心愿都表达得淋漓尽致。他无论任何时候，都抒发了韶峰人的爱韶情怀，最为突出地集中表现在《韶峰吟》、《情系韶峰》、《九村并韶护韶峰》等作品之中。回首当年，他们夫妇为了不要韶峰下的农民哥哥给他们分房子，勤俭创业地在西山塘立下了自己的家，自愿放弃祖业的继承权。这也反映了他为感谢哥哥们对我们读书支持的一点心意。我们宁可不要分享祖代的遗产，也要保持我们大山人不卑不亢、不屈不挠的性格。

认真阅读《此"屋"最相思》一书，又勾起了我对韶峰老家的深沉回忆和无限思念。尧根兄比我长三岁，我俩几乎一起在韶峰下长大，十七八岁从那里走出，如今都是七八十岁的白头翁了，仍然忘不了我们韶峰下那个老家。每当儿女们问起我们小时候是怎么爬韶峰山的，我总是滔滔不绝地向他们讲述从小在大山上放牛、捡柴、采蕨根、摘仙桃、打毛栗、捡蘑菇等活动。讲起协助父兄搬运片石用于砌屋脚、修祖坟等农事来，却没有像尧根兄的《此"屋"最相思》一书记的那么详细、那么让人深思，没有他那么深情的回忆给人启迪，没有他那般联想使人振奋，没有他那含蓄的比喻动人心弦。《韶峰吟》等诗词主要反映的是地灵的韶峰山脉给一代伟人的少年成长和山下的老百姓的生活提供了良好的天然条件。人们和韶峰这个自然界的"母亲"感情颇深。这部作品同尧根兄所有已经问世的作品一样，是通过作者深入调查研究、洞察分析、深刻思考、拣择筛选而提炼出来的精品。它充满着作者对祖国的无限热爱，对父母养育之恩的无限怀念，对兄弟姊妹亲情的无限珍惜，对情同手足的战友和同事的无限思念，这都是有利于发扬爱国主义精神和社会和谐进步的。尽管韶峰山的各种故事有些雷同，但通过尧根兄的语言锤炼尚有新的教育意义，仍然令人阅读兴趣不减。

尧根兄涉足于文学评论的作品，强调文学不能脱离生活的真实，那是作为文艺工作者的起码守则。他的批评是出于对小说作者的善意帮

助，也有利于自己今后创作的提高。他学习格律诗词，曾从幼年读私塾开始，首先夯实了诗韵的基础。他后来偏重于新诗的发展，所刊出的古风和新诗，特别是嵌字的悼词，都是值得咀嚼和耐人寻味的。

随着全国人民读书兴趣的不断增强，尧根兄根据许多亲友和读者的建议，将以他儿子口气刻画自己的《老父亲》和曾经流传在民间的《代钟孟春上校作祭母文》、《"小广佬"感动众"湘亲"》、《难忘的阿妈妮》、《养犬换心情》等一些好诗文收于本书一并出版，是对父母关爱子女、儿女回报父母恩情和爷爷奶奶疼爱小孙子等亲情的发扬光大，从而激发人们的"悠悠大山情"，永远保持对巍巍韶峰的敬仰心怀。

是为序。

陈和庚

2014 年 6 月于北京

（陈和庚，1937 年生，武汉大学图书馆系毕业，曾任航天部三院情报研究所图书馆主任、研究员。）

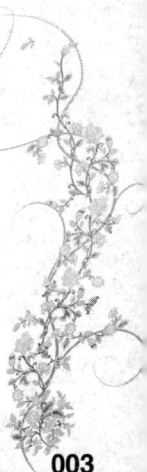

# 目 录

第一章
# 亲情纪实

## 1.1　此"屋"最相思

衣、食、住、行是人的基本生活条件，就"麻雀也得有一个竹筒眼"的意义上说，连一个乞丐晚上也要想办法找个屋檐作为栖息之所。因而房屋比其他更为重要，这是人们赖以生活的物质基础之一。

我和夫人 1962 年在岳家结婚，她在大队当会计，每年补助工分可得千把斤稻谷，超过农村一个主要劳动力的收入。那时我父母均已去世，若生小孩，只能依靠岳母、姨妹和舅弟夫妇等协助带养。所以，把她调往我原籍公社当信用会计的机会都已放弃了，一心想靠岳家帮助把小孩带养好。在不想要老家的三个哥哥给我分房子的思想支配下，我俩 1963 年另建家庭时，借住了岳母家的两间半瓦房，自盖了一间茅屋作杂屋。当时，尽管舅弟房屋宽敞，他们兄弟把我当做同胞看待，岳母曾经明言"你像我的儿子一样"，并一直这样地关怀着我，但其房子已是祖传老屋，年久失修，只待经济条件改善就要进行改建了。事实上，"长安虽好不是久住之家"，亲戚再好，也不能长期寄人篱下。至 1972 年，我们已成为六口之家，随着孩儿们的长大成人，房屋问题更为突出。回想起过去我家租住本家族的公屋，每逢与同龄小朋友发生口角时，所受到的"哪个像你家一样还租住公屋"的奚落的情景，就觉得非得自盖房屋不可。可是，靠我每月 50 多元的工资只能维持基本生活，根本不可能去新建一座像样的房屋。

三年后时来运转，西山塘老街有个同姓的小弟要迁往长沙郊区的岳家落户，他的一幢三间带一"拖水"的瓦房要出售，价款在 3000 元以上，条件是一次兑清。舅弟为我们打听，那房子建成还只有五六年，便积极支持我们去买此幢旧屋。当时我考虑：3000 元相当于我的半年工资，不去负债，哪有资金去购买一笔如此大的家产。心里只想用早几年买回的一些树木、楠竹、椽子等材料到岳家附近搭配两间房屋够住就算了。但老伴的前瞻性强，她主动与我商量，还是由她去向亲友求援借款。于是 1975 年冬天我们花 3000 元买下了那幢房子。当时一次付款 2600 元，其余 400 元约定 4 个月内还清。

为了把三间房屋的"拖水"全部延长做厨房，再利用原有材料在左侧搭配猪舍和杂屋，在我被抽调去毗邻苏坡公社蹲点、每月难得两天休假的紧张时期，我总是争取多请几个晚上假回家干活，积极为建设偏屋作准备，然后再请假主持把房子建好。1976 年春节，几个青少年期的侄子女从韶峰下步行来到我家拜年，他们不怕天寒地冻，积极帮助我腾屋、平整新屋的地面，都说是"爸爸妈妈已嘱咐我们，你们未去支援叔叔建房，要帮助他尽快把新房子平整好，让他们早日搬进新居"。由于亲友们的大力支持，我们于 1976 年"三八"国际妇女节正式搬进了西山塘老街的那幢房屋。此时，我们才真正觉得是头顶自己的天、脚踏自己的地了，开始过上了真正安居乐业的日子。我那副"万语千言难谢党，五湖四海好安家"的对联，记录了我当时的愉悦心情。

1992 年儿子从博士肄业提前参加了工作，为改善我们的居住条件，让他的姐妹回家都有房间休息，他亲自与泥工师傅商量设计，将新楼房建成两个两室一厅和两个一室一厅，间间房子前后通风透气。

我家的房屋坐北朝南，原来右侧跨路有所购集体仓库挡西晒，后有晚建砖瓦杂屋抵北风，往后还有四季菜园绿茵茵。空坪种有桃李、柚子、桂花和甜橙。不用你抬头朝远看，前面就有一口七八亩水面的西山大塘，能吸收国道的灰尘，减少空气污染，让不少老人年超耄耋。这口大塘充当了上游水库的蓄水池。只要村镇加强对水利建设的领导，及时劝止侵占大塘的面积，及时冲洗塘泥、排除污秽、保持满水，即使在水库被洪水冲垮的紧急情况下，大塘仍能继续对下游两百多亩水田进行灌溉，也不难使年产鲜鱼恢复到十多担的水平，而且还能保证集镇消防用水的需要。后面有近三百年历史的接云峰古寺。山水可以让人修身养性，促进社会的和谐团结。我退休回家挖掘的前后两口养鱼小池，是我辛勤劳动的见证，对于家庭的消防也是不无裨益的。此时我联想起孩提时期唱过的一首儿歌："这是我的家，我十分爱它。池内养着鱼，园里种着花。四外有田地，种豆又种瓜。"其实，在拆旧房改建楼房时，我们老人就舍不得把那幢热天凉爽、冷天保温的土砖屋一举拆掉。在拆除旧房的那天晚上，我第一次体味了有如讨米逃荒时那样的凄凉，止不住地流下了热泪。正式开始建楼房时，儿子从广州请假回家主管基建，他亲自去县城采购涵筒、瓷片等建材，亲自监督检查施工的质量，直到基本建好房子才返回单位。整个楼房及厨房、杂屋等后续工程造价为 3.9 万多元，其中借款的 2.6 万元是通过儿子获得广州市 1996 年科技金鼎奖才还清的。随后，他还积极捐款支持村道改建，给家乡建设带来了崭新变化。2006 年，儿子为让我们过上较舒适的生活，又安排把住房重新装修了一遍，将大部分房间的地面和墙裙都贴了瓷砖，还安装了空调，使我俩老确实过上了幸福日子。

爱护房屋得益寿。每遇雨天，我常冒险用梯子爬上三楼，去检查是否漏雨并及时进行检修。平时每年总要请人将瓦房全面检修一次，做到上不漏下不湿。去年冬天，我们两位老人去县城期间，我每隔五六天要回西山塘一趟，及时打开门窗通风，扫除垃圾尘埃，以利房屋经久耐用。老伴平常也带病坚持扫地，清除蜘蛛网、擦拭地板等劳动锻炼，使房屋保持清洁卫生，有利于身体健康。自后每逢我想起前面那首儿歌，就勾起我对现在这个家的无比珍惜之情。所以，儿女们都舍不得把它丢了。儿子舍不得这个老家，已经把心意传达给了他那 8 岁的儿子。小孙子说："西山塘这个屋是爷爷奶奶的传家宝，谁也不能把它卖掉。"女婿们舍不得放弃这个地方，他们想要到此建立一个钓鱼的休闲基地。我们老人虽然快要走了，但是我们的心将永远留在大塘的北岸，尤其是我永远忘不了西山塘那习习凉风给我在书房熬夜时送来的舒畅。西山人民

赋予我的灵气将在儿孙们的心里生根开花。

近年来，由于老伴疾病缠身，我们哪里也不想去。去年冬天，儿子、女儿接我们去县城居住，儿媳和女婿也非常孝敬我们，晚辈的孝心曾受到小区邻居的赞许。只因老伴不适应空调生活，天气日趋炎热，我们便又回西山塘居住了。说来还是熟地难忘，这里的人文环境好，邻友们对我们看得起，"三年邻居当古亲"，我们怎么舍得离开乡亲，怎么舍得丢弃我们亲手参与创建的美丽家园呢？尤其使我更加难舍的是这个给予西山人休养生息和甘愿为我家作陪衬的西山大塘。

谁都知道，房屋系固定资产之物也，书本乃文化读物也。

朋友，当你住进那避风的港湾，

有你那亲爱的人作陪，

捧起可供一阅的图书，

又何尝不及唐朝诗人王维曾以"此物最相思"想念红豆之感情呢？

（2013 年 8 月）

## ◉ 1.2 为《陈家和家谱》作序

常言道："前人不翻古，后人会失谱"。修谱，是关系承前启后、继往开来的问题，是继承祖传文化遗产、弘扬中华民族优良传统的大事。

据 2001 年 3 月 29 日《中国剪报》关于《华夏盛事：编纂＜中国家谱总目＞》的综合报道指出：被称为族谱、宗谱或家牒的家谱同正史、方志乃中国史学的三大支柱。浩繁的家谱，据不完全统计，目前存世的中国家谱有 5 万多种，其中美国犹他州家谱图书馆收藏 17099 种，台湾故宫博物院收藏 9970 种，上海图书馆收藏 11700 种，中国图书馆收藏 3006 种。与孙中山先生早期革命活动时期过往甚密、情同手足的尤列的生平事迹，还是华东师范大学严佐之教授 1997 年从一本《常熟尤氏家谱》中意外地发现的，竟是这本家谱填补了历史的一片空白。由此可见，家谱不仅是一个家族的历史，而且涉及历史、人口、经济、人类、遗传等学科，是研究社会发展的重要史料。中国的家谱源远流长，它像一块块历史的碎片，用独有的方式映现着一个群体、一个区域的历史文化，还是各方人士寻根谒祖的最重要依据，它维系的不只是一个家族，更是一个伟大的民族。

去年大寒期间，我陈氏族人积极捐款投劳为迁湘始祖继达（司吾）公修墓，同时也将贺氏、王氏太婆的墓进行了维修。此次修整，不但使老祖宗的陵园为之改观，通过查阅《灵羊陈氏三修族谱》，也使广大族人得知继达公夫妇是分三处安葬的。族谱还告诉我们：贺氏享寿82岁，王氏享寿57岁，必守、必得均为王氏所生。若不是继达公后来又娶王氏，他和贺氏定会以鳏寡孤人告终，更谈不上有我们这些嗣孙了。

从继达（司吾）公至家和（馥生）公已是第十世了，家和为实公的七十三世孙。去年十月，声庠、尧根向族人发出的倡议书中，重点提出了续修陈继达（司吾）公支谱的问题。经征求意见，大家认为经费难以筹措，编纂又缺乏适当人选，只好把民国十二年（1923）以后未曾续谱的大事暂时搁置下来。出于对历史与后代子孙负责，根据声序、桃根兄关于"先搞清我们细坝咀这一蔸"的提议，我们转而由近及远，先将先父家和（馥生）及其以下子孙的情况搞清。自四月初印发初稿，广泛征求意见以来，承蒙长辈赐教和各房兄弟关注，我们对初稿作了多次修改，充实了"一世至九世祖先"的简况，增加了"家和公参天系统树图"等内容，删减了一些不必要的重述。几经反复推敲，两人严格审校，终于使这本家谱得以问世。经我辈尚存的兄弟议定：人物生卒年份按公元纪年，月日则按农历计。本家谱并未完全恪守传统家谱的编写格式，其主要改进之处有：采取"名"和"字"紧紧相连的排列方法；秉着老者从详、中青年从简和不重男轻女的原则，把原来族谱不曾表达的个人业绩较为详述，这也算是吾辈对于光宗耀祖的一点奉献吧！

展望未来，随着社会的向前发展，在家庭方面，传统的血统型可能会逐步地向婚缘型转变。然而我们深信：炎黄子孙的血脉终究是难以改变的，我们的子孙将永远发扬怀祖思亲的美德，不负我们编纂《湘乡陈家和家谱》的初衷。

（2002年9月定稿，与和庚弟合作）

## 🌀 1.3　爱国思祖　珍惜人生

"爱国"，毫无疑义，就是要爱我们中华民族这个大家庭，爱我们九百六十万平方公里的国土。"思祖"，就狭义上说，是思念我们这个姓氏的祖宗，广义上是不忘炎黄老祖先。即使是狭义的家族，只要我们团结在爱国主义的旗帜下，两者就能够得到辩证统一的认识。对于人生，一个人在世上生活几十年确实不容易。从积极的意义上来说，应该充分发挥自己的聪明才智，利用有限的时间，尽量为人类的发展多作贡献。而少数感到失落颓废的人，却恰恰与此相反。诚然，对这两种截然不同的人生观，我们就应当作具体的分析，要耐心地说服他们放下失学、下岗、身残、失足、婚挫等方面的思想包袱，帮助他们解决一些具体困难，引导他们珍惜人生，重整旗鼓，为继承祖宗的优良传统再展风采。

端正态度，提高对继承和发扬祖宗优良品德的思想认识。有人说："我没有分得祖业！"、"我没有得到父母的好处！"这些话，只不过是气头上之言。事实上，你建筑高楼大厦或附傍杂屋，所利用原来老屋的每一片瓦、每一根材料，都是从老辈原来辛辛苦苦建造的土砖屋上拆下来的。至于土砖已经没有用场，那是时代前进、经济发展了，我们已经有条件建设高档住房的缘故。如果你确实什么实物也未分得，难道你从咿呀学语至长大成家，你的每一点进步，不都是凝聚了长辈的心血和汗水吗？你或你的子孙血管里流的不是老祖宗的殷红的血液吗？人类就是这样，由父父子子、由公而子、子而孙、自子孙至曾玄地不断循环着的。有的人说："祖宗未保佑我家出人才！"这也得从主观和客观上作剖析，并相信"江山代有才人出，各领风骚数百年"。有人说："有的人死在异乡，尸骨都未运回，又敬奉他什么呢？"须知孝敬父母、缅怀祖宗是我们中华民族的传统美德。只要你能具备此种德行，即使祖宗的尸骨不在、骨灰不存，我们也可以纪念他们流传下来的那种勤劳勇敢、追求上进、助人为乐的精神。

有的人鸡犬之声相闻，因为发生过口角纠纷，却老死不相往来。这显然是老祖宗在世时不愿意看到的现象。其实，一个家庭、一对夫妻发生一些磕磕碰碰也是常事，兄弟叔侄妯娌之间的矛盾也是在所难免的，因为我们毕竟生活在充满各种矛盾的社会里。我们认为：暴露矛盾是好事而不是坏事。暴露了，只要有一方主动表示和好，另一方就要采取欢迎的态度。客观实践证明：我们老的毕竟不可能把成见带走，年轻人更不应该抱住不放，影响我们建设家乡、献身国家的经验交流和精神风尚的形成。

追念祖宗，着重于优良道德风貌的继承。事实上，留了骨骸和已修筑巨大坟墓让人瞻仰的人，不见得就比那些留下遗嘱、已将骨灰撒向江河湖海或把骨灰埋入地下培育青松的人更受到人们的尊敬。"人过留名"嘛，一个人悄悄地走了，却仍然受到人们的怀念，主要是他的精神在起作用。我们可以学习他们的为人楷模，学习他们循家庭正确教育之规，蹈国家法律规范之矩，为后人树立良好榜样，教育子孙后代做遵纪守法的好公民，让老祖宗的光荣传统永放光芒。

## 1.4　"小广佬"感动众"湘"亲

呱呱坠地，2006年1月10日（农历乙酉岁十二月十一日）8点55分，一个男婴在广东省中山医科大学附属三医院诞生。按照外地人笑称广东人为"广佬"的话，这孩子地地道道成了个"小广佬"。他有幸生活在广州市这个大都市里，将接受先进文化的熏陶。

### 1.4.1　一家人喜形于色

和许多已婚青年想延伸自己的生命一样，年青的爸妈早就希望有一个孩子。随着妈妈去年的怀孕，以她四年前曾经忍受痛苦做过小手术的迟到效应，回答了爸爸坚持不再做试管婴儿、不愿收养孩子、不信坚贞爱情无好果的耐心等待，又印证了爷爷早就戏言的"小孙子还在他娘肚子里呢"的预见，打消了奶奶一味重复"他们只会干事业"的顾虑。亲人们通过电波传递祝愿，都寄望于要爸妈认真把这孩子培养好。

爸妈重视初生婴儿语言能力的挖掘，他们领略了"语言能力从何而来"的论述，人的脑子里有语言中枢，它的主要部分称布洛卡区，在左脑。人的思维能力来自语言，而这种能力又来自大脑。大脑是由遗传而来的。儿童生来就有人类普遍语法中高度限制的原则，有一种框架，可以用某种预先的知识来分析他能听到的话，听得懂和能生成此前他从未接触过的话语（句子）。语言就是用有限的手段来表达无限的思想，人脑的活动机制是人的天赋。最新的科学实验证明，人类掌握语言有它的基因基础，不完全是凭后天的习得机制才获得的。有科学家发现，在人体的23对染色体中，第七对染色体的一种基因对语言的学习能力起关键性的作用。这基因被称为 FOXP2。事实证明，它如果有缺陷时就会影响胎儿的大脑发育，使他产生终身的语言障碍。日本、意大利和法国的研究人员对婴儿的实验结果表明，婴儿出生后几天便可以识别母语，左脑语言区域的血流会增加（和听到其他声音对比）。三个半月前的婴儿，大脑左半球的发育已经大于右半球。其实，这就是人类语言能力的一种先天准备。年青的爸妈认为，鉴于自己的天赋，已给予小孩较好的遗传机制，只是注意如何利用后天习得机制的问题了。

眼看孩子一天天不同，从开始嘟起小嘴巴想与人们对话，长辈们就向他灌输怎样听话的教育，有意识地向其传授简略的家史。当他的印象深了，加上大脑的活动机制，就像脑子里装了活动电脑一样，一切铭记逐渐地开始反映出来。

### 1.4.2　两代人斟酌取名

21 世纪早已进入了电脑化时代，人的姓名一旦进入户口管理，原则上不准更改，因此给小孩取名是一件严肃认真的事情。虽然名字不过是人生的符号，小字辈的邓小平却成了震惊世界政治舞台的大人物。而只有动听的名字，如果不好好对其进行培养教育，自己主观不努力奋斗，不一定能够创造出辉煌的业绩来。但是，在这独男独女是枝花的年代，长辈们对于给孩子取名无不殚精竭虑。

爸爸在向爷爷奶奶预报妈妈的分娩期时，早已要老辈考虑如何为小孩取一个有象征意义的名字，并要作好男女性别分别取名的准备。爷爷是个读古书懂新学的银行退休干部，奶奶是江西共产主义劳动大学肄业的信用会计，他们自然早就胸有成竹。但老人毕竟要尊重孩子爸妈的意见。爷爷首先向爸爸陈述了取单名容易与人雷同、取双名要尽量避免与人同字、至少在附近的人群中不要同名，以及不宜取用明显过时的名字等注意事项后，主张给男孩取名一定要按照家谱规范的辈名排列。根据中国人历来有取名和字或号的称谓习惯，可以按辈分取名，按理想取字和号。爷爷应约将预取的名及时告诉了爸爸。

孩子生下来后，爸爸首次提出了与妈妈商议拟取名为"天泽"。爷爷解释说："'天泽'只能叫字。小孩是楚字辈，一定要将'楚'字嵌进去。"并阐明了"楚"字的丰富内涵：楚乃周朝的国名，原系湖北和湖南的北部，后扩展到河南、安徽、江苏、浙江、江西和四川。我们湖南历属楚地，"惟楚有材"嘛！取楚字为名字的大有人在，大陆有高级干部韩先楚等，台湾有亲民党主席宋楚瑜。还说"楚楚动人"、"风姿楚楚"是挺有意义的形容词呀！爸妈针对爷爷的建议，又征求从小学高级教师岗位退休的姥姥的意见。她老甚谦虚，她认为爷爷奶奶最关心，还是请他们为孩子取名吧。思来想去，到第三天还未去领出生证。爸爸又一次找爷爷交换意见。因为他们都是学理工的，注重的是"X＋Y"，再是攻读外文。他们对复杂的方块字缺乏深入的考究，对家谱规范的辈名也不以为然。所以仍倾向于"天泽"作为名字。经爷爷反复说明，他们同意取火字旁的字了，却又对"煌"字颇感兴趣，姥姥也认为比较顺口。延至第四天，爸爸又向爷爷重申了取名"楚煌"的意见。这时，爷爷才开门见山地说："孩子的大堂兄不是已经有了个'煌'字吗？在近亲中就已经同了名。再说，人家会问，你们都是有学问的，难道就想不出一个独具特色的字来吗？"这才统一了他们的思想，通过再次查阅《现代汉语词典》，经过反复推敲，才最后把"楚炘"的名字定了下来。爸爸当晚通报爷爷，说网上很少同名，台湾有一个嵌了"炘"字的人，那是一个大金融家。不久，爷爷从报纸上看到了一个叫李楚炘的学者，都是一些大有作为的人，是小楚炘学习的榜样。

说来也巧，楚炘两个字都可以分别作重叠词使用。爷爷将他为楚炘题的对联去请教一位楹联家，从一本文言字典中获悉："炘炘，炽热之火焰也。"这是对《现代汉语词典》注释的最好补充。爷爷针对性地将对联改为"楚楚动人兴家道，炘炘情感耀粤湘"。

楚炘三个月后，人们已把"楚楚"、"炘炘"的呼喊声，自然形成了对孩子的小名或别号的称谓。于是，不管你发出何种称呼，都同叫他

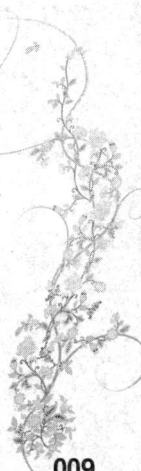

楚炘一样有所反应。他会抬头或反脑来寻看叫喊他的人，懂得是人们对他的呼唤。

### 1.4.3 探亲谒祖恢先绪

楚炘不患伤风感冒，不怎么哭闹，谁个抱他也不觉得生疏，经常笑脸常开逗人爱。每当爸妈向家乡亲人传递来孩子天真举止的讯息，无不赢得亲友们的喝彩，都盼望能早日看到小宝宝。楚炘刚满月时，爷爷和舅奶奶同乘一部小车长途奔波来穗看望。车子是直开东莞的，舅奶奶登楼送给红包和祝福后，随即乘车去东莞了。爷爷继已汇寄礼金，亲临又赠红包。乍一见面，爷爷心里是多么的激动呀：高太祖父年仅46岁便辞别人世，未能见到爷爷；曾祖父享年七十，那时爷爷未婚，当然不可能看到爸爸；今朝年逾古稀的自己，居然还有幸见到了小孙子，抱起楚炘就亲脸，幸福的老泪滴在楚炘的小脸蛋上，像烙印似地铭刻在孩子的心坎里。爷爷在华南师范大学只逗留一个星期，每天都要抱抱亲亲这心爱的小孙子。为了照顾身体衰弱的奶奶，他老不得不暂时离楚炘而去。爸爸送爷爷去乘火车，妈妈、姥姥和表伯母陪楚炘送爷爷登上出租车，祝爷爷一路平安。爷爷回眸凝视着小楚炘，直至看不到高教村大楼。

为使楚炘尽快见到心牵梦挂要看小孙子的奶奶，且又担心小孩初次长途旅行的安全，爸妈把计划一推再推。楚炘一百天时，爸妈请高级摄影师给他拍了许多不同姿势的相片，订了两大本影集，还扩放了大的悬挂照。可就是他们的这一番好意，频繁地给小孩子化妆换衣服，把他折腾得害了感冒，连续进医院打针输液。医生们都关怀地说："小孩子抵抗力差，特别是很少吃母乳的更要注意，保持安定比较好。"而妈妈自加拿大回国，好不容易才安排进校医院工作，尚未正式去上班；一个大龄妈妈较长的产假也即将到期，如果不抓紧回乡探亲，日后上班就难得请长假了。爸爸工作忙，也只能就便出差和暑假完成此次探亲之行。因此，在楚炘140天后，决定于纪念爱国诗人屈原的那一天抵达湘乡。5月30日晚启程，在爸妈和姥姥、表伯母的呵护下，于次日早上按时到达湘乡火车站。

霞姑父母携表兄特地从湘潭赶回，梅姑父母和蓉姑父母携表兄姐都到站里来迎接，李姑爷还开着专车来了，争先看看未曾会面的小宝宝。

接着，一路乘车赶到爸爸的出生地栗山镇西山塘，楚炘第一次见到了日夜想念小孙子的奶奶，大家都回来陪爷爷奶奶过端阳节。奶奶率先赶到出租车门口，从爸爸手中迎接小楚炘，一见小孙子的额门开阔、眼睛清纯、耳朵偌大、鼻若狮王等特征，便喜笑颜开地说："多么像他爸小时候的模样呀！"她拧过楚炘的手和脚，又觉得他有外祖家的遗传基因，认为也有点像他舅父。

未放鞭炮免惊骇，告祖喜添新一代。在备有贡果、美酒和点燃香烛的香案前，奶奶主持了楚炘拜奉祖先的简单仪式：爸爸抱着楚炘拜祖宗，奶奶则为小孙子祈祷。爷爷紧靠着观察小楚炘的表情，爸爸提示："爷爷您看，不用教，楚炘就会作揖了呀！"爷爷看着两只小手掌交叉紧握着揖手似的拳头的小孙子，喊起大家观看楚炘的拜祖姿势，人们都为小楚炘对老祖宗所表达的敬意深受感动。过两个月后，中元节拜祖宗的情景又一次涌现在眼前：奶奶向陈钟两家先祖祈福，因陈钟两姓都是颍川郡人。爷爷是在韶峰山上放牛、拾柴，在细坝咀屋场喝着源自胭脂井的泉水长大的。1962 年与奶奶结婚后，才在西山塘定居。爸爸和姑姑们都是外曾祖家帮忙拉扯大的。长辈们对外曾祖家有深厚的感情，对外曾祖极为崇敬，神龛上还立有外曾祖父母的遗像。爷爷想记录韶峰和320 国道的人间繁荣景象，还为俩老预作了一首"背负韶峰枫似醉，前眺国道车如流"的墓联呢！小楚炘听着奶奶拜祖求神的叨念和老辈眷恋故乡的叙述，好像都一一印在他的心头。

话说小楚炘刚回到农村时，乡亲们听说"小广佬"回来探亲谒祖，邻居和附近的村民闻风而至，送红包赠礼品者接踵而来。原来已邮汇大额礼金的姑姑和尚在读书的表兄姐，又都馈赠了红包。年逾八旬的干爷爷拄着拐杖和 70 多岁的姻爷爷等四位老人，冒着炎热从城区乘车赶来看望赠送红包。中沙镇的杨奶奶礼品恭贺一肩挑，育段乡的吴爷爷俩老忌惮乘车欲来送礼物情难拒，信用社堂表姑盛情常将小侄抱，湘潭的龙姑奶捎寄衣服，干伯父骑车来送礼，妈妈的舅父和住长沙的姨妈、表弟媳专程馈礼不怕路途遥，爸爸小时的学友多情送，乡下表姑和堂表伯叔姑姑都关照，其他长辈的关怀不胜数，特困户的奶奶也提着母鸡、鸡蛋来看宝宝，表伯母回乡和表伯父连送贺礼。这样的重情怎么回报？

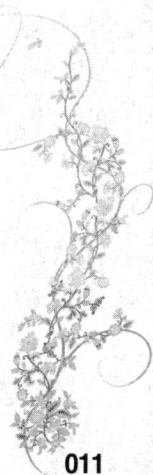

　　在城里，大姑母梅姑姑陪同妈妈抱着楚炘拜望了姨祖父母和姻奶奶。表伯叔父母、表姑父母、在城经商的堂伯父母和姑父们的亲戚长辈都亲临关爱，妈妈的同学和在湘的同事也都来祝贺问候。长辈们都为这个小生命的降生感到无上荣光，对小楚炘寄予殷切的期望，人人都有一颗为楚炘祝福之心在荡漾。

　　过了端阳节，就是舅父的生日。紧接着要去双峰县拜望舅父母大人，也是给舅父拜寿。好在舅父是给县政府领导开小车的，有利条件是舅父开车和舅妈来接了。舅父母在广州过春节时，天天总是抱着小外甥玩。回到双峰，舅父每天下班回家就把楚炘搂在怀里，摇响玩具逗着他玩耍。以后，只要打听到楚炘住在何地，每次开车路过，都要进屋看一看，掂一掂小外甥的体重，关注着他的天天向上。在双峰，舅父母还陪同爸妈抱着楚炘去拜谒了外公的陵墓。同长辈的期望一样，都祈求神明和祖先保佑楚炘茁壮成长，将来努力报效祖国。从姥姥家回来，又是红包多多，礼品累累，饱含着外祖和其他亲友的一片深情厚谊。

　　无奈气候多变，楚炘连续两次遭到寒冷的袭击，先后去湘乡市妇幼保健院输液治疗。奶奶害怕晕车，便拜托姨奶奶和爷爷陪伴观察，只望小孙子早日恢复健康。爸妈担心的是：农村的风光固然好，空气也新鲜，只是医疗条件差，难以及时消除病痛。遵循老人们的体验：新生婴儿和幼儿就是要求生活环境稳定，不要轻易"搬家"，尤其是要少乘车少受颠簸。所以把去爷爷老家龙洞乡的时间推迟了。后来，选择在一个小雨天的上午，由李姑爷开专车护送去。小车刚驶入韶峰下的第一个村落，宛若仙女的大山正敞开她的胸怀迎接久别归来的儿子，爸爸提醒小子："楚炘，韶峰快到了呀！"楚炘顿时从妈妈怀里伸出头来探望。当爸爸回忆讲起毛泽东爷爷在山那边诞生、张默君奶奶（蒋介石的侍从邵元冲的遗孀、原国民党中央监察委员会常委）在此地居住过、爷爷从山脚下报名参军、叔爷爷告别山乡去武汉读大学的时候，小楚炘竟手舞足蹈地笑开了，似乎他正在为这里的地灵人杰、山川秀丽欢呼啊！

　　抵达细坝咀，首先是拜望抱病更为盼望与小侄孙见面的二伯爷爷和二伯奶奶、三伯奶奶等老前辈。及至后来返回经过垦殖场，均受到了伯祖父和堂伯叔父母、堂姑父母的热情接待。三伯奶奶还燃放鞭炮欢迎楚炘的顺利到来，二伯祖家准备了丰盛的饭菜。二伯祖之子飞叔从百忙之中抽出时间当向导，冒雨披荆领着爸妈抱起楚炘登山去拜谒祖坟。针对天不作美，爷爷同意爸爸的安排，由近而远地拜谒，待将来楚炘能爬山了，再来多拜几回吧。大人都撑着伞为楚炘遮雨，每到一座坟墓，飞叔便代为燃放鞭炮、香烛、纸钱，爸爸扶着楚炘跪拜作揖。小家伙真像心领神会，严肃认真地表达对老祖宗的敬意。为尽量不使楚炘被风袭雨淋再度受寒，由赣迁湘的韶峰山始祖，是爸爸和飞叔代为拜祭的。

谢别龙洞，亦是红包塞入怀内，礼品送进车厢，洋溢着长辈们的一片爱心。

楚炘在湘期间，每逢双休日，姑父母和表兄姐几乎都要聚集到他的所在地，给他买回小食品和玩具陪着他玩，经常诱发他会心的微笑。明明小表兄不断给他送来适穿的衣服以暖身。蓉姑父母还把楚炘等接去，也像梅姑父母那样热情地招待他们。他们在梅姑父母家前后居住了近一个月。姑姑总是用瘦肉熬稀饭、用土母鸡炖汤、蒸土鸡蛋、熬新鲜鱼肉等，尽量以增加钙质、增添营养的食物给他吃，以利于小侄子的健康成长。霞姑父母要接他们去湘潭，屈于高温的淫威暂时未能成行。

因未接受索取账号欲寄礼金的要求，旅居新加坡的叔祖父母和堂姑父母多次打来国际长途电话，或通过网上会面交谈，关怀问及楚炘的成长。年近耄耋的大舅祖父母，在表姑父母的陪同下，从益阳乘专车来看楚炘，以亲自送给外孙红包和祝愿为快。长辈和亲友们的关怀，使小楚炘一直沉浸在亲情温暖的幸福气氛之中。

爷爷将亲友们送的礼仪逐一登记，或回馈以礼，或惦记在心，当知情谊的贵重。

8月20日，楚炘要返回广州了，又是爸妈和姥姥、表伯母同行，还有一个去汕头上大学的肖姐姐护送。新事物感动新生力量，高考新生相送喜气洋洋。爷爷奶奶才稍微放心，两位老人依依难舍地和小孙子亲脸作暂时分别，期望不久再在广州团圆。晚上，由姑父母、舅父母和表兄姐们欢送小楚炘踏上了南下的火车，亲人们祝愿他们一路顺风、平安抵家。

入夜，爷爷坐在书房的电灯下沉思，想起当年楚炘他爸妈曾经爱好

养狗和今天疼爱儿子的现实，在日记里写下了如此一首打油诗：爱犬驱烦恼，爱人境界高。养儿不辞苦，养老乐陶陶。

### 1.4.4 七个月咿呀学语

楚炘在妈妈怀抱中回到湖南，还是襁褓中的婴儿，如同娇嫩的幼苗，经不起风吹雨打。就缺少母乳来说，本来就免疫力弱，这是人们极为关心的。然而，在妈妈、表伯母的耐心喂养和长辈们的悉心照顾下，楚炘尽管两次住进医院，但由于及时补充了营养，增强了抵抗力，还算是在健康地成长。受人们不断地引导他咿呀学语的启发，楚炘接近七个月就第一次发出了喊奶奶的声音。那是妈妈带他去湘乡市防疫站注射疫苗，也是第二次去梅姑姑家。妈妈打电话告诉奶奶时，奶奶和爷爷高兴极啦！按小孩开始学话的规律，各个地方都是以本地方言的谐音来判断婴儿的始发语言的。在湘乡，小孩一般都是先叫爹爹（湘乡方言即爸爸），然后发展到叫"爹爹带哒"。爷爷觉得不足为奇的是：唐朝的大诗人白居易生七月便识"之"、"无"二字，证明小孩子七个月开始学话是自古以来就有的。后来，三天之内，楚炘先后四次叫喊奶奶。回到西山塘的第二天，奶奶抱着他撒尿，他竟然反过头来朝着奶奶又喊了一声奶奶。奶奶自然感到无限的欣慰，因为她梦寐以求的，就是盼望他妈生一个孩子。爷爷分析后认为，自从楚炘刚刚生下，姥姥就一直守护在他的身边。这个年已七十有五，集高血压、冠心病于一身的老太，坚持按时服药，维护自己的健康，以协助妈妈、表伯母照顾好小外孙为最大的乐趣，以宁可让年轻人多休息、自己多照看小孩为己任，经常领头和妈妈或表伯母唱歌跳舞地引发小外孙的阵阵欢笑，使喂饮食巧融于娱乐之中。本来爸妈教育楚炘尊敬姥姥的，也是要他喊奶奶。因而，对姥姥的印象应该是挺深刻的了。

### 1.4.5 谆谆教诲迈前程

楚炘和祖父母同居时，两位老人总要利用一切空闲时间逗着小孙子玩。爷爷每次抱着楚炘外出散步时，总是边走边给小孙子招呼："楚炘，我们去'文化广场'（华南师范大学的文化景点）玩啰！我们到'西山高速'（西山村新修的一条水泥路）去旅游呀！"有时爷爷还编着童话故事说："小狗、小猫、小鸡、小白兔，我和你们开个会，楚炘来作报告：小狗，你要给爷爷奶奶看好家门，莫让小偷偷走了东西；小猫，你要多捕老鼠，帮爷爷奶奶守住堆放的谷子；小鸡，你要快快长大，公鸡及时报晓，母鸡多下蛋，给爷爷奶奶增加营养呀；小白兔，你别乱蹦乱跳的，你要好好跳几个舞蹈，让爷爷奶奶开心呀！"

帮助照看孩子要紧，有时爷爷连续几天同住在城里，每当抱着楚炘在信用合作联社大院内来回踱步的时候，心里想着的是当年若把孩子他爸安排在这个基层的金融单位，他爸肯定成不了今天这样的高科技人才。于是，触景生情如数珍宝似地告诉小孙子："楚炘，你爸高中毕业那一年，我们要他参加信用合作联社的招工考试，他获得全县175个参加考试者中的第一名，也不愿意参加信用社工作。后来，写信说服爷爷奶奶，终于坚持参加当年高考，考上了北京的一所重点大学。就凭这一点，才得到了你妈的赏识和外祖父母的器重，你妈才愈加发奋学习追赶上心上人的呀！孩子，你将来也要有这等志气啊！"

多谢舅奶奶为主搞饭菜，表伯母也经常帮忙清洁卫生。奶奶每天做完家务之余，支撑着腰痛的身子总要抱抱小孙子，同爷爷一样寄予厚望的是："楚炘，你长大了要认真读书呀！要像你爸妈一样读大学、攻博士，将来才有希望当科学家、当教授，为国家多作贡献啊！如果不想读书，那就只能回老家来种田啰！"

凡是与小楚炘谈话，不管你每次讲的重复与否，他都在聆听着长辈们的谆谆教诲。要让你讲完之后，他才会开始扭动起来，或与小哥姐们开始嬉笑取乐。楚炘第二次去梅姑家，当他听到电话中传出了爷爷的声音时，便前俯后仰地挪动，想要到电话机前听听爷爷的讲话呢！

爸爸妈妈已经开始体会到：本来人们是不喜欢唠叨的，但是也得看具体情况。对于婴儿的不断唠叨，就是不断加强其脑袋对新生事物的印象。慢慢地学会讲话，就是通过无数次的重复才能获得的反应。同样，就抚育孩子来说，正确对待老年人的唠叨，就是重视学习传统育人经验的体现。要把小楚炘培养成为有用之才，任重而道远，可说是百年树人的伊始。所谓百年树人，最重要的是要为保证孩子一辈子的基本健康着想。因此，从小就要注意孩子的饮食起居，为成年后的长寿奠定基础。当然，克服我们大人日常生活中的某些不良习惯，就是给孩子树立良好的典范。我们要注意生活的规律、能源的节省、预防辐射和有害物质的危害，不要认为一切饮食都是高级（高价）的好，不要不经辨别就乱购动物肉食，不要让电磁辐射过多地萦绕在自己的身旁。一句话，凡属不利于人类健康的因素要尽量排除，不要让它感染后代，使楚炘从小养成良好的生活习惯。将来懂事了，就要教育他莫上吸毒、赌博的当和莫养成上网的瘾。只有教育孩子与人们和谐相处，遵纪守法，把主要精力集中用在学习和工作上才最有出息。只要小时候把基础打好了，就像学习驾驶汽车那样，能够平稳地起步，才能够有希望安全地把车子开到胜利的远方。

（2006 年国庆节于湘乡）

## 🌀 1.5 喜庆三代国庆结良缘

今天是中华人民共和国成立 62 周年的国庆日，是我大外孙和其恋人吴小姐在广州旅游结婚的大喜日子，也是我大女儿和大女婿结婚的 26 周年，以及我们俩老结婚 49 周年的纪念日。我未亲临给大外孙祝贺新婚之庆，是要陪同老伴欢度我们齐步跨入金婚的第一天，以较顺利地走过残烛的晚年。

回顾我们祖孙三代的国庆节结婚，是喜事越办越兴旺，一代更比一代强。

1962 年国庆，正是国家贯彻国民经济实行"调整、巩固、充实、提高"的"八字"方针的时候。平价猪肉 0.76 元一斤凭票供应，国家抛售高级糖果、糕点回笼货币。我以 4.80 元一斤的"黑市"价买了十多斤猪肉，以 4 元一斤买了几斤糖粒子，以议价买了土鸡、鸡蛋和鱼等，请公社炊事员为我办了四桌酒席招待来宾，喝的是醇香的农家米酒。我是县人民银行于塘营业所驻栗山公社的信贷员，负责公社农贷的管理和对信用社的业务辅导。公社机关就在岳家的大队，离岳家不足半公里。公社领导和干部对我很关心，信用社女会计当红娘，积极帮我筹办喜事。当年政府对新婚夫妇的照顾，就是供应每人 1.5 丈的布票。我俩没有做结婚的礼服，只在公社借了一间客房，两人各搬来一床较好的被子，买了两套枕头、毛巾，简单地打扮了洞房。公社秘书主动为我写了结婚仪式和洞房花烛的对联；单位领导出席，公社书记亲自为我主婚。那时一般送的红包也不过 1~2 元。银行营业所的同事共赠一只脸盆和一只暖水瓶作纪念品。我分别给厨房胡师傅和冯女士送了一元钱的红包，他们感谢不已，说我是第四对在公社机关结婚所兴礼性最客气的。至今六十挂零的人，还经常回味我俩在公社结婚给他们送了糖粒子的故事。我结婚那天，二哥和大哥的长子步行 40 公里，从韶峰山下赶来为我祝贺新婚。他俩带来了三哥送的红包，还送来一只大公鸡和几斤腊鱼。我就将其送给岳母家作为婚后首次回闺省亲的礼物，另送了 40 元的红包。当时，我们转业干部的工资比一般的基层行政干部要高一些。我每月 50 多元，除去要给读大学的弟弟寄点生活费、应付人情往来和自己的生活开支，剩下的积蓄也不多。借款几百元办了结婚喜事，后来变卖了一只瑞士手表和老伴从大队补贴工分赚得的几百斤稻谷才把债务还清。由此可见，大河无水小河干，国家经济建设发展过快、天灾造成粮食严重减产和苏联撤退专家逼迫我国还债所造成的物资匮乏、生活困难，导致人们办喜事也是低标准的。不过，好在那时讲究突出政治，我们可算做到了新事新办。人到老年，本人爱好独特，倔头难改，总算磕磕碰碰地走过了 49 年。下一步该是怎样相互搀扶走过最后一段艰难路程，争取爽快地抵达终点站。

记得结婚后不久，我曾为我们夫妻俩做了一首嵌字的对联压在书柜的玻璃台板下，即："继尧循毛志，扎根群中光传统；习俊和木勇，公元国诞纪姻缘。"只是下联的"俊"（指女扮男装参加解放战争的战斗英雄郭俊卿）和"木"（指《花木兰从军》剧中的主人公）两字令人难以理解。经过四十九年的琢磨，我才想到还是把"习俊和木勇"改为"忍俊装木样"比较容易理解一些，并且不注释也可领略她素来具有的修养意识。

1986 年国庆，正值改革开放初见成效的时候，我俩陪大女儿和大女婿去北京旅游结婚。当时花 10 元买一张公共汽车的月票，可以在市内乘车逛游一个月。同时北京郊区的物资丰富、价格便宜，工薪族尽享其惠。大女儿、大女婿的旅游饱览了祖国的名胜古迹和美丽的自然风光，获得了增长知识的精神享受。回乡以后，只是送了糖粒子和北京果脯，未再另行做酒请客了。他俩是自由恋爱，自愿组合的一对，在单位都曾评过先进得过奖励，现已经刚柔磨合、和谐团结地走过 26 年。现在摆在他们面前的新任务，就是在搞好本身、干好工作之余，准备如何积极协助带好小孙子了。

大外孙于国庆节前夕去广州旅游，定于 10 月 1 日在华南师范大学粤海酒店正式举行结婚仪式。他俩的婚礼是在全国人民隆重庆祝中国共产党九十华诞、全国人民生活已经基本实现总体小康水平、国民经济进入"十二五"规划的头一年和庆祝国庆 62 周年的新形势下举行的。随同他俩的可说是一个亲友旅游团，其宾客之多，热闹之极，是我们老辈和他们父母当年婚礼不可比拟的。这是改革开放推动了国民经济的快速发展和人们劳动工资收入有相应增加所带来的，是时代的进步带来了喜事的浩繁和气氛之热烈。

"粤海难忘共品茶"，一代伟人毛泽东关心党外人士的情怀，更加使他俩的心在互动。"捧着一颗心来，不带半根草去"，老教育家陶行知先生的题词，更加锤炼了他俩的人生。这一对韶山和井冈山英雄儿女的后代，正在用他们的深情厚谊为庆祝祖国母亲的第 62 个生日、为他俩缔造的珍贵情谊谱写新的篇章，有道是：

百年为伴随国寿，千里相爱共婵娟。

鼎镂山盟更友好，燕搏海浪总相思。

让我们热情祝福他俩为新的万里长征迈出的第一步吧：

新婚之礼，亲友陪游。

与国同庆，其乐悠久。

五羊降福，麦穗丰收。

早生贵子，接班居优。

承前启后，喜在心头。

互相关照，道德不丢。

敬老爱幼，和谐长寿。

幸福终生，永远无忧。

事业有成，功盖千秋。

白头偕老，难舍神州。

本地干部群众欣闻今年国庆乃我们三代人的结婚志庆，大家都热情地为我们祝福：佩服两姓家和绣美景，喜庆三代国庆结良缘。

（2011 年国庆节日记）

## 1.6 与祖国同庆到百年

今天是伟大祖国中华人民共和国成立 63 周年的大喜日子，也是我们两位老人结婚五十周年、大女儿大女婿结婚 26 周年和大外孙与外孙媳结合一周年的纪念日。儿子到法国巴黎参加欧洲蓄电池会议去了，儿媳和小孙子在广州。他们除委托其姐妹送来珍贵的礼品，还打来了国际和国内长途电话为我们祝福。大女儿、女婿携其子女给我们送来了鲜花和礼品，二女儿还带来了她婆婆送来的一束鲜花。舅弟遗孀随同其女儿、女婿亦送了礼品，其女儿帮我们选购的新款衬衣，更为留影增加了新的风采。外孙媳还从江西购回了山珍野味。他们陪我们合影，陪我们会餐。弟弟弟媳、两个嫂子、大舅兄嫂、姨妹夫妇等其他亲友，随同对双节的贺电，也表达了对我们俩老的金婚祝贺。心情激动之余，引起了我对半个世纪的记忆和对百年的思考。

### 1.6.1 喜事新办少花钱

回忆五十年前的今天，我这个不用送聘礼、不用送婆亲人情的"上门郎"，借我在栗山公社当驻社信贷员的机会，向公社机关借了一间房一张床，两人各搬去一床被子，她买了一床新褥单，简单地打扮了洞房。当时物资匮乏，"黑市"猖獗，粮、棉、油和白糖都是凭票供应。为了感谢亲戚、领导与同志们的关怀，我买了议价的猪肉、鲜鱼、土鸡和糖粒子等，请公社大师傅帮忙操办了四桌酒席招待宾客。那时正值全国深入贯彻"调整、巩固、充实、提高"八字方针抓经济建设，搞思想革命化，国庆日都未放假。她在大队当会计，上午还下生产队检查财务去了。婚礼晚上在公社举行，银行领导只派来代表，带来了同志们的礼品和祝福。我二哥和大哥的长子步行 40 公里前来为我们道喜，三哥托他们捎来了红包。公社党委书记为我们主持了婚礼。感谢信用社女会计为我俩牵红线，让我俩走进了婚姻的殿堂。第二天回门，送给岳家的礼仪是 40 元的红包和二哥他们送来的干鱼与一只大公鸡。如此贯

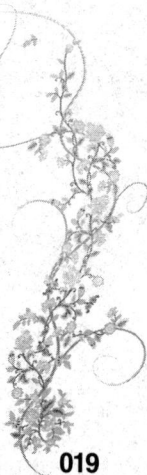

彻喜事新办少花钱还负了债。她说："我们还有什么资格戴手表哟!"于是，变卖了我为她准备的一块瑞士手表和她那补贴工分所分的几百斤稻谷才把借款还清。

### 1.6.2　勤俭创业肩并肩

1963 年春节前夕，小舅弟快要结婚了。我俩借住岳家的两间半瓦房，另建了一间茅屋做猪舍和厕所，才正式开始了小家庭的生活。我那年做的新春联是：白手起家，点点不忘泰水润；红心建国，处处当念母亲恩。1964 年 1 月大女儿出生，经过一年零三个月又生下儿子。她白天忙着下队去辅导会计业务，年终指导办决算。那时我的双亲已故，姥姥成了当然的奶奶。岳母以多半时间、主要精力和毫不计较回报地为我们带养孩子。好在那时集体生产抓得紧，根本没有打牌的赌博风，舅弟嫂和小姨子只要有空就为我们带着小孩玩。舅父母把我们的孩子当做亲生子女一样地看重。

那时连一辆单车都买不起，我每月难休两天假，有时晚上请假步行回家干点挖土和挑粪淋菜的重活，次日清早要步行赶到五公里外的于塘去上班，生怕迟到被批评为"家干部"不光彩。我当时转业到地方每月工资虽有 50 多元，比一般区社干部要高，为了不去韶峰下要农民哥哥给我分房子，爱人千方百计协助我开辟收入门路，准备自力更生地聚集资金建设几间新房。当她生下男孩后，28 岁还学会做缝纫，在大队综合厂当会计，还兼办食品公司屠宰点的过秤登记，家里还要种菜养猪。娃子大了争着要看牛挣工分，她还要帮 6 岁的儿子照顾一头黄牯牛。每到春种时间，她还带领大孩子上山开荒挖土播种杂粮，以弥补"四属户"粮食不足的缺口。她还认真负责地坚持把村信用会计干到 60 岁才退休。在她勤俭持家的感动下，我也不乱花钱，每次去县支行开会或出差，从来没有私自吃过丰盛的伙食，总是买一钵米饭和一份蔬菜，或是买几只包子（馍馍）填饱肚子就行了。总想要多积累几个钱立个像样的家。直到 1975 年冬趁西山塘老街有人外迁，才花 3000 元买了一幢土砖结构的瓦房，自己另配了两间盖瓦的杂屋。1992 年 8 月儿子回家帮助主持才在西山塘老街较早地建起了一幢红砖结构的青瓦楼房。其中所欠借款的归还，都离不开我儿参加工作后的帮忙。

老伴 1959 年去江西共产主义劳动大学读书两年，回家探亲时，公社书记听说她以前当会计账目清楚、群众满意，便做工作把她留下来继续当大队会计。她生于斯，工作于斯，和我肩并肩地勤俭创业于斯，外出乘车易患晕车病，进城不适应开空调，叫她怎能舍得离开打算在这里居住到百年的西山塘老家呢！

### 1.6.3 磕磕碰碰互支撑

这里的西山大塘是灌溉 200 多亩水田的蓄水池，也是维系集镇居民生命财产安全的消防池，它正靠近着我的家。尽管当今实行过分的人性化管理难以维护集体的水利权益，但还是圆满了我家依山傍水的良好环境。近十年来，我在临塘一边的书房亮起了晨昏如昼的一盏灯，是它照亮了我的心，温暖了我返老还童之情，鼓舞我读书不断、写作不停，写出了这里人们的心声，但也使老伴为我增添了一份担心，这就是：两眼切除白内障，还是看书写作忙。好言相劝难制止，朦了哪来行路光？本来她那性格温柔、平等待人、善于化解矛盾的特点，是对我个性倔强、言词简单、容易使人误解等缺点的最好补充。由于我不大听取她的劝告，她不顾自己也疾病缠身的压力，特别关心我的健康，所以凡是我爱张扬的，她都采取低调处理与我唱"反调"。凡是我主持正义遭到个别人诟病，并激起我愤怒时，她总是做我的转化工作，总是说"你是个退休老馆应当看重自己"来开导我。正是她的宽容，终于赢得了对方后来主动寻求恢复友好关系的和谐团结。

大凡好写文章的人，都是喜欢独立思考的多，其正确观点的形成，可以通过修改达到尽量完善。可说话就不一样啦，所谓"一言既出，驷马难追"，只要一句话走了火，就容易被人钻空子，甚至抓住不放和你理论起来。加上近十年来，我更加热衷于写作，但由于年老，思想日趋僵化，逻辑性不强，不管写什么，已习惯于边写边改。尤其是写文章，基本定稿请人阅读征求意见后，还得根据高师和读者的意见进行多次的修改，有的文章甚至要经过数十遍的反复修改，才能日臻完善感动人心。有时正当我思考改稿或阅书看报入神的时候，未能及时去做家务事，便要遭到她的批评："现在的年轻人，大都爱好上网，有几个爱看书的呀！你总是日日夜夜地写，有谁个爱看你们老家伙写的东西呀！你如此把眼睛熬坏了，不听劝说我不会理你，看谁个来牵你！"我说："瞎了我可以爬到西山大塘里去。"她说："你莫弄脏我们大家用水的水源哩。"总要经常打这样的口水仗，这是造成我们家庭矛盾的主要原因。但是，通过事后冷静的一想，她都是从关心我出发，所以我多半是屈服于她的压力，确实从中领悟了一些学会妥协、学会做人的哲学。为改变我地近300年古寺山头的景观，便利村民攀登望远和休闲散步，继今年已经开通一里公路和重整寺庙偶像的形象后，大家还希望我们支持把这个公园建设好。由于老伴积极为改建道路动员捐款，我生怕儿子擅离职守去抓"外汇"再来投资，才引发了对他们母子的不满。不过我坚信菩萨不保背时人，一个人还得发挥自己的主观能动性，为人在世，只要凭良心做事，讲道德行善，就会永远立于不败之地。经过一场短兵相接的交锋，通过好心的辩论，从而恢复了与她的和平共处。如此看来，万一没有谁和我打岔了，那个日子肯定是不好过的。因此，我心甘情愿和她磕磕碰碰到百年，互相支撑到达彼岸。

### 1.6.4 拥抱祖国幸福无边

是日早晨，我5点起床，回顾历史，思绪万千。追溯我们祖国自1840年鸦片战争起就被动挨打了一百多年，新中国将以建党一百年实现小康社会、以建国一百年建成文明富强的社会主义国家；鉴于现在日本制造"购岛"的闹剧，赌上的将是其百年的盛衰，只要我们以后37年能够继续坚持改革开放，确保祖国领土不受侵犯，与各国和平共处，我们祖国到下一个百年就可永远不会被人欺凌了。瞻望远景，如果"人生百岁不是梦"可能在我们身上变为现实的话，中青年人还有较大的时空，两老只要注意保健爱护好身体，也可能安度那个广义上的百年，多享受祖国锦绣前程的眼福。

人老了，尽管对个人结婚的纪念不那么感兴趣了，可是，每当回想起半个世纪之前，她俊美不嫌我背驼，许下终身永远结合。教育儿女争创"四有"，意见再大当念家和。我们有责任鼓舞中青年人重温"百年好合"之约，促进夫妻的永久和睦，更要激发我们大家加强保卫海岛安全、捍卫我国领土完整、确保祖国百年不再受人欺侮的爱国之情。

为了不兴师动众庆祝金婚，我三天前已与栗山照相馆的摄影师联系

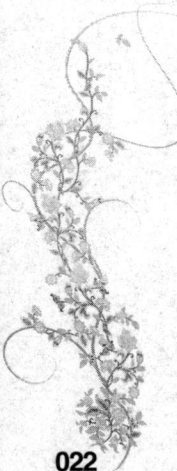

好了，到时，请他来给我们拍几张纪念照片。后来想起二女儿买了小相机，便又打电话跟她联系，要她中秋节带回相机，于国庆节前夕照个合影也可以。但二女儿不同意，她说要到十一国庆节那天照才有纪念意义，他们还要给我俩送礼呢。还说，三代人都是国庆节结婚的，要热烈地庆祝一番。当时我只好默认了，但嘱咐她不要声张。中秋节晚上会餐后，由于他们有的还要接待远方来的亲友旅游团，便把家庭庆祝国庆、祝贺金婚安排在十一国庆节下午举行。

下午三点多钟，女儿、女婿们及其子女开车赶到，他们就要用手机、小相机、摄影机照相。我当即要老伴将我用红纸写的那条"与祖国同庆到百年"的横幅拿出来，我和大女婿将其贴在便于照相的外墙上，布置了拍照的背景。首先由女儿、女婿们拍了一些镜头，还录了一些片段，等摄影师给一对新人完成结婚摄影归来，又请他用大相机分别拍了各种不同的留影。获悉我们庆祝双节又庆祝三代人结婚纪念之喜的邻居和路过的人，看了这布置的场景，都称赞这句充满爱国主义精神的祝词多好。之后，我们还分吃了为庆祝祖国 63 岁的生日蛋糕，表达了大家对祖国的无限热爱和对我们老人的关爱之情，让我们的爱情之花永开不败，让我们共同祝愿伟大的祖国一百年乘一百年地永远繁荣富强屹立在世界的东方。

（2012 年国庆节）

## 1.7　小炘炘回湘过端午

端午节小长假，儿子约定端午节晚上回广州再陪岳母过节，于是和儿媳携带小炘炘来长沙办事了。端午节那天恰遇大雨，克服辗转困难，他们约了其姐妹一道赶回湘乡西山塘，陪我们两老吃午饭欢度传统佳节。上午抵家，雨还在连绵地下着，我们在门前台阶上迎接了他们。儿子、儿媳边催小炘炘叫爷爷奶奶，边异口同声地向我们汇报："炘炘昨晚就闹着要回西山塘来看爷爷奶奶，要来和小帅哥挖蚯蚓钓鱼。因为雨下个不停，等到今天才赶回来的。"

小炘炘变化大，去年暑假回来，到株洲站被警察叔叔挡住，量身高有 1. 15 米，一个四岁多的小孩也补购了一张半票。今年肯定超过 1. 20

米了，但听说他不像以前那样肯叫人了，今天好不容易才蹦出了一句"爷爷奶奶好！"儿子今年春节已回来拜年，儿媳是去年10月陪我看世博会见过面的，她还是那么热情奔放，和女儿们一样地关心我们老人。她刚跨进里屋，就忙着将一叠大票子装入红包里送给了老伴。转而惊讶地对我说："爸爸您还是劳动锻炼的好，您的气色好像比去年还好些！"

小炘炘还只五岁零五个月，记忆力还不那么强，可他对爷爷成长在韶峰山下和爸爸出生在西山塘都有了较深的印象。韶峰那边的陈家冲是爷爷的老家，他们从小就在大山上放牛、拾柴以及采食仙桃、毛栗等野果。每次回到奶奶和爸爸出生的西山塘，儿子也是同样地向其灌输着长辈们是如何从小学习劳动锻炼成长的，让热爱劳动的种子在他幼小的心灵里生根、发芽、开花、结果。

这次回家过端午节，儿子刚刚牵着小炘炘到后院，抬头就望见后山菜园里满园郁郁葱葱的蔬菜。便冒着小雨抱起炘炘去园里参观，看爷爷奶奶种了一些什么好的蔬菜哒！父子俩攀上菜园里一瞧：黄瓜藤正盛开着黄花，有的已经挂上了青色或白色的嫩瓜，辣椒树也开起了白花，茄子树那些紫红色的花苞也已竞相开放，苋菜和爬蔓的空心菜基本铺绿了菜地，满园一派生机盎然。儿子现场的——解说，给了小炘炘一个很好的启发：年近八旬的爷爷尚不停地劳作，在继续发挥着他的余热。小炘炘激动地说："爸，爷爷奶奶种的菜比广东黄伯伯种的花样多！"

回到家里，再举目观场，只见煤火、液化气厨房和柴火灶屋，姑父母和表叔婶母都在忙着办伙食：有的切肉食，有的杀鳝鱼，有的在炒菜，表哥、表姐也都帮助做事，奶奶在烧火煮饭，舅祖母在剖水鱼，老人们也不得闲。大家齐动手，两个多小时就办好了两桌丰盛的饭菜。眼看爸妈也都投入了协助做饭菜和准备开席的活动，小炘炘还未来得及找邻居的小帅哥玩，看着厨房的藕煤不多了，竟主动地操起一把夹钳去早已知道的梯级屋存煤处帮助搬运藕煤来了。原来厨房里存的一墩藕煤足有两尺高，每只藕煤有一公斤重，他搬不上去，就把已经搬来的三只藕煤放在煤堆的附近。当时我不知小孙子会如此主动地寻事做，他大姑母告诉我才明白。我惊喜地夸奖他："炘炘好勤快啊，能够帮姑姑们做事了。"我告诉他搬来的藕煤已经够烧了，他才停止了干活。待我去梯级

屋察看，离大煤堆一米远处还摆放了一只藕煤，但所堆藕煤并未被拉倒。可能他是先将矮煤堆的藕煤挪到地面，然后再用夹钳搬走的。他们在广州烧液化气，小孙子回老家竟敢于去做搬运藕煤的脏活，离不了我们长辈代代爱好劳动给他的深刻感染。

搬完藕煤，小炘炘才又冒雨跑到邻居家找小帅哥，小帅哥已是一个十岁的大小孩了，他不爱和小孩子玩，便借口下雨天不好钓鱼未和他玩了。小炘炘受挫返回，想起爸爸买的花炮还未燃放，就和小表兄催起爸爸先后点燃了两箱花炮，顿时炮声抖动，火花漫天，壮观极了。中午会餐，我想让不会喝酒的客人喝点"营养快线"，孩子的父母反对吃那种含有激素的东西，他们说服了两个小孩退还了早已被分管的两瓶饮料，居然谁也没有喝，老老实实地吃饭菜陪我们过了节。

下午时不等人，听说成姑父送他们去长沙搭高铁，大人们正忙着将老家的土鸡蛋、杀的土鸡和给姥姥捎的饮食装上车，小炘炘却又重新抱住了那瓶饮料，他说要在火车上慢慢地当矿泉水喝，爸妈也只能另想办法再行控制。随着小车在风雨中启动，小炘炘和他爸妈一齐与我们大家挥手再见。我们期望小炘炘下次回来会有更大的进步。

（2011 年 6 月）

## 1.8　我要吃爷爷的糖包子

2 月 14 日下午，儿子携带小炘炘要去湘潭给长辈拜年，我特地乘公交车赶到县城大女儿家去送行。本来儿女们怕我乘车辗转劳累，早已嘱咐我不要再去城里欢送他们。所以我事前未给他们打电话，还是抢时间在邻居家吃过头场婚酒后动身的。除给他们捎去了一篮子土鸡蛋和一个榴莲，还提了一补血冲剂盆子装的已经发酵半天了的面粉团团，塑料袋内还附了两包干面粉和食碱，想要大女儿携去湘潭再做糖包子给小孙子吃的。

小孩子变化大，过去最喜欢尊称大人的小孙子，现在愈来愈不肯叫人了。小孙子回湘之前，爸妈在电话里要他喊爷爷奶奶，他竟以"我要吃爷爷做的糖包子"作为称谓我们的代名词。这次回湘已经有一周了，我每次与他亲自会面，他爸要他叫我，他却把其当做耳边风，不是

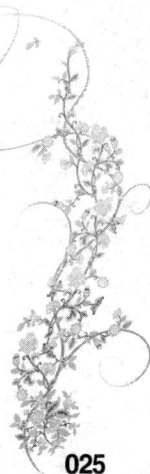

故意扭摆身子拒不作声，便是干脆脱身走开，就是不愿意敬老叫人了。若说小孙子对我们老人缺少感情，那是不切实际的。这次他回老家西山塘时，曾亲自喊起来问："爷爷，您养的那一只大白鹅哪去了？"我说："过年已把它宰杀吃了。"他说："您怎么不给我养着？"我说："今年我再去买两只小鹅，很快就能长大，让你暑假回来同它一起玩呀！"在他离开西山塘去湘潭时，在表哥姐和大人们都互道"再见"的启发下，他也亲切地喊出了"爷爷奶奶再见"和"爷爷再见"的祝福声。其实小孩子就是这样：他向你发问才会喊你，他无事求你就懒得喊了。他们喜欢随大流，只要大孩子带头呼喊，他很快就跟着喊起来了。平时，他每每在电话中发出"我要吃爷爷做的糖包子"的呼唤，只是间接地反映了他已隔半年未吃老面包子了的新期待。所以我每次从电话里听到他"我要吃爷爷做的糖包子"的话，自然引起我心里的震动。后来，我又准备去县城送他们父子的，就是因为大女儿在电话里催他叫爷爷奶奶时，又一次听到了他要吃我做的糖包子的呼声，因而使我又一次动心了：我是一个快八十岁的老人，犹如风地之灯，随时都可能被吹灭。如果小孙子想要吃我做的糖包子的要求都不能达到，很可能成为我们三代人不应该留下的一个遗憾。于是，我清早去镇上超市买了三斤面粉，便立即动手调好面粉，自己做不成，也打算让大女儿带去湘潭再做。不过，我 2008 年"五一"国际劳动节同儿子去北京旅游，在老弟家学的做包子、馒头的技术一直未过关，做得好的赠与邻友尝尝都感谢不已，尽管尝试得多的外人，无论包子的好与差都爱吃，但是家人关心包子的质量，常把意见提，城里的女儿女婿都说我的包子不够原汁原味。特别是新近一次做的包子简直成了面粉粑粑，一直还收藏在冰箱里。春节期间荤菜足、生活好、吃米饭的时候多，连我自己都还没有去开始吃它呢。因为过大年前气温太低，又急于求成，总想利用灶台上的煤火，通宵地先后把盛面团的瓷钵子转动加热，结果使底层的面粉烤成了锅巴。加上我舍不得丢了已经烤熟的一些疙瘩，将它与发酵正常的面粉团搅作了一坨，以致黏黏糊糊的面团难以分开，最后不得不把其做成了一个发糕式的大饼饼。从而更加动摇了我继续做好包子的信心。儿子携小孩到处拜年，在家落足的少，见我们接待拜年客已累得够呛，孩子未再当面

提及要吃糖包子的事，他也就未催我给他们做包子了。

而今小孙子之所以回味我做的糖包子好吃，还得追溯到去年2月，当时我携带了老面去广州，有意教会保姆做包子、馒头，我认真按照将老面稀释搅拌、看面团发酵程度再下一定比例溶化了的食碱的操作程序做了两次糖包子。头一次一举成功，大家吃了都感觉口味好又耐饿。几乎走遍全国和世界上20多个国家的儿子都感觉老面包子好吃。第二次做的包子硬了一点，大家吃了觉得还有嚼头。我将此技术传授给保姆，她做过两次积累了经验，越做越好，老少都爱吃。只因为她后来有一次的包子未做好，大家不大乐意吃，儿媳劝她不要多费累了，还是去食堂买馒头、包子吃，便暂时停止了自己做包子。但是，我爱吃老面包子之心尚未泯灭，以后仍然继续积极支持保姆每隔三周做一次包子，把两年前从北京带回的老面娘子保存了下来。因此，还是我做的糖包子在小孙子的记忆中留下了较深刻的印象。今年春节唯恐所留老面质量不好，使我未及时做糖包子给小孙子吃，在一定程度上影响了我们祖孙的感情。这是促使我继续坚定信心、坚持用原来留存的老面给小孙子做包子的一种动力。

可是，事与愿违，因大女儿平常做的老面包子大都比较好，至少不比我有时做的梆硬难嚼，所以她也不相信我此次发酵的面粉能够做出好的包子来。加之，她参与储蓄柜台包干，每天都要上半天班，将弟弟父子送到湘潭，回家后还有被聘业余兼职的事情要等待她去做。她只好代替我做小孙子的工作，答应他：下次暑假回湖南，爷爷一定给你做很多好吃的糖包子啊！只要小孙子不再坚持要我给他做糖包子，也就缓和了我急于为他赶做包子的念头。由于我自己本来就无把握做好这一次的包子，只好把基本发酵了的面团又捎回了家。晚上，我即时调好碱粉，开始了新一场的制作，没想到竟做出了一笼笼可口的糖包子。从此总结经验：以前凡是做得不好的，多半是面团发酵不够，都是性急图快造成的不良后果。这时我才愧悔自己还是经验不足，若是先知道老面发酵得还可以，何不随他们一道去湘潭，到那里去做，就可让小孙子尝到软硬适中而又可口的糖包子了。这样，完全可以了却他想吃我亲手做的糖包子的心愿，准能促进我们祖孙两代人的感情。

　　小孙子回到广州之后，因他在离开湘潭之前就患了感冒，与多吃了可能注有植物激素培育的榴莲有关。我未做好包子，他便将喜欢吃的榴莲啃了起来，而且还将剩下的部分榴莲一并带走。我历来食量大，老来有时还暴饮暴食，回家即患了拉肚子的毛病就是明显的例证。小孩子的饮食全靠大人给他调节，容易坏肚子的食品更不能乱吃。如果吃多了则要防止受凉。稍不注意，就可能酿成细菌感染。遗憾的是，这次小孩去湘潭，只因儿子抽出一天时间去办事缺少嘱托，我们的好心人竟迎合他的胃口需要，让他吃了早已被美国淘汰了的肯德基垃圾食品，使他受害不浅。孙子后来被连续送去儿童医院看病、打针、输液，就是一个深刻的教训。换句话说，若是多吃了老面包子，还不一定就如此害病。因为老面做的包子，是具有传统风味的讲究质量的好食品。而当今的饮食店利用发酵粉做的包子、馒头，虽能即发即做，省时省力，能使成品鼓得像皮球一样地显得有分量，格外引人去选购。其实那是掺了食品添加剂的结果，那是有利于经营者吸引顾客而多赚钱的手段，却没有老面所发酵的食品的口味和营养。真正要讲保健，还不如多吃传统食品的好。由此可见，年仅5岁的小孙子爱吃我用老面所做的糖包子的呼声，正是代表了广大消费者爱吃传统食品的声音，对于国家主管食品安全的监管部门领导应该是一个很好的启迪。

（2011 年 2 月 19 日）

## 1.9　我陪爷爷看世博

　　9月2日从湖南老家探亲回来刚刚一个多月，爸妈又提出赶在上海世博会落幕之前陪爷爷去看世博。我问妈妈："世博"是什么东西？她说：世博，就是全世界的博览会，世界各国都将他们最老的古物、最好的特产、最新的科技和惊人的经济发展数据拿到上海来展览，达到互相交流、互相借鉴、共同提高。我问爸爸："为什么世博会要在上海召开？"爸爸说："原来上海的工业和经济基础都比我们广州好，张闻天爷爷最早于1958年4月就向中央提出要上海申请1959年举办世界博览会的建议，于是上海率先进行了调查评估，2001年5月2日提出正式申请后，得到世界各国的积极支持才办起来的。"不管怎样，反正我猜着上海一定是挺热闹的，是最好玩耍的地方。

七月份放暑假回老家，爷爷奶奶对我很关心，奶奶容易晕车不能陪我去城里玩，只要我去县城姑姑家了。奶奶总是催爷爷沿农户去收购土鸡蛋，及时送到姑姑家，让他们为我增加营养。回广州时，爷爷奶奶还买了很多土鸡蛋，宰了两只土母鸡。姑姑他们也凑了一些土鸡蛋，李姑爷还钓了新鲜的大鱼送给我们，让我们回家改善生活。在老家，奶奶曾告诉我说："过去，你爷爷在银行工作，每次回家总要买糖粒子给你爸和姑姑们吃。"我估计，这次去上海看世博会，爷爷肯定会为我带来好多糖粒子的。

爷爷在湖南，爸爸提前一天赶回老家，陪他老人家去长沙黄花国际机场登机飞往上海。姥姥在广州，我和妈陪她老人家从白云国际机场起飞去上海虹桥国际机场。爸爸他们是上午去的，他先将爷爷送去宾馆落脚，然后再来机场迎接我们。

我们晚上才赶到宾馆，为很快又和爷爷在上海会面感到非常高兴，大人们还未来得及握手，我早已飞跃地拥向爷爷的怀抱。尽管平时爸妈和姥姥嘱咐我要少吃糖食，怕我吃多了甜的会引起蛀牙。我也曾猜想过：爷爷的大部分牙齿都已脱落了，肯定他从小就喜欢吃甜的，以致他的牙齿被虫子蛀掉了。平常，每逢听到大人们讲起"男孩子的牙齿被虫子咬了，将来对象都难找"的危害，想起幼儿园老师对我们进行的"提倡过低碳生活，要尽量注意少吃糖食和含有激素的食品"的教育，自己也尽量控制食欲少吃糖粒子。今年2月爷爷曾去广州陪了我五个月，他很理解我平时乞食的眼神，知道我搭飞机累得饿了，也就知道我是想要吃零食了。于是，他从他的背袋里掏出了一小包糖粒子，是几颗用葛根做的软糖。以后我几次伸手向爷爷要糖食都被我爸劝止了："不要吃那些东西，你若再吃糖你的牙齿很快就会被虫子咬掉哩。"妈妈是医生，也常常给我讲吃糖食多了的害处，她见我看见旁边小朋友吃糖就眼馋，也都劝我少吃糖的好。后来，爷爷又将别人送的结婚喜糖给我吃，因保存时间长了，糖已开始溶化，弄得满手黏黏糊糊的，又被爸妈当场制止不让我吃了。

听大人们讲："会看的看门道，不会看的看热闹。"我就是爱看热闹的了。原来早已听见人们议论：看世博会的人很多，入场排队要站四五个小时的。虽然照顾老人有绿色通道，但是要借用轮椅才能免于排队。因此，姥姥早就在楼房里练习走步。听说爷爷也在家里搞演练，他除了坚持每天早晚步行1至1.5小时，晚上看电视时还要练站劲。他说："我在家演练站不了三小时，就别想去上海站四五个小时啦！"一个参观了世博会的农民叔叔谈起站队时的感受："看世博排队站得太累了，我们平时在家搞'双抢'还没有那么累呀！"爷爷听了，曾经为怕排队不敢前去参观。但是经受不住爹妈再次打电话的动员和催促，直至爸爸给他订好机票之后，他才断然答应同我们一道去上海参观。然而临到已经买好了入场券，两位老人的思想还有些紧张，经过已经参观过一次的爸爸的宣传解释，鼓励老人敢于克服疲劳，爷爷和姥姥才下定决心投身这次参观。

我们于10月16号抵达上海，正值重阳日，又是老年节，当天参观世博会的人数达到103万多人次，创开馆以来的历史新高。第二天是星期日，为了避开拥挤，爸爸购了下周一的参观票，安排头两天时间去参观其他风景胜地。可爷爷内心的重点还是放在"读世博"，他每天总是挤出晚睡早起的时间，选读上海的《新民晚报》和江苏的《现代快报》有关报道世博的文章。我们的房间恰好都安排在19楼，我跑来跑去担负了他们的通讯联络任务。我每次去爷爷房间敲门，他都迟迟才来开门，从他桌上摆摊的报纸和打开的小笔记本，就可知道他不是在看报纸，就是在摘抄看世博的资料。我回到爸妈房间便问："为什么爷爷老是在房里看报纸写东西？"爸爸解释说："从已参观出来的人们传达的讯息看，人多拥挤，只能走马观花，即使你携带了笔和本子，也没有足够的时间让你去作记录。老人生怕匆忙参观看不详细，想从报纸上多读一些、多抄一些看世博的新闻。"因为要想掌握一个国家的今昔状况，并比较，还要与看报纸"读世博"结合起来，才能比较全面地了解情况。所以，我那个78岁的姥姥和76岁的爷爷都勤快做笔记、写日记，以便回去有资本向邻里亲友解答他们的提问。

### 1.9.1　爸爸导游入园

10月18号上午8点多钟，我们打的赶到世博园时，老远就看到了

"中国 2010 年上海世博会"的巨幅横批。爸爸充当导游，很快引导我们进入了排列队伍。走到与老年人、残疾人及团队分流地段时，爷爷和姥姥同老年人队伍走了，爸妈携我朝早已排队容纳了几万人的大棚走去，等待入场接受安全检查。爸爸凭头次参观的经验，抱着我吆喝着妈一路很快向人少的地方跑步走去，我们只等几分钟就进入安全检查的环节。越过安检进入参观场地后，爸爸立即给爷爷打电话询问，原来他们老年人还在那里排队，声称还要等半小时才能进入安全检查。爷爷估计得准确，我们等到 10 点钟就会师了，比预计的要轻松许多，两位老人都还能顶住。接着，爸爸又凭第一次参观的经验，根据有老小拖累的实际困难，他果断地决定：采取先看小国家展馆后看大国展馆，先看一般展馆后看重点展馆，以免因站队太久拖垮身体又耽误参观时间。我们先后参观了 7 个小馆，到下午 4 点钟，我才从疲劳的瞌睡中醒了。爸爸和姥姥陪着我坐在法国大馆外围的草地上，瞻仰法国馆顶上那个总是飞溜溜打转转的摩天缆车。妈妈陪爷爷又去看了 6 个小馆，各国展馆陈列的主要是文物古迹、雕塑绘画、建筑样式和人文风貌，或用统计数字作比较反映的各国经济发展速度。我还是爱看热闹，那些沸腾的身着红、蓝、绿、白等多种颜色衣服的男女老少就足够我看了，有好些老外爷爷和奶奶都卷入了参观的人群。我走累了，爸爸抱着我走在最前面，还要顾及老人们是否跟上。看到那个打着太阳旗的参观团，爸爸告诉我："他们是日本人。"姥姥紧跟着补充说："过去日本鬼子欺侮我们，中国人民奋起抗战把他们赶跑了。现在日本愿意和我国友好，我们欢迎他们来参观。"看见一些穿绿绸缎上衣和白长裤的阿姨和姐姐，爸爸告诉我："她们是朝鲜人。爷爷曾经参加中国人民志愿军帮助他们打敌人，至今他们还铭记在心，不忘向中国人民感恩。"参观朝鲜馆时，为牢记抗美援朝的光荣历史，爸爸为爷爷购买了朝鲜纪念中国人民志愿军赴朝参战六十周年的纪念邮票、纪念册和纪念币。爷爷称赞很有纪念价值，我们要代代相传，永远流芳。参观东帝汶馆时，几幅用木质雕刻的巨幅人物漫画塑像，虽有点被玷污的陈旧痕迹，却更能赢得参观者对古老文物的欣赏。前苏联与我国接壤的几个小国展馆，展示着他们国家石油和天然气极其丰富的储藏量。有一个国家的 9 条自然带，就占了全世界仅

有的 11 条自然带的 80% 还多。爸爸解说："它们原来都是我国的领土，是过去的满清王朝屈服于不平等条约拱手送给沙皇俄国的。现在，有的邻国又企图侵占我国的岛屿，我国政府已发表严正声明，采取反制措施，绝对不让他们的阴谋得逞。"

晚上，我们欣赏了世博园的不眠之夜，回到宾馆共进晚餐时，为庆祝看世博的胜利，爸爸特地加买啤酒、饮料敬奉老人，爸妈要我多为老人添酒干杯，祝贺此次旅游一路顺风。

### 1.9.2 我当小辅导员

刚到宾馆，爸妈就嘱咐我："要看好世博，先要让老人休息好，你不要去打扰他们。"可是，我只有多去探望老人，多蹦蹦跳跳才好玩呢。我对宾馆里的新兴锁具、用具很感兴趣，我把那些东西当玩具耍。这次旅游，我给爷爷和姥姥当了开门锁和使用生活用具的小辅导员。老人对新式用具使用不习惯，我在爸爸的启发下，及时告诉老人如何正确使用电灯开关和各种设施。如何区分寝室内陈列的赠品和非赠品，怎样正确使用开锁卡片插进门缝才能把门打开。姥姥几次套门锁都未能打开，还是喊我帮忙才把门打开的。爷爷房间，头次开门也是我给开的。第二次，爷爷开了半个小时也未打开，因我和爸妈去商场未回，他还是请大堂经理才把门给打开的。爷爷不会使用标有"红"、"绿"标志的防盗门，也是我提醒爷爷注意，才晓得落闩与开闩的。要是不告诉老人，他很可能就把自己关在房间里出不来，就不能按时出去参观了。

我这个不足五岁还不识几个字的小孩出来看世博，全靠爸妈及时解说介绍，才知道世博会总共有 189 个国家设了展馆。159 年来，世博会还是头一次在发展中国家登台，也是头一次在我们中国上海主办。在171 天内，共有来自世界各国的 7000 多万人参观，其中当然也包括了我这个未成年的小朋友在内。

### 1.9.3 看中国馆外馆

为弥补我们这次暂时未能参观中国馆之不足，爸妈还领我们参观了与"天堂"媲美的苏州、杭州，还参观了南京的中山陵和明孝陵。22号下午参观杭州岳王庙时，我问爸爸："跪倒在岳飞墓旁的那几个石像是什么人？"爸说："岳飞将军是捍卫南宋王朝的民族英雄，他被王朝的奸臣诬告，背上了谋反的罪名，结果被冤枉杀害。后来，元朝人民把秦桧（其妻王氏）和两个叛徒（万俟卨、张俊）等四人铸成铁像跪在岳飞墓阙西侧的铁栅栏内，宣布他们为千古罪人向世界示众。"

我们历经8天，爸爸带领我们还瞻仰了上海的东方明珠、金融中心大厦的宏伟建筑，还参观了上海城隍庙的名胜古迹和上海滩的美丽夜晚，还坐大轮船畅游了上海黄浦江；坐小轮船游览了苏州运河的两岸风光；游览了杭州那引人入胜的西湖美景；乘高铁飞驰于沪、苏、宁之间，乘大快巴欣赏了宁杭高速两旁的如画风景，把江南水乡山色尽收眼底。爸爸还为我购买了世博会的收藏品和一些纪念品，给我们照下了最有纪念意义的相片，在世博会留下了我们一家和姥姥的珍贵合影。回去，我要送给老师和同学们欣赏，让爷爷带回老家给奶奶和姑父母、表哥姐和父老乡亲们观看，让大家也分享世博会的精彩。

23号上午，我们坐飞机回到长沙，霞姑姑和小姑爷开车到机场迎接我们，在爸爸的同学美姑姑开车引导下，我们还去参观了毛爷爷曾经"指点江山，激扬文字"的橘子洲头和他老当年在此读书学习的岳麓书院。这些也是闻名世界的经典，为我们五千年的文明古国所独创，值得我们中华民族永远坚持继承和发扬光大的。

### 1.9.4 感想之歌不断

一路上，我们历尽了步行和车船辗转的辛劳，但是一想起世博会"城市，让生活更美好"的宗旨，全世界有246个国家和国际组织参展，展馆的设计建设和园内管理人员的有条不紊，处处贯彻环保、低碳改善人民生活条件的理念，工作人员都体现了开放、友好和合作的精神，对于我们建设和谐社会、和谐世界是一个很大的促进，也就鼓舞我们坚定信心地胜利走完了旅游的行程。爷爷征求退休教师的姥姥的修改意见，还为我编了一首看世博会的感想之歌：

金秋晴朗多暖和，

我陪爷爷看世博。

小国经验要吸取，

大国科技当羡慕。

绿色低碳促环保，

　　和谐世界朋友多。

　　身为儿童要听话，

　　老师教导不会错。

　　长辈传递接力棒，

　　硬要紧紧手中握。

　　21 世纪我们主宰，

　　回去快把英语学。

　　改革开放熔炉炼，

　　争取当个大使哥。

　　不怕鬼子再侵犯，

　　义正词严有力驳。

　　一个小岛也不让，

　　祖国犹如磐石固。

　　人民生活更美好，

　　都为领袖献赞歌。

　　妈妈将歌词念给我听了，我说："哪里记得那么多，你们编得好不好，你把它抄下来，我回去送给幼儿园崔老师看看才知道。"

　　24 号下午，爷爷登上小姑爷的车子要走了，我们一行挥手欢送爷爷安全返回，爸爸小声提示，我附和着对爷爷说："爷爷多保重，我们下次再陪您去看世博会。"

（2010 年 11 月）

## 🌀 1.10　梦幻的记忆

　　我本来已经回到了家里，他说我还在广东住院治病，使我大吃了一惊：不知道是我的魂飘摇在外，还是他在那里做梦。他走了，我想求他向阎王老子求求情，把他少活的时间转嫁给我，让我多活 20 年再去地下"报到"，不知是理想，还是梦想？

### 1.10.1　会面未叙成遗憾

　　8 月 27 日上午，我去县城陪小孙子玩耍，在大女儿家吃过午饭，特地撑伞冒雨去湘乡市人民医院探望了一个住院治病的邻居周老太。正当我走出医院准备去停靠点乘车返家的途中，接到大女儿的紧急电话，说我正文侄（乳名华娃子）突发重病，已送往人民医院，要我去看看他。我问："他住在哪个病室？"她说是七病室。一提起正文侄的病，他正月初八住院的情形又在我的眼前涌现：当我获悉他住院治病的消息时，立即去看望他，记得当时有小侄孙子在那里护理他。我仔细地询问了病情，他说是高血压，我问："高到多高？"他说："检查是 180 至 200 mmHg。"因看出他额头有受伤的痕迹，我问是怎么回事，他说差点摔倒了。我再三嘱咐他要治好再出院，以后再也不要开车去送货了。后来，因未请人帮忙做生意，自己不得不提前出院回家照看店子。其实他还未休养好，加上经商的竞争大，结果病情愈趋严重。我一听到他现在又进医院了，即刻回到医院去看望他。刚刚等到电梯下来，电梯内用担架抬出来的正是他。很明显的昏迷不醒，大家正把他往救护车上抬。我还未来得及与侄媳打招呼，听协助护送的人说："市人民医院已经回信了，他们无把握接收住院，建议送上级医院抢救。"在他妻弟的积极支持下，侄媳同 15 岁的儿子迫切要求把他送往长沙抢救。当时，我担心护送途中可能出问题，便向侄媳提出了自己的想法。她说："您老放心，有医生护送，我们无论如何也要设法去抢救他的。"匆忙中，我送了点慰问金，侄媳来不及接，我便将其塞进了侄孙手里。以备正文侄在去大医院可能有救时，或许还能尝到我送钱买的营养品。

我目睹救护车把他们送走后，从正文侄的昏迷状态及脸色方面推测，很可能是没有救了。接着我问了当时护送来医院的人，才知正文侄是摔倒在地，几个人抬着才把他送到医院来的。据他们反映，听人民医院急救室的医师诊断：他脑部的 15 个点部，已有 12 个点出血。医生认为连 1% 的希望都不大。依我个人的观察，从他的严重昏迷状况看，他已经像死人一般，送去长沙不过是尽最大的努力，期望于大医院的医术高明和医药充足。随后，我很快给老家的侄子、侄女和北京的老弟打电话，转告了正文侄的严重病情，争取他们的关心和支持。却不知我大女儿早已给老家各个叔伯兄弟姐妹打了电话，一个立即赶去长沙加速抢救、协助护理的行动已经形成。北京的老弟夫妇非常关注华侄病情的发展，并及时给侄媳以安慰。

在救护车司机既沉着保持平稳又适当加速的积极协助下，他们很快把正文俀送进了驻长部队的163医院，解放军医师更加判断果断，根据患者亲属的要求，当晚就进行了脑部的手术。第二天，还将喉管割口通气。尽管前后方电话联系不断，但是终究是高明医生也无回天之力，医院次日晚即下达了病危通知书，动员家属尽早把患者运回家去。翌日凌晨，把他接回老家延续四个多小时之后，心脏终于停止了跳动。

追溯正文俀由发现高血压到最后脑充血中风导致不幸身亡，主要是他本人青年时期自己对保健注意不够，其原因有：一是年轻时认为自身的体质好，曾听他说过："我已向一个上里人（即娄底、涟源人）学了护身法，平时我不会露面，只有遇到紧急情况，就能甩开顽凶保护自己。"二是饮食不大注意，发了肥胖病，体重增到了160~170斤。三是发病后未及时进行治疗，该住院又生怕多负担医药费。四是勉强去做力所不及的事情。五是他自2002年起为江苏阿庆嫂洗衣粉集团担任湘乡总代理以来，经常到处出差，在外吃喝，深受假矿泉水、涌水油、病猪肉和激素饮料等假冒食品和化学洗洁精的危害，也是导致他健康状况急剧下降直至不幸早逝的重要因素，这也等于是在梦幻中被夺去了他53岁的生命。

我原想去医院看他还能说几句话，表达健存老辈对他的关怀，哪料他连眼睛也没有睁一睁就此走了，使我留下了连做梦也未曾想到的遗憾。

## 1.10.2 梦幻之秘印心中

今年7月，我从广州回乡，于7月21号抵达湘乡。三天之后，大女儿转来正文俀对我的关心，说："华哥讲'昨天接到冬叔的电话说他自己病了，已经住进了广东医院，你们要多关心你爸呀！'"大女儿此时即向他作了说明："我爸明明已经回家了，你不要听骗子们的哄呀！"他说："我亲自接的电话，像是你爸的声音，应该不会错的。"我听了大女儿的叙述也大吃一惊：我已经安全抵家，而正文俀却听到了我还在广州打电话给他，不知是我的阳魂已经逍遥在外，还是他的脑袋糊涂了，很可能是他在睡眠时梦幻中的反映。我自己在琢磨：若是我的魂"跑了"，我这个70多岁的老人快要到头了，万一垮了，也已是寿终正寝了。而如果是他的脑子糊涂的反映，那肯定是他的身体又发毛病了，只是未引起家人的及时注意，根源还是梦幻的秘密还未揭开。这就是招致他不能及时治疗以致过早过世的主要原因。

当然，原来正文侄身体健康头脑清醒时，对我们这些长辈是很尊敬的。就是他在梦幻中得知我已在广东住院治病，也反映了他对我这个老叔身体的关心，他已把和他爸同胞一母生的叔叔们的感情溶入了他的血液之中，他无时无刻不在关心着我们老辈的健康。他平时对我们的一片孝心，就可以完全理解到他的这种心情。我们兄弟 5 个，他爸是老大，性格随和，自解放初期就参加了工作。后来在供销社退休。正文侄兄弟 4 人，当时他已读过高中，又未找好对象，父母决定由他顶班参加了工作。就当时刚刚开始改革开放的形势看，他是兄弟和妹妹等 5 人的唯一受惠者了。从此，赡养父母亲的主要责任自然落到了他的名下。具体是：大哥承担母亲的基本生活和父母病时的护理照顾，他几乎承担母亲的治病费用和生活的零星开支。老人后事的处理，也是听任兄弟自愿承担之外，最后由他负责其余的开支。可他从来不与兄弟相争，最后总是由他纳总。人们都说："父母身上舍得花钱，陈正文不愧一个孝子。"由于他孝敬岳父母如爷娘，侄媳也像孝顺父母一样地孝敬当时健在的家婆。

正文侄参加工作后，每次回家，总要登门向与其为邻的二叔父母和三叔父母问好。他还会和别人发生矛盾的人深入交换意见，亲切交谈，疏通关系。有的人以某某媳妇不幸出了事就责怪是别人直言相劝施加了压力，他却心里有底，他认为主要是她思想上的一念之差出了问题，不能片面地去责怪他人。因此，他深入做劝解工作，以化除不应有的矛盾。使老人们深深感到：正文侄参加工作后进步快，促进和睦团结好处多。我（四叔父母）家在西山塘，他每次和我相会，总要及时向我汇报老家长辈和叔伯兄弟姐妹的情况，这样能够及时交流信息，表达相互关心。今年正月初三，他和其他侄子女前来我家拜年时，大家对我老年仍能坚持看书和写作甚是赞许，而他却对我的健康极为关心地说："叔叔，今后凡是费脑筋的事您要少搞一些，要多注意保重自己的身体啊！"

正文侄中等个子，脸庞宽阔，说话笑得眼睛眯眯的，令人感到和蔼可亲，我还未听见他和哪个人发生过口角纠纷。他找对象也胸有成竹，有人给他介绍过小学教师，也有为他讲过郊区的富家女子，可他不合心意的总是不表态，直到三十六七岁，才看上了他的意中人，一拍即合。他俩结婚十多年了，侄媳比较性急，她也有高中文化，办事比较果断，有时嫌他性缓影响了做生意，免不了要多唠叨几句，而他总是笑嘻嘻地应对，因而一直和睦相处，怎么也闹不起矛盾。人们赞扬他俩是一对模范夫妻。他对孩子也教育有方，每遇孩子顽皮时，从来不施打骂，他总是启发诱导地进行教育，且培养孩子爱好书法的兴趣，七岁时就在比赛中获奖。由于夫妻配合教育得当，控制其上网看电视时间，督促晚间复习功课，使其各门成绩仍然名列前茅。这也是他生前已得到的一种欣慰。

1984 年冬，他弟弟夫妇俩去娄底开炒货店，后来因经营亏损闹矛盾离了婚，正文侄曾经多次去娄底劝他们重归于好。随后，还邀请几个叔伯兄弟与妹妹和我等乘火车去娄底帮助做弟媳的思想工作，连夜赶回彻夜未眠。虽然尚未复婚，但是为了大家庭的安宁，他依然无怨无悔地在继续做他们的复合工作。

每逢我们两位老人生日，他总是主动前来庆寿，他父母过后拜望更为频繁。每到于塘、巴江等地送货或联系业务，他都要登门慰问老人，他说："父母不在了，叔叔婶婶就是爹娘一样，我们表示敬老是应当的。"我们深深被他那种敬老的精神所感动，他履行那"父亲叔大"的敬老礼节，其他叔父母也经常被感动得流下热泪。在未买好房子之前，店内狭窄，不便接待从北京回湘探亲的五叔父母。等到自己搞好了房子，2009 年准备接待他们时，因未被纳入其旅游行程的安排，又未实现其愿望，他曾经以此感到愧对了远方的亲人。在他的良好影响下，其他侄子侄女对我们和远在北京的五叔父母尤表关心，代代继续发扬了他们的敬老尊贤的美德。

### 1.10.3  注重和谐交朋友

正文侄早在三四岁时，每逢我们回老家拜望兄嫂，他总是催促我们去韶山参观毛主席的故居："叔叔，您到毛爷爷屋里去看看吧。"或是邀请我们去攀登韶峰，只要答应和他去，他总是领头走在最前面，一见毛主席少年时和他两个弟弟照的相片，他便以赞誉的口气向同去的小兄弟介绍："毛爷爷他们兄弟团结得多好哇！"他成长至五六岁时，同哥哥们上山去摘毛栗子，总要先把剥出的毛栗子给我们尝尝。粮食最紧缺的时期，他姑姑额外为我们加餐，喊他来吃他不来，并说："叔叔们在外吃不饱饿肚子，我们多吃蔬菜还可填饱肚子。"他从小就懂得要尊敬长辈，要热爱毛主席他老人家，要热爱我们的祖国。

正文侄 1982 年参加工作后，推行责任制承包时，他曾担任过区供销联社仓库经理，由于他以身作则抓计划、搞核算，协同员工搞好经营管理，取得了较好的经济效益，曾经受到领导的表彰。基层供销社解体后，自己承包了一个门面和仓库，自有资金不足，银信部门贷款难借，经常向田哥、咏姐等求援借款进货。由于自己善于正确运用资金，广辟进货渠道，确保货真价实，抓好经营管理，从而取得了较好的效益。且又坚持遵守信用，促进了同行业之间的交流和友谊。这次正文侄不幸英年早逝，田哥、咏姐以及商场的同行兄弟姐妹都满怀悲痛挥洒泪水前来悼念，并给侄媳以深切的安慰。领队前来悼念的六十多岁的工商联分会彭兆虹秘书长深情地对我说："你侄子陈正文是一个笑脸相交、依法经商的好个体户，我们商场的许多人都为他的不幸早逝痛哭流涕，都为你的侄媳深表怜悯之情。"这都是正文侄生前带头坚持和气待人、文明经商、注重和谐交朋友所缔造的情谊。自从正文侄在城里定居以后，他和岳伯父母的亲戚及我家在县城的亲戚也有了密切往来，他们也为他的不幸逝世深表悼念。

然而，正文侄对社会上的不正之风却疾恶如仇，每遇个别青年因小事争吵或拳脚相加时，只要他前去喊醒他们，两手把他们隔离开："都是朋友哥们嘛，小事情别计较那么多，不要再吵闹了呀。"有时他的话竟能引起共鸣，使一些小的纠纷及时得到制止。正文侄敢于扶正纠偏的举动，竟引起了政法部门领导的重视。2002 年他母亲逝世时，检察院的书记曾亲临悼念，感谢老人为国家培养了好儿女。他生前对于单位领导压制民主、忽视员工福利的事也毫不含糊。1991 年 11 月，一个叔伯

妹妹因对单位住房安排有意见受到压抑不幸出了事，他义正词严地参与了事件的处理，从而伸张了正义。

### 1.10.4　英年早逝护韶峰

8 月 29 日早晨，接到大侄孙煌军传来正文侄已不幸逝世的噩耗，我对于第一位侄子辈的不幸早逝深感悲痛，也为我老父亲膝下各房子孙后代的身体可能一代不如一代的状况担忧。为了向正文侄的遗体告别，敦促其兄弟侄子为正文侄料理丧事，我于当日上午赶到老家细坝咀，燃放鞭炮，秉着"亡者为大"的理念，我谨向玻璃棺材中的正文侄行鞠躬礼，对已经悲痛至极的侄媳进行了深切的安慰。

听说要一次成坟，并一次修好坟墓，我为正文侄撰拟了碑文和对联，其对联是：

<blockquote>
瞻仰韶峰花烂漫，

静听胭井水长流。
</blockquote>

次日凌晨，我 4 点多钟起床，陪着唱挽歌的两个歌手和守灵的侄女、侄孙子女等也为正文侄守灵，不时为他燃放鞭炮。同时，为正文侄做了一首悼词，以表沉痛悼念。

### 1.10.5　痛悼正文侄不幸逝世

<blockquote>
**陈正文你一路走好吧**

都说陈哥本不差，

拥护正义救中华。

讲究文明促经商，

佩服你妻会当家。

忽病一跌竟丧命，

泪洒路途送黑发。

莫怕走了累妻崽，

亲朋好友解牵挂。

猛掌吧嗒倒阎爷。
</blockquote>

为了悼念正文侄的不幸早逝，他的二哥、弟弟及妹妹、妹夫和侄子女、外甥等都远道从广州赶回，他的叔伯兄弟及其侄子女等分别从长

沙、湘潭等地赶回，二婶母和三婶母也都随其子女赶回，他的大哥、侄子、侄媳和其他叔伯兄弟姐妹，以及他的妻弟、妻妹、妻侄子女和表兄弟、堂兄弟等亲友也都前来参加了追悼大会，表达了对他的沉痛哀悼。正文侄去世后，北京的叔父母及其子女都通过电话或托人送情表达了悼念之情，并对其遗孀进行了亲切慰问。

我儿子红雨为了隆重悼念华哥，安慰嫂子，特地从南京改订长沙机票飞抵黄花机场，由其妹夫李日明开车接回，亲自赶回老家细坝咀，在华哥灵前跪拜表示沉痛的悼念，并表示了一定积极支援其儿子升学的决心和行动，为赶回广州开会，他仅停留半小时就又赶去株洲搭火车回广州。

我在细坝咀的两天，侄子女一见我，就失声痛哭地说：他们失去了一个好兄弟；韶峰下陈氏家族的人见了我，就哀叹地说：我们陈家失去了一个好后代；和正文侄同龄的人见了我，就叹息地说：他们失去了一个好朋友。每遇有人前来吊丧哭泣时，我的眼泪犹如泉涌，深深为正文侄的不幸短命而感到惋惜，为他留下的年仅 46 岁的遗孀和 15 岁的小儿子的孤苦伶仃发出无限的同情。

我本来患腰痛病已有半月之久，且又肚子消化不良，只能吃清淡的饭菜。女儿、女婿怕我累垮了身体，30 号晚要我随他们的车返回县城大女儿家。翌日清早，大女儿安排其儿子开车和其蓉姨去细坝咀，代表我们全家送正文侄安葬于韶峰下陈家冲水库之上的迁湘始祖陈司吾公陵园座左。

（2010 年 11 月）

第二章
# 友谊抒怀

## 2.1　周游朝旭现才华

　　老周比我年长三岁，我和他已是 20 世纪 50 年代的老同事了。他平易近人、乐于帮忙、冤而不怨的性格，实为我所感动；他那喜爱看书学习和写作的求知精神，一直在鼓舞我前进。我总觉得交织在我们五十三年的来往中，他有很多方面值得我学习和仿效。

### 2.1.1　转业银行初相会

　　1957 年 1 月，我和老周是湘乡的两个战友，从位于河北廊坊的河北军区训练二团一起转业到湘乡县人民银行，是彭行长亲自去县政府人事科迎接我们的。抵达银行后，彭行长召集股室负责人和我们开了一个茶话会，热烈欢迎解放军军官加强银行的骨干力量。领导明确指出：人民银行是为国家管钱的，是国家信贷的总枢纽。摆在转业同志面前的是一门新的科学，希望大家发扬解放军不怕艰难困苦的精神，积极钻研业务，尽快变外行为内行，认真做好本职工作。随后，人事股长宣布姓熊的分配在储蓄股，姓俞的分配在保卫股，我被分配在农村金融股。当时我是带着神经官能症的病提前转业的，我还只有 23 岁，还想以同等学力申请报考大学，自己相信不论什么生疏的工作都是可以学会的。

　　那时，解放军实行军衔制才两年，在人民群众中信誉很高，参加抗美援朝当过志愿军——最可爱的人，更加受到地方政府的重视，受到同志们的欢迎。我本着决不能给解放军丢脸的态度，下决心认真学习业务，尽快掌握业务本领。在去上班的第一天，陈股长领我到了农村金融办公室，他将老周介绍给我。老周是一个中等身材、笑容可掬、文质彬彬的老兄，他同我热情握手，欢迎我的到来。他即刻泡茶又递烟，确实热情备至。股里的其他同志都称赞我们是通过人民解放军大学校培养锻炼出来的人，给股里增加了新鲜血液。大家都愿意辅导我学习业务，让我们一起搞好农村金融工作。大家还向我推荐：老周当过副乡长和区干部，又受过银行会计的专业培训，有基层实践工作经验，要学业务，他是最好的老师。当时我心里在翻腾：反正自己是一个门外汉，不懂什么叫城市金融和农村金融的，一心又以"中国人民银行"的证章为荣，好像它又替代了去年年初才卸下的"中国人民志愿军"符号，仍然像不穿军衣的解放军。后来，我又逐渐了解到老周读书不太多，但善于自学钻研，他已经成了当时湘乡支行的第一支笔杆子。他曾经在人民银行总行、省分行的金融杂志和地方报刊上发表过新闻通信之类的文章，他负责主编支行的《农金小报》，很受农金干部的青睐。后来与老周谈及写作的事，我也透露了在部队办过《青年团》的复印小报，还经常向部队报刊投稿。自此我们成了志同道合的朋友，他鼓励我积极学习业务，以后可综合一下农村调研获取的第一手资料向行刊投稿。我也利用他编辑的内部刊物，作为学习业务、提高写作水平的辅导读物。

　　没过多久，为尽快改变我的外行尴尬处境，领导安排我随同两男两女的本行职工，去邵阳市参加了地区中心支行的银干训练班。同去学习的黄小姐看了我抽空为省报撰写的《高中生下农村大有可为》的讨论稿，她大为赞赏："看来你将成为我行继老周之后的第二支笔杆子了呀。"其实，我哪里比得上老周的水平，只是大家无意之中把我和老周的爱好相联系起来罢了。

## 2.1.2　忍受屈辱得慰藉

　　待我们学习三个月结束回到支行，银行已经开始写大字报了，听说老周已经积极投入了运动，他的鸣放已经引起了党支部的注意。当时从全国报纸的大张旗鼓宣传看，大鸣大放的重点是针对粮食统购统销、要求扩大民主生活等。那时我对形势估计不足，因为在部队是要绝对服从党的领导的。转业时，部队首长谆谆告诫我们："大家要继续发扬人民军队的光荣传统，争取更大光荣。"时刻在我脑海里萦回。心里总是勉励自己：作为一个转业军人、共青团员，不能离开部队就忘了根本，自己头脑要保持清醒。但是面对现实，农村中有少数人找借口，有的地方确实购了过头粮，便叫喊"会饿死人哩"来反对国家的统购统销政策；有的依仗人民政府不准打骂群众的纪律守则，个别妇女竟以"月经带"洗脸相威胁侮辱基层干部。在当时法律尚未建立健全起来的情况下，也是促使政府采取大搞政治运动来进行反击的一些客观原因。具体到老周写的大字报，也不过是牵涉了农民普遍反映政府对粮食统得过紧，在单位上是建议领导改进工作方法问题，要求领导要抓住主要矛盾，不要纠缠在某些枝节的事务上。但是反"右"一开始，老周就被列入斗争的对象，因此我很难与他接近了。但是我把他的为人印象铭记在心。

　　从邵阳学习回来，先后两次下乡参加了有关民间高利贷活动和生产资金情况的调查。一位副行长便找我谈话，想把我调去营业所当会计。我说："我不会打算盘，只怕记错账反而给领导增加负担，还不如请你们继续安排我搞外勤的好。"后来我被指派参加县委工作组下乡搞中心工作去了。我刚下去就碰上农村的"反资"运动，只是我们同县委派出的领导一样，是以领导的身份出现。与此同时，听说支行的反右运动抓得很紧，声势造得很大。老周被揪上台接受批判斗争，受到大字报围攻，还受到全身披麻戴孝的人身污辱。因此，他的思想斗争很激烈，有时也曾想到了极端，他被气得想要和个别发出不实之词的政治扒手拼命了。但稍为冷静考虑：上有老父老母，下有妻室儿女，决不能背个黑锅就此走了，还是要坚持光明正大地把问题查清楚。他父亲获悉儿子被批斗，步行30多公里给他送来了土鸡蛋，劝慰他道："我们是贫苦农民出身，听毛主席的话，错了就要改正。如果别人误会你了，提出来也能给你一个警戒。万一银行要开除你，家里有房住，农村有田种，保证你生活能过得下去。"加上妻子每次来银行探亲，也坚定地相信他不会反党，鼓励他虚心接受批评，努力做好工作可以将功补过。亲人们的不断慰藉，使他克服了抵触情绪，从而采取折中手段检讨了"错误"。最后被评为中右分子，内部控制使用，仍然安排在办公室工作。从此，他吸取了一个教训：不管写什么，连内部刊物的每篇稿件都要交给领导审查批准后再采用，免得再受文字狱的折磨。但是，他仍然抓住业余时间积极撰写论文向金融报刊投稿，先后发表了《信用合作社是调剂农村资金的重要支柱》（《湖南信用合作》1963年第三期）和《会计互助网的形成和作用》（央行《农村金融》1964年创刊号）等重要论文，推动了湘乡县农村金融理论研究之风的兴起。

在反右运动中，我偶尔回县城到支行领工资，看到老周和受批斗的同志被安排搞体力劳动，我从来不歧视他们。只是投以同情的目光，总觉得他们是被形势所逼，不得不"得缩头来且缩头"。

### 2.1.3  周游朝旭现才华

老周积极投身改革开放，不仅更加认真地做好本职工作，教育儿女正确对待前段的政治运动、积极参加祖国的特色社会主义建设，而且发挥自己常练书法、热爱写作的专长，积极参加了《湘乡县志》和《湘乡金融志》等志书的编纂工作。1981年退休后，他一边在家举办少年书法培训班，关心一代新人的成长，一边积极参与湘乡市离退休人员协会，并组建湘乡市老年书画家协会和湘乡市楹联家协会。都曾被会员们选为各个领导机构的主要成员，他还是湘潭市老年书法家协会的副会长。他积极参加了《金秋之歌》、《湘乡楹联》（每年一期）的编辑工作，主持编辑了以诗词为题的书法专辑等文艺期刊，他还受托为业余的老年作者修改作品，为他们充当义务编辑，积极支持他们出书交流。他自己创作的诗词、对联和书法作品经常在全国性的大赛中刊出获奖。近20多年来，他被市县报刊采用的文章、诗词更是屡见不鲜。

老周的功成业就，也与他家人的积极支持紧密相关的。他的儿女就读于"文革"时期，学历都不太高，他送大儿子学了中医，从小也热爱书法，退休后不得闲，仍旧在医院上班。二儿子以廉洁奉公、认真负责取信于民，并多次当选村干部。女儿在银行工作，是一个积极肯钻精通业务的会计师。今年来，他们两位老人步入耄耋，病痛多了：先是老伴不慎跌伤了脚，后是自己的前列腺炎复发，都曾住院治疗，儿女日夜轮班细心护理，老伴卧床都是女儿和儿媳们精心照顾。平时，两位老人互相扶持居家养老,只要能够走动,尚坚持下楼外出散步。老周爱好搞饭菜,也是他以参与家务劳动换取脑力劳动休息的好办法。谁说同年夫妻多争吵,他俩经过患难与共的金婚考验,偕同到老。老周的身体康复之后,深知爱好文学的浓厚兴趣也能使人延年益寿的夫人,继续支持他从事看书学习和写作,这是一般家属难以做到的。我目睹这对仍然恩恩爱爱的老夫老妻,此时的心情实在激动不已。

2004 年,我想将自己业余创作的诗词、对联汇集出版留个纪念,正逢他们已经酝酿出版《金秋之歌》一书。他阅稿后及时提出中肯意见,建议我选优投稿刊出。他还把全国各地的优秀书法作品给我欣赏,鼓励我参加书画协会,指导我创作书法作品入选刊出,给了我很大的鼓舞和促进。后来,我将自己所写的几篇散文、报告文学和诗词新作送上向他请教,他都能及时给予指导,帮助我修改,鼓励我出书赠阅交流。在他的悉心指导下,我在 2007 年 1 月已出版《阿爸情》一书的基础上,今年 6 月又将 18 万多字的《韶山魂》(文学作品综合集)在暨南大学出版社正式出版发行。经过编辑的审阅,完全采用了老周为该书所写的《序》。据我从华南师范大学师生和湘乡本地各类读者获得的信息反馈,他们一致认为这是作者经过认真圈阅、高度综合而精心写作出来具有较大吸引力的一篇优秀文章。由此,联系他近六十年来的写作实践和心甘情愿为他人作嫁衣的精神境界,岂不是周老的心境始终游弋于犹如旭日东升时的欢乐海洋,而保护和展现了他的卓越才华吗?

(2010 年 10 月)

## 2.2 祝您生日快乐

姻嫂:

您的 79 岁生日快到了,我最怕长途电话讲多了会受电磁辐射影响健康,特以写信的方式,谨代表我们两位老人及其在湘的女儿、女婿等学习您的事迹,表达对您的崇高敬意。

### 2.2.1 悉心任教贤人多

难忘的 1949 年,您与同学们一道唱歌跳舞迎接解放军,欢呼新中国的胜利诞生。紧接着您又毅然投奔革命,考上了教育工作岗位,及时教育家人坚决拥护清匪反霸、土改和肃反等政治运动，切实遵纪守法做个好公民。在您的影响下，三兄弟和三姐妹中的两个都先后参加了教师与工人队伍，小姻弟是通过自愿报名参加解放军服兵役、后来转到工厂当工人的。因此，当地群众称赞你们是一个进步的大家庭。

教师是铸造人类灵魂的工程师。您是新中国走上教育战线的先锋，您原来只读过初中，为了提高教学水平，不负人民的重托，通过参与培训、努力自学和实践摸索。您积极钻研教学业务，耐心讲授和辅导孩子们学习，为祖国的社会主义建设培养了大批的骨干力量。据说，孔子有贤人七十二，弟子三千。而您四十多年的悉心任教，培养出来的学生也不计其数，其中有十多人担任了中学校长和县市科局级以上的领导干部，真可谓桃李满天下，爱心播人间。您被评为小学高级教师，曾经多次被县市教育局评为优秀教师受到表彰。退休后曾多次出席弟子的同学集会，学生们终生难忘您对他们的谆谆教诲，就充分体现了您在教书育人上为人民所做的突出贡献。

### 2.2.2　亲友同事尽和睦

20世纪60年代，那时工资低，根本请不起保姆。为让姻兄能安心在省城工作，您宁愿忍受长期分居两地的孤单，把小孩寄托给邻居老太帮忙照顾，坚持按时上班。十年前，从百多里外的湘乡市泉塘镇下湾搭车来双峰县城为您庆寿的那个八旬老太，就是您赢得胜过亲人的结拜大姐。1955年，姻兄因涉嫌与指导老师周立波"胡风分子"有牵连，未能正式发表的那篇《乡村女教师》的小说，就是以您为原型塑造的女主人公，是您那特有的温柔善良、和谐邻友、团结同事和遇事沉着应战等杰出女性品质的概括反映。

人到中年的姨倌媳于儿媳生产前就去了广州，从分娩起就给她当月嫂。她只是做客的观念难改，刚去时吃饭不添饭，荤菜很少尝，您和女儿怕她吃不饱会影响身体，常给她加饭、敬荤菜，以后每遇她讲客气还给她敬菜。偶尔病了给她药，或催她去看医生。你们母女对她的关心使其深受感动，于是她把给亲戚帮工当做自己的事来做。六年来，她集中精力地为儿媳他们带小孩、煮饭菜、搞卫生、做家务，闲时还要陪伴老人，从不擅自外出。她真是照顾老人若父母，看重小孩如亲儿。有一次

三岁多的小孙子顽皮时，被她妈打得重了一点，他即刻就投向表伯母的怀抱，竟向他妈造反了："你打我，将来你老了，我不会养你。"今年年初，姨侄媳回湘娶儿媳又当了奶奶，他们便另请了一个保姆。由于小孙子只认她这个一片好心呵护他的表伯母，应您的提议取得姨侄媳家属的支持，暑假后，又请她重返广州为我们照顾小孙子。姨侄媳每逢和我们通电话，无不深深感谢您对她的关心和爱护。

您退休住到双峰县的儿子家以后，学区的领导和总务老师每年总要登门慰问，及时为您送退休金和办理医药费报销。您那些新结识的姊妹说："谁说'人走茶凉'，龚姐退休后，领导和同事还远道来访，证明她们的和睦团结经得起考验呀！"

### 2.2.3 爱屋及乌不嫌土

二十年前，承蒙你们的厚爱，看中了我家这个从农村中走出来的孩子。我儿第一次登门拜府时，你们除了热情接待，还将您获奖的金笔与手册赠送给他，金笔映辉煌，手本写文章，那是你们鼓励他认真学习勇攀科技高峰的最大动力。从我们两位老人第一次登门拜望兄嫂起，你们那种热情迎宾和坦诚相待的精神，就深深地铭刻在我们的心里。两个青年结婚后，近十年无生育，有时影响了夫妻感情。姻兄走了，为缓和小两口的矛盾，您总是先做女儿的思想工作，然后及时地主动打电话与我们交换意见，要我们疏通儿子的思想。因为医院体检并未作出无生育的结论，要传宗接代还得耐心地等待。使他们认识到人各有个性，如同社会上的人际关系一样，都有一个"相见易得好、久住难为人"的问题。夫妻之间更加应该注意做到互谅互让。让他们知道：一个人只要爱自己，和任何人的关系都可能搞好。2002年，儿子获准去加拿大做访问学者，您高瞻远瞩地督促女儿积极复习英语赴考，达到与其一路同行，您还和儿子亲自欢送他们两人登机出国。

后来，我儿在1996年荣获广州市科技突出贡献金鼎奖，调入华南师范大学后又荣获全国十大青年化学奖并被选为广东省政协委员，您儿子称赞父母当初选择女婿的眼光远大时，您深为动情地说："主要还是你妹有眼光，她爱的那个心上人，也热爱曾经抚育过他的父母和一起长大的兄弟姊妹，以及他被感动的人和物，包括那里的山山水水。你们同农村孩子一起长大有好处，她不嫌弃农民土里土气，相信320国道旁的西山塘也可能飞出'金凤凰'。"

### 2.2.4 哪有如此好岳母

当年，为了给女儿求孩子，您和我老伴督促他俩去大医院作生育能力的科学检查，积极支持他们依靠医药科学的发达解除毛病，从而成就了两个青年的理想，在他俩结婚快十年的时候诞生了一个可爱的胖小子。提及带养小孙子，我老伴常患晕车病难得外出，又是您带病坚持挑起了协助姨侄媳带养小孙子的重担。您一去就是几年，直到八十大寿仍坚守在这个耐心育人的岗位上。您几年如一日地协助给小孙子喂饭、洗涮，陪同去幼儿园接送，帮助拣选蔬菜。姨侄媳忙不过来时，只要您力所能及的，总是尽力去帮一把。凡是父母不在场，您更为担心，小孙子跑到哪您就跟到哪，老了跟不上，您就喊姨侄媳去追，心中牢记的是如何保障宝宝的平安无事。有时小孙子病了，您协助给他喂药喂水，直至陪伴住院。2008年夏天，我赴广州看望小孙子，有一天，午饭还未吃完，小孙子一头撞在墙壁上，当时鼻子流血了。我凭"小孩子是跌跤长大"的经验，觉得问题不大。而儿媳抱着小孩要去看医生，让我在楼上看家，您和姨侄媳紧紧跟上，立即打的去中山大学三医院看外科门诊，经医生给小孙子洗涤鼻腔，诊断后未发现大的伤情。那次你们急得连午饭也没有吃好。还是您回来时说得好："还是请专科医师检查放心些。"平时小孙子下午放学归来，您又配合姨侄媳给他辅导作业，引导他学会玩玩具、看图识字、写字或背诵诗词，教育他从小懂礼貌。您还经常提醒年轻父母，对小孩切忌娇生惯养。总之，您虽退休了，却仍然在继续着您那经营了几十年的教育事业。

为减轻女儿、女婿的负担，您总是尽量用好习惯控制高血压、冠心病的复发，您已经自觉养成了起床稳一点、走路慢一点、饮食清淡点、服药及时点和坚持散步多活动一点等锻炼身体与养生相结合的良好习惯。您锻炼得多，爱得深沉，心情自然会好，只要您长期如此坚持下去，活到一百岁是不成问题的。

尽管您曾经为难当个好婆婆发出过感叹，但是当儿媳到了您那个地位的时候，自然体会了做大人的滋味，如今她更加体贴关心您了。您儿

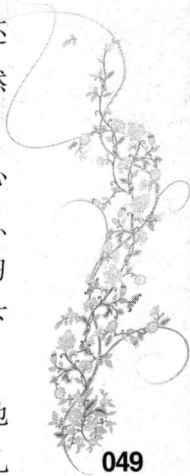

子、儿媳迎宾待客非常热情，我每次去双峰，他们都是迎进送出。您儿子总是送我去搭汽车，为我买好车票。今年我生日那天，深夜从长沙返回，我们一路走高速，本来我随大女儿可在湘乡下车，次日回家没有问题。可您儿媳竟克服走烂路不怕影响小孙子睡觉的困难，要她爱人改行国道，把我一直送回家与老伴团聚，真是连开水都未喝上一口就开车走了，使我们由衷深感抱歉。这都是你们家教有方、老少有礼的具体表现。而且这种优良传统正在您孙子、曾孙子的心中生根开花。平时，我们每次来您家拜望，送的多半是土特产，而你们回赠的都是高级营养品。逢年过节生日喜庆，也是您家送的红包大于我们的限额。我们常常为有你们这样的亲戚而感到骄傲和自豪。

人们常说："聪明有种。"您女儿聪明伶俐，会讲英语，会点法语，说得一口流利的普通话，容易学会各地的方言，敢于主动与陌生人打交道。只要不暴露湘乡人"俺啊"和"您人家"的本地土话，谁也看不出她是在湘乡长大的邵阳人。为提高文化实力，争取与已升博导的丈夫媲美，她坚持业余读完本科函授，当了主治医师还想申报主任医师。她个性虽有点好强，但力挺扶老爱幼，克己济贫，和谐姐妹与姐夫、妹夫没疵可挑。我和他们在一起生活时，有时说话容易走火，难免挫伤青年人的自尊心，可是她能正确对待，体贴谅解老年人的独特个性。她对我两老的关心是无微不至，人家都说我老伴善待他人获得了好报，有幸娶了个好儿媳。我们把她誉为"小红衬大家"，充实了我家那首《四红赞》的民歌。

可是，您对女儿还是严要求，当女儿担心丈夫经常出差会影响学院教学工作而不断发出唠叨的时候，您背地总是劝她：他们领导班子自有分工，要把学院的经济搞活，可能要他出去才能打开局面。我们家属只能提建议，不要干预他们的工作安排。此话传到学校，老师们都说：老婆好找，如此积极支持女婿工作的好岳母却实在难寻。

### 2.2.5　祝贺您生日快乐

党的十一届三中全会以来，邓小平倡导的改革开放，给我国人民开辟了一条建设特色社会主义的宽阔道路，在您的亲切教导和关怀鼓励下，您女儿和女婿的感情已经愈加巩固，事业也蒸蒸日上，他们渴望把小孙子培养成才。希望您驾着步入耄耋的东风，更好地注意保重身体，继续紧跟时代步伐，力争胜利到达全面实现小康社会的彼岸。现在，我们为未能前来为您庆寿深表歉意，只有您的女儿、女婿、小孙子和姨侄媳等陪您过生日，让我们共同祝愿您生日快乐，健康长寿。祝福您：龙凤共舞庆福寿，卯辰为东享平安！

（2011 年 12 月 25 日于湘乡）

## 2.3 替周中坚兄弟妹为爸妈写祝寿词

敬爱的爸爸、妈妈：

今年是你俩跨入耄耋的大庆之年，今天是爸爸的 89 岁生日。这次我们开车陪同你俩长途旅游欢度双节来到毛泽东的故乡湘潭为老人举行寿庆，老家的亲戚朋友欢聚一堂，举杯为你俩祝寿，更加增添了寿庆的隆重气氛，我们的心情无比激动，谨在此向你俩致以热烈的祝贺，向各位长辈和来宾表示衷心的感谢。

五十年来，你俩为我们传说的家史历历在目：八十九年前，爸爸生于湘潭地区湘乡市虞塘镇岱头村欧家冲的一个贫苦农民家庭，由于旧中国长期遭受帝国主义的侵略，造成经济萧条，民不聊生。祖父母因病相继早离人寰，爸爸 3 岁成了孤儿，依傍在叔祖父母的膝下长大，他们把您培养到小学毕业。您 14 岁随人外出从戎，在国军工兵营学习修理汽车。1938 年参加广西南宁昆仑关的抗日战役中，您冒着枪林弹雨去抢修汽车，举枪射击鬼子兵。1949 年 7 月，您在陕西宝鸡解放入伍，识破了老蒋逆历史的潮流而动是与人民作对，便调转枪口打敌人。经过解放军部队的培养教育，阶级觉悟大提高，您发挥在国军已学会驾驶汽车技术的特长，在参加剿匪和支援地方恢复经济建设的运输中立功受奖，申请加入了伟大的中国共产党，1955 年被提拔当排长，授予少尉军衔。1956 年您与妈妈结婚后，妈妈同您随军来到昆明，她通过技工学校的培训，比较全面地掌握了制造模具的技术，成为会看图纸验收产品质量的专业技术人才，为我们造就了钻研科学技术的家庭环境。后来爸爸转业到云南省交通厅汽车技工学校当教员，不久升任汽车队长、车间主任，一干就是 15 年。您兼任技术教员时，总是认真阅读教材，做好备

课，耐心讲授，配合助教们将技术理论落实到驾驶操作和修理汽车的全过程，为国家培养了数千名具有理论与实践相结合的汽车驾驶员；您曾被借调到交通厅运输处担任副主任（抓全面）的领导工作，即使提职未提薪，您也不计较，总是一切听从党安排，哪里需要就往哪里奔，努力完成上级交给的工作任务；当国家进入社会主义建设新时期以来，为防止社会的沉渣泛起，影响我们的成长，你俩要求我们严格遵纪守法；为使我们永远不忘当年日本鬼子对我国实行"三光"政策的滔天罪行，结合最近日本为企图长期侵占我国领土制造的"购岛"事件，你俩又一次引导我们要理性爱国，在维护法治的前提下严正声讨日本右翼势力对企图否定"二战"成果的罪恶行径。

敬爱的爸爸、妈妈，回忆你俩养育我们兄弟姐妹四人，费尽了你们的心血，为了把我们培养成材，你俩克服过去工资低收入少、请不起保姆的困难，只好把我们寄在工厂幼儿园或委托邻居老太照管，或以大带小地让我们互相照顾，让妈妈坚持去厂里上班，协助爸爸维持全家人的生活。你们好不容易把我们都培养到高中毕业，其中三个达到大专以上学历。你俩带头学习党的方针政策，模范地遵守政府的法令法规，深刻领会改革开放促进经济体制的日益优化，教育我们不要只局限于想当公务员、想进国有企业的就业门路，鼓励我们积极从事个体经营为发展多种经济成分多作贡献。我们哥姐作出榜样，老四参加空军锻炼四年退役归来，也都走上了自谋职业的道路。爸爸历来胸怀宽广，历来不为个人私利所左右，您本来应当享受离休待遇的，因为当参加工作时不懂得工龄的重要，误将参加集训的时间填写为参加革命工作的时间，自后单位强调以原始档案为准，以致未能享受到应得的待遇。但是老爸总是以那些为国捐躯的老战友战死在疆场、他们什么享受都没有得到来安慰自己，心安理得地满足于退休待遇。1992年，已升任劳资科长的大姐不幸被癌症夺走了年仅33岁的宝贵生命，给我们一家人的精神上以莫大的打击，但在其亲戚和老朋友的劝慰下，你俩化极度悲痛为冷静思考，动员我们贡献爱心，积极协助姐夫把三岁的女孩抚养长大，把她培养到大学毕业直到参加工作。每逢我们有的婚姻受到波动，你俩总是耐心做自己子女的思想工作，劝告我们不要把终身大事当儿戏，要以有利于培养后代为重，要我们慎重考虑再作抉择。实践证明：只有你俩坚持自愿选择、婚后互谅互让、坚持同偕到老的观点，才是成全家庭的典范。

人到老年，可贵的是你们的心态仍然永葆青春。爸爸退休后，不是陪着妈妈在家看电视或读书看报，就是散步于公园湖泊之滨，交谈于林荫花圃之间，共享夕阳红之幸福。爸爸还常练书法，爱好与人下象棋，陶冶自己的情操，也丰富了我们一家人的天伦之乐。近几年来，遵循两位老人思念老家故旧和图报祖宗恩德的心愿，我们先后开车载着三代人回湘，参观新中国一代伟人的故居和欣赏改革开放给老家乡村带来的新变化。为了让你俩游览祖国山河和各地风光，继你俩随旅行社组织的团队赴泰国旅游之后，我们先后陪同你俩游览了港澳台地区和祖国各地的名胜古迹，还去了新加坡、马来西亚、菲律宾、韩国和澳大利亚等7个国家旅游。我们都开阔了眼界，扩大了视野，提高了胸怀全球的精神境界。这次我们陪你俩出行已经半月有余，除参观了北海、张家界等地的风景，你俩引领我们又一次拜谒祖先的陵园，拜望了老家的亲戚长辈，留下了难忘的合影，使我们这些在外生长的晚辈又一次感受到了亲情的温暖，这都充分体现了你俩要求我们永远不忘老家亲友、永远不忘伟人故乡的又一次嘱咐。其实，请你们放心，我们自从聆听了你俩的谆谆教诲，早已铭记在心，我们虽然从小在古滇长大，我们沐浴了祖国云贵高原的美丽风光，但我们的根还在湖南湘潭，伟人毛泽东是我们的老同乡，我们世世代代都将永志不忘。

敬爱的老爸、老妈，常言道"行百里路半九十"，随着你俩高龄的到来，等于走一百里路的旅程一样，已经过去的90里，你俩都比较顺利地走过来了，然而余下的十里就更加难得走了。还要有迈步半百里的打算，只有把步子迈得扎实、稳当，才能夺取全程一百里的最后胜利。因此，希望你俩更要重视保健，要有服老的思想准备，从此能够办的事就办，无把握去办的事就该缓办或停办了，争取两位老人互相支撑到达百岁的胜利彼岸。这就是我们做儿女媳婿和孙辈们的衷心祝愿。

最后敬祝你俩健康长寿，祝各位长辈和朋友们身体健康，万事如意！

（2012年10月15日壬辰岁九月初一日）

## ☑ 2.4  老吴您一路走好

敬爱的吴之初老战友：

获悉您的噩耗，我的心情特别沉重，一个唯一保持联系尚能健谈的老战友走了，叫我到哪里去找老朋友重温那火热的战斗豪情啊！回忆我们六十年前在宁乡知识营的相会，从北上洛阳学开汽车到抗美援朝前线的同铺睡觉、同车学习驾驶和共同击退企图抢劫汽车的特务等紧张的部队生活，到转业地方工作后的经验交流，您不愧为我的衷心朋友。我每次到您家作客，您总是杀鸡剖鱼，敬酒敬肉，热情招待，你俩把我捧若上宾，我实在受之有愧。你俩晕车难以乘汽车，几次要您儿子骑摩托车或请人骑车送您来我家看望。我七十岁那年，你俩老还坐摩托车到县城为我庆寿。今年，我同儿子来您家拜年，您曾揭开避风的毛巾头罩，离开火热的电炉，把我们送出套间房门之外，万万没有想到那一次竟是您同我们的最后永诀。听小丽佫关于您的病情汇报，您最后还像当年轻伤不下火线、重伤不哭和修车搞伤脚手完全置之度外地咬紧牙关在和病魔斗争，直到医师完全黔驴技穷才咽下最后一口气。您走了，使我们顿时阴阳两隔，但是您那种对党忠诚、爱好学习、勤劳耕耘、待人热情、乐意帮忙的精神，却永远活在人们的心里，肯定会要滋润到我的最后一刻。

老战友，老兄啊！您历来胸怀宽广，豁达开朗，赞助成才感人至深。您对儿媳和女儿的生男育女视之若常，因原配遭遇车祸逝世造成女儿的再婚，你俩对于女婿的孩子也视同亲外孙一般。您深知人心是肉长的，只有你对他好，才能得到对方良心的反馈，从而使女儿的再婚家庭都能和平相处，让人不容易看出再婚家庭的矛盾。因而新女婿也一样把你们当生身父母尽孝敬，你俩病重住院期间，女婿和外孙照样来医院参加对你们的护理。当初，儿媳生下一个女孩后不想再生第二胎了，你们也无埋怨之意，充分尊重晚辈当家和她们的自愿选择，他们对你俩也就更加关心备至。外孙女也和孙女一样对你们非常孝敬。同样，你俩对我家晚辈的关怀也是无微不至。我儿媳不惑之年方生一子，你俩为我们喜添孙子发出热烈的祝贺，听说我的儿女甚为听话，在改革开放的潮流中又有所作为，你们特别为老朋友接班人的茁壮成长连声叫好。近两年来，我分别率领儿媳携孙子和儿子先后拜访您老，您十分高兴，要您儿子和儿媳热情接待，并送以红包和礼品，您给了我子孙以厚爱，他们当然将永志不忘。去年三月，我和女儿女婿去玉泉山庄拜访您时，他们为我俩拍了照，您随后打电话给我，嘱咐要多洗几张，作为我俩在山庄的合影留念。

老兄啊，老战友！您这次走了，既有未夺百岁高龄的遗憾，也是您对病魔的最后解脱。您探索人生的最后归宿就是回归大自然，为了去后的丧事从简，为了节省物力和占地面积，您积极响应党和政府的号召，生前留下遗嘱自愿实行火葬。现在儿女们按照您的旨意办了，这是您为老朋友做出了榜样，也以充分的事实告诉人们：莫怕红心向党已坠落，且看遗体化泥又催芽。我将借以进一步嘱咐子女，让我向您学习，死后一定进行火葬，最后还是要和老战友一样：不忘牺牲的战友为保家卫国付出了生命的代价，使我们幸存下来的人享受到了耄耋高龄，我们一定要以不怕粉身碎骨的魄力去冲破农村的土葬习惯，为倡导火葬的新风俗继续努力。

老吴呀，老吴！您走了，可算走完了人生的旅途，已经不可复生。可喜的是，您的子女所承包大修厂的修理汽车和自办的电器修理企业，已经锻炼了人才，积累了经验，扩大了经营规模，为国家增加税收的同时也增加了自己的收入。孙女、外孙和外孙女也大都完成了大学本科的学业，分别找到了工作，有的已经结婚成家，他们可谓家家发财在望，代代事业有成。用不着您再为他们操劳了，只愿您放心地走吧，如果您死后与嫂子共冢能仍然生活在一起的话，那就请您给嫂子捎个问候，祝愿您一路走好。

（2012 年 2 月）

## ☽ 2.5　告别老战友

2012 年 2 月 17 日晚，我刚吊唁完一个 79 岁的老朋友回家来，夜幕徐徐降临，我掰开双栏门进屋，老伴闻到响声知道我回来了，即报告我

又一个噩耗:"老战友走啦!"我心里有如铅球落地地说:"这个老朋友还未上山,那个老朋友又走了啊!"她说:"老吴的儿子忙,他女儿打来了电话,说她爸昨晚在人民医院去世,后天早上举行遗体告别仪式后送双峰县火葬。19日做道场,21日送回老家安葬。"次日,我要进城给一个姻兄祝贺80大寿,是专程给活得好也是转业的战友去庆寿呢,还是附带地给走了的老战友告个别呢?论吉凶,即使顺路,也不愿把两者交织在一起。于是,我拨打了老吴儿子的手机,先打听丧事的安排。他儿子讲完,女儿向我作了较详细的汇报。我特别关注老战友临终的遗嘱,看他是否提到我这个老朋友。女儿说:她爸一直坚持和病魔作斗争,他老留恋美好幸福的社会主义生活,舍不得死,还想到长沙湘雅医院去检查治疗。我们当时都表示同意。只是病情霎时就变了卦,经医生设法抢救都未能挽救过来。我问是土葬还是火葬,她说:"爸爸生前嘱咐了我们:'你们俩兄妹,帮手少,还是响应政府号召提倡火葬的好。'我们遵照爸爸的遗嘱,决定将他老送去双峰火化。"最后,她重申了丧事的时间安排。还叮嘱我注意保重身体,提起我觉醒:"您可别忘了生命对于每个人只有一次呀!"这充分反映了这个顿时丧失双亲的中年女士对于人生的深刻思考。后来,我去县城给姻兄庆寿时看见城里出殡的送葬行列未放鞭炮,才知县城也禁止乱放鞭炮了。这时,我估计老吴的遗体一定还裹着放在人民医院的太平间,不可能让吊唁者一个个去瞻仰遗容。便又打了电话和他儿子约定:去双峰火葬时,殡葬车路过我家西山塘时停留一下,接受我鸣放鞭炮的吊唁和迎送,然后我参加护送他爸去双峰火葬场,到那里再向遗体告别。他儿子完全同意我的意见。

第三天,殡葬车出发时,他孙女打电话告诉我:"陈爷爷,我爷爷已乘一辆金杯车出发了!"为尽量提早去等,我匆忙地吃了两个包子,喝了半杯子的凉开水,挟着一挂万响的鞭炮大步向国道走去,把鞭炮摊开摆在国道边。然后点燃一支香烟等候,待一辆挂有白花的汽车到来,便点燃鞭炮迎接。车子即刻停下,他的女儿捧着老爸的遗像在驾驶室痛哭,儿子、孙女和外孙女哭着下车向我跪拜致谢,我被她们那沉痛的悲伤所感染,老泪纵横地扶着他们上车。我一时忘了老吴"睡"在车厢,只朝他女儿捧的遗像致哀。他们安排我坐在随后的一部小车上，与开车的谭师傅、老吴的儿媳、女儿的结拜姐妹李小姐坐在一起，恰好听了他那个知天命的儿媳讲了关于老吴生前感动人心的故事："公公对于我和女儿及孙女、外孙女都同样的器重，我性格急躁，老人充分肯定我的良心好。总是劝我莫太性急，遇事要冷静，要温柔待人。我生下女儿坐月子，正逢婆婆病了，就是他老帮助照顾，不论小孩用品的消毒、孩子的洗澡、尿布的洗刷，几乎都是公公包了下来。女儿开始上学，又是爷爷充当家庭教师。女儿学业的进步，离不开爷爷的悉心辅导。她从小学到大学都被选为班长，爷爷称赞她为学生的'行政长官'，鼓励她不断攀登科学文化的高峰。女儿读大学了，初中毕业的爷爷的知识显然赶不上新时代，可如何做人的品德却离不了爷爷的指导，如何看待新时代的浪漫生活是祖孙博弈的主题，爷爷争不赢时就归纳成一句话说：你可不要变坏哩！而女儿却断然地叫爷爷放心，我怎么也不会变坏的。至今我还经常教育女儿：你从哇声落地起，就是爷爷照顾你，老人把你捧若掌上明珠，你可不要忘记爷爷的深恩大德啊！"他儿媳还说："两位老人生前经常告诫我们：'你们只有两兄妹，手板手背都是肉，加上儿媳和女婿，总共也只四兄妹，你们千万不要分彼此，只有和睦暖人心，才能家和万事兴。'我们永远忘不了老人的谆谆教诲。老人住玉泉山庄时，我们经常给他送去生活所需用品。老人感到寂寞，我们晚上赶去陪他拉家常，有时陪到深夜。我们有时太忙了，小姑们就去陪老人谈心。老人病重住院期间，每天都有一至两人护理，最后我们都陪伴在老人的身旁，最后那天中餐，我给他买了一碗馄饨，他只吃得一点点。我问：'您最喜欢吃馄饨，怎么没吃完？'他说：'我怕吃多了拉得多，你们难得洗刷。'"她儿媳补充说："确实，老人拉多了，每次洗刷衣服总是满脚盆的，天气不好，用电炉难得烤干。最后那天晚上，我问他老吃什么，他说：'我不想吃了，你回去做饭吧。'没想到那天中餐竟是老人的最后一次进食。公公平时勤劳俭朴，常把一个钱当两个钱用，包括存入玉泉山庄的投资款，两位老人节约储蓄了十多万元。这些遗产怎么分配，完全按照老人的遗嘱办事，反正他们兄妹去分配，我们没有意见。至于给

老人办丧事，反正他老人家只有最后这一次了，热热闹闹地送老人上山，让他老人家安息，就是我们的心愿。"

在车上，与其连篇累牍地重复着当年与老吴抗美援朝击退企图抢劫汽车的特务和支持朝鲜人民战后重建家园的故事，还不如倾听晚辈对其长辈曾给予的深切关怀的体验，让大家看到亲人生离死别时的感情交流，才是激励后代子孙奋发保卫祖国和建设祖国热情的巨大推动力量。从老吴儿媳与李小姐的交谈中，获悉了儿媳对公公的评价，更加感到老战友善待家人，关心青少年的健康成长，都是我望尘莫及的。老吴同我都是单职工家庭，只有他一人拿退休金，在礼尚往来中他并不吝啬，他完全是理财有方，关心子孙不再重蹈艰苦生活而注重节约用钱。我的收入并不比他低，两相比较，我是远远的落后了，我的交情面广，打印资料和出书赠阅的开支较大，我赞同过去民间流传的"儿子强于我买田做什么，儿子弱于我买田做什么"的说法，自己无能力，也不打算给子孙留下什么遗产，所以留下的只能是吃光用光和身体健康了，谈不上什么储蓄。甚至我比另一个刚去世的那个搬运工老朋友都不如，他临终还给儿女留下了 4.8 万元的存款，像一般爱积蓄的农村老年朋友那样为自己存几个"敲锣钱"，最后不让儿女们为他的后事负债。不过，我已人到晚年，后悔也已经晚矣。

一路上，护送老吴也是去火葬场的第二次巡礼。政府提倡死者搞火葬，但火葬场借机高收费和敲诈勒索者有之，我们不但经常从媒体听到反映，有的甚至发出了"死人都死不起了"的呼吁，而且有确实受到高收费压力的事实。16 年前的 1996 年秋，我去长沙陪送一个姨夫到火葬场火化，他生前是一个汽车队的党支部书记，单位能够报销火葬费，火葬场就给他配供了一只九百多元的高档骨灰盒；租用殡仪馆举行向遗体告别，包括抹尸、美容和租用冰棺、花圈等共花费两千多元。当年姨夫享寿 61 岁，两个刚参加工作的儿子难得租大车把遗体送回家乡，不得不采取了火葬的方式。小女儿是残疾人尚不知所措，其大女儿伤心地哭泣，声声叹息她爸被疾病折磨死了，最后还要被火化实在太造孽了。我的一个姻兄 1996 年 3 月病故，去娄底搞的火化。有幸春节刚过，火葬场的骨灰盒缺货，仅花三十多元在市场上买了一只花瓶也装回了骨灰。我未去陪送，后来我向儿媳打听她对她爸火化时的感觉，她说："实在太残酷了！"从感情出发，谁都不愿意把亲人的遗体送去用火焚烧。

此次护送老吴去火化，儿女和孙女、外孙女等亲生骨肉的反映是不难理解的。殡葬车抵达火葬场，工作人员正闲着，如果不是丧家要求，这里是不再举行遗体告别仪式了的。当即由负责运送者打开亡者的脸庞，让亲友再见上最后一面。我看了老吴的遗容，觉得老战友像睡着了一样，我向其行鞠躬礼表示告别。其儿女们都跪拜在地，让其向火化车间推进。我同他的亲人都抛洒了伤心的泪水。特别是他的女儿哭得最为伤心，她舍死忘生地扑向其爸的遗体，想挽留他老人家。在扶持者的劝说下才使其理智逐渐战胜了激动，慢慢地缓和下来。我们一齐到外面等待，过四十多分钟便烧完了，最后亲人还去看了火化后的残骸。这时，大家才真正认识到火化是最卫生、最节约木材和最小占地处理亡者遗体的办法。而且收费也比较廉价，火化780元，请火化工人捡骨头付小费80元，包括人民医院殡仪馆护送的车费、工资和在湘乡购买的骨灰盒，总共花费不到2000元。而平常去湘潭、长沙火化的，唯恐火化工人故意少给骨灰，事先还要送几条高档香烟或可观的小费去拉关系，有的整个火葬经费高达四五千元。可双峰火葬场的工人吸烟不论等级，并无其他敲诈钱财的行为。这是最符合老吴生前主张节约办丧事之愿望的。我通过第二次火葬现场的观摩，加深了对基础科学的了解："一个人去世后，他或她体内的能量去了所有死亡生物体的能量都会去的地方：环境中。"（摘自2011年11月24日《青年参考》黄慈编译的本杰明·雷德福德的《爱因斯坦能证明鬼魂存在吗》）因而土葬与火葬后的区别仅仅在于：土葬后，"任何一名死者留下的能量中，都有大部分要花数年时间来重新进入环境，剩余部分在死亡后不久就消散了。"而"如果他或她被火化，能量就转化为热和光，然后散失了。"从而使我为广泛宣传火葬的好处和说服教育儿女将来把我进行火葬奠定了理论基础。

先天，我刚从县城吃罢寿酒回家，又听说本村民组73岁的姨侄婿在长沙病故，骨灰也即将解回老家安葬。原来我已决定护送老吴去双峰火葬后，随车去县城参加追悼会，想最后送他回老家安葬的。因为以前我和老吴都是老辈交往的多，我的儿子给吴伯拜年后已回广州工作。老吴的儿女都是从事修理汽车技术工作，业务繁忙，他儿子夫妇来我家拜年，总是送了情就走，以致双方晚辈打交道的少。去年三月，我携女儿、女婿们到山庄拜望老吴时，他高兴地接受和我的合影留念，那一次他疑惑地向我发问："若是我走了，你是否来送我？"我说："只怕我会抢头啦！如果您先走，我肯定会来送您的。"去年十二月，我专程去医院看望他时，听说他的肺部已抽出一大碗的积水，他对自己的病情心中有数，紧紧地握着我的手说："老朋友，我的时间可能不长了。"我安慰他说："不会的，您的头发还未全白，至少还能活20年。"他满意地说："我父亲享年不到60岁，我活了83岁已经心满意足了。"之后，照样和我畅谈改革开放以来使人民生活得到巨大改善的可喜变化。所以，我总想，至少要以自己为全权代表送这个比我长5岁的老兄、老战友登上龙山。但是，老伴再三嘱咐我："本组死了人，又是亲戚，你可不能缺席。你要向老吴儿女讲清楚，送去火葬向遗体告别就不再送去县城了。"我也估计可能姨侄婿的亲属要我协助他们开追悼会。为了两相兼顾，我连夜为老吴赶写了悼词，第二天凌晨五点钟起床进行誊正。由于我素有为亡者撰写悼念诗词的爱好，对于亲友的不幸逝世总免不了有些感叹，连续三场丧事，已经把我累得头昏脑涨了。加上一时痛哭老战友的激动，我实在已经精疲力竭了。老吴的儿女和两个年上六旬的侄子看到我的精神状态，对我特别关注。之前，他儿子已交代其妻关照我，我刚一下车，她就扶着我走路。由于他们对我健康的关心，返回途中，他们都劝我不要再送了。于是，我把昨天以来为悼念老吴准备的悼词连同奠仪一并交给其儿媳，要她女儿代为在追悼会上朗读以示祭奠，表达我对老战友和老兄的最后送别，祝愿老朋友一路走好：

> 告别老战友，此次不握手。
>
> 只求捣魔鬼，保佑人长寿。
>
> 倘若我能走，拜坟再祈祷。

（2012年2月）

## 2.6　识时务多俊杰

距上次离别广州已有两年，偶尔遇到一个熟人觉得分外亲切。三月初，我刚来华南师范大学没几天，就在大楼下面的人行道上，与广东民族学院退休的李教授碰了个满怀。他还只 67 岁，比我年轻，好像是健忘了，而我对他的印象蛮深。我和他是两年前相识的：他中等身材，头发未白，脸无皱纹，赤铜般的肤色，显示着健康的神采，还看不出已年过花甲。和颜悦色反映着从容不迫的性格，肯定能够沉着应付各种政治运动的考验。他操普通话口音，嗜好抽烟。前年春节后的一天晚上，在华南师范大学俱乐部，我观看他与一个对手下完围棋之后，便主动打开了话匣，问他贵姓，他说姓李，是刚从广州退休的英语教师。他得知我的姓氏后，问我是哪里人，我说我是湖南人，为彰显我是毛泽东的同乡，还特地挑明了，我就是生长在韶峰那个大山底下呢。他告诉我曾经去过湘潭，参观过韶山，那是一块山清水秀、人杰地灵的宝地。他知道我对他的职业甚感兴趣，他主动地介绍了他的简况。

他老家是河北衡水市，老伴也是北方人，比他长一岁，他俩养育了一对优秀的儿女，孩儿们都是大学以上学历，儿子读到博士学位，准备去美国攻读博士后，女儿在广东工作。20 世纪 60 年代，他本人毕业于南开大学，"文化大革命"中，曾是天津市声名显赫的学生领袖之一。运动后期，主动辞去革委会负责人职务，去农村接受了一年的贫下中农再教育。后来，调入县委宣传部工作。打倒"四人帮"后，调入某大学任系主任，从事英语教育工作。期间，曾去上海外国语大学做访问学者，和我国著名的英语教授研究英语教学方法，所获成绩斐然，被选入世界华人名人录。改革开放以后调来广东民族学院，实践证明还是改革开放的前沿广东好发展，他在这里退休，觉得真是人生的一大幸事。

由于我从小读古书，部队读个初中也未学英语，至今对几个英语单词都还不大熟悉，自己曾为不懂英文落伍了感到后悔，因而对这位英文教授老弟更是十分敬佩，自然对他的印象就更为深刻。当他已知我对他的幸福晚年流露了羡慕之情时，我重述了两年前与他的初次会晤。从此我俩成了老年人群中的新交，相遇都会点头打招呼。可是他并不知道我的其他情况，因为作为退休教授仍在继续兼职任教的他，无需向我作过多了解，免得"外交"多了影响他的后续事业，我们不过是巧遇结识的一对近龄朋友罢了。

追溯到清朝乾隆时代，他高祖父高瞻远瞩，认为国家要强盛，就要广泛调动各少数民族的积极性，既然满族人已经主事皇宫，就要大力支持大清帝国把国家管理好，因而他参加科举考试，名列前茅。后来投笔从戎，积极钻研战略战术，主动要求奔赴边疆，积极为保卫国防作出了贡献，从而受到了乾隆皇帝的宠信，委以重任。自后，有赖于忠君爱国，建功立业，越发受到封建王朝的重视，创造了雄厚的祖传家业。至清朝末年，他们在深州的武青楼祖宅，已发展成为冀中平原远近闻名的浩大庄园，京城各地广置产业。他家祖上，拥护党的土改政策，主动将农村中垄断的大量土地和房产交给人民政府，让其分给无地少地和无房屋居住的贫苦农民，以实际行动赢得了广大农民的谅解，受到了人民政府的重视。此时从表面看，李氏家族有如《红楼梦》里大观园式的物质基础显然已经破产。但是他们认识到换来的是广大贫苦农民生活的改善和农业生产的迅速发展，而他们脑子里学到的文化知识和治国治军的管理经验却是永远取之不尽的传家宝。自北京和平解放，他们李氏家族，凡有文化和工作能力者，都积极投身革命，参加到社会主义革命和建设中来，得到党和政府的器重，在各行各业为社会主义祖国辛勤劳作，贡献了自己的一份力量。他的许多堂兄弟姐妹，大都是新中国成立后培养起来的大学生、研究生和博士生，都相继参加了革命和社会主义建设工作。其堂哥因精通英语，考入外事部门，经过政治学习，被党组织培养提拔当了干部，曾任驻英国大使级临时代办。现在，他们的子女，大都精通英、俄、日语，是国家的精英，有不少人正在党政军的领导岗位担任要职，他们正在积极为建设有中国特色的社会主义贡献力量。他本人现在担任广东省九三学社的省委委员。他说："原来应美中友协邀请，打算去美国，因各种原因没有去成，我只好留了下来。现在，凡国家和地方的大事，事先都要广泛征求我们民主党派和无党派人士的意见，我们都有机会参政议政。这种多党合作的领导体制给我们为国效力提供了宽广的政治舞台，我留下来也感到欣慰。"为此，他于

1987 年和其他一些大学老师创办了广东省第一家民办大学——私立华联大学。谈到外语专业，他深有感慨地说："我之所以擅长英语，固然与堂哥的影响有关，也是祖上主张多读书、提高文化素质的'遗传基因'所致！"他自从退休后，被某大学聘请为兼职英语教授，也经常被各大专院校请去兼职讲课，其所获报酬已全部投入到子女培养教育的成材上。五十多年来，他呕心沥血研读英语改进教学方法，积极探索新的教学路子，正在实践着他那"春蚕到死丝方尽，蜡炬成灰泪始干"的人生诺言。

听了李教授的恳谈，我深受启发：过去因为我们贫穷读不起书，识字不多，看书读报常遇"拦路虎"，弄不通高深道理，成了革命队伍里的文盲；今天社会进化到了高科技时代，我们老人不会用电脑，成了科技学习上的文盲；随着世界经济一体化进程的加快，改革开放引进的老外多了，不懂外语的无法与其进行语言交流，更成了缺少世界文化的新文盲。确实形势逼人，促使我们加强学习文化科学知识，踊跃攀登科学技术高峰。

新中国成立六十年来，我们国家利用了像李氏家族一类的旧知识分子，还培养了大量的李教授式的新知识分子，充实了我们的革命军队和科技队伍，提高了人民的科学文化水平，推动了革命和建设与改革开放事业的蓬勃发展，促使国民经济的逐步提高，极大地增强了我国的综合国力和国际地位，改善了人民的生活。今天，作为 21 世纪即将开始走向社会谋求职业的许多年轻的知识分子，应该充分看到党和国家为我们开辟的广阔就业前景，深刻认识高科技时代为我们造就的有利于选择就业的时势，积极响应祖国的召唤，以老一辈知识分子为榜样，善于走与工农相结合的道路，到边疆去，到基层去，到生产第一线去，与工农群众打成一片，敢于锤炼自己，努力创造出新的业绩来回报社会。要像李教授和其子女一样，积极投身于改革开放的洪流，把自己锻炼成为国家的有用人才，以实际行动去充实自己的人生。

我深信李氏家族的子孙后代一定会识大体、顾大局、尽职守，为中华民族复兴的经济腾飞作出更大的贡献。我们也不难预料，像李教授一样，凡是有识之士，肩负新时代历史使命和艰巨任务的很多知识分子，

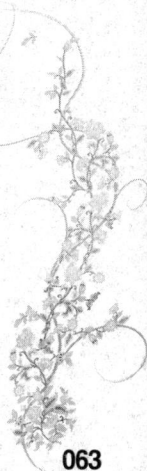

都将成为中华民族的俊杰之才。

（2010 年 4 月）

## 🌀 2.7　晚霞访谈

　　我们村上有十几位从行政机关和企事业单位退休回乡的老头，通过开会和个别接触大都有些交谈，却没有我最近拜访的一位 20 世纪 60 年代与其合作共过事的 83 岁老兄，感慨万千。

　　那是一个初春的傍晚，我独自散步来到老兄家门口，刚进入用铁栏杆围着的地坪边，我当是上锁了，便向其招呼，他连忙走出来迎接我。在晚霞的映衬之下，老兄依然是那样神采奕奕。走进堂屋，一股香烟缭绕的气味扑鼻而来，抬眼望见金光闪烁的观音菩萨佛像立于后墙的中央，这不过是我熟知女主人信佛的重温。我又在重新审视老兄的形象：中等身材，略显消瘦，头顶鹤发，脸呈皱纹，何惧春寒料峭，他已经摘掉了帽，腰板仍然像四十年前与我一起工作时那么硬朗。显然，他的健康情况是不当过问的。我担心的倒是嫂子的身体，我问候她，她抬起右手摸着腹部哀叹地说："总有些疼痛，老了毛病多啦！"她比老公小 7 岁，便劝慰她说："您只要及时服药治疗，注意调节饮食，会很快恢复健康的。"我再扫视全厅，堂屋摆有两张桌子，一张在上方的正中央，那是为敬奉神明而摆设香烛贡果的，左下边靠墙摆的是饭桌。当时，盛有剩菜的大碗、小酒壶、酒杯和吃饭的碗筷还未来得及收拾。我便发问："你们就吃了晚餐？"老兄边挥手边回答我说："我们是每日三餐，早点吃罢把步散。"我问："您还喝点酒呀？"他边打手势边说："我的就是这样子。"言下之意，他们每餐就是一蔬两荤，一饭一酒，但愿活到九十九。

　　我一听他说"我的就是这样子"，使我一下子回到了与其共事的 1968 年，快收割早稻时节，虞塘区的赤石水库捕鱼，公社分配我俩共买了一条 9 公斤重的大鲢鱼。天气炎热，最怕坏肚，还得连夜把其送回家。他赶紧把鱼剖了，并提议晚餐蒸煮鱼头吃。饭时，他把一瓶好酒拿出来喝。我连忙声明不喝酒，他边斟酒边说："什么喝不喝，不要讲客气，我的就是这样子。"他给我斟满了一杯，还喊了炊事员过来喝酒。

他还夹起大块鱼肉往我的饭钵里敬。那是我单独同老兄吃鱼斟酒共进的丰盛晚餐。凡是吃过赤石水库的鱼的人至今还在回味："那时的水源很少污染，鱼的味道甚是鲜美，营养丰富，要是现在还有吃那该多好啊。"后来，老兄调回联社时，连一只盛衣服行李的木箱子也送给了我。我总想还他个礼尚往来，他70岁那天，我骑单车特地去他家祝寿，他早已去城里过生日了。后来他80岁那天，我又准备去吃寿酒，听说他已去韶山观光欢度寿诞了。这时，我才从他那"我的就是这样子"悟出一个真谛：原来他要送给你的就得令你接受，而你送给他的却遭到他的婉拒。

老兄接过嫂子泡的绿茶递给我，并问我吃饭否？我说还没有。他说："那就到我家随便吃一点，要老伴炒两个菜，我再陪你干一杯！"我忙说："别麻烦您了，我老伴还等我回家去搞饭菜呢。"我还向其声明："我近来血压有些升高，已不敢喝酒了。"然而想到他那"我的就是这样子"，实在盛情难却，我还是喝了他家的一杯药泡米酒。从此，我更了解了他一改过去随时乱喝酒的习惯，现在要到饭时有菜才喝酒，每餐一杯酒，其他时间都不喝酒了。这也许是他进入老年时期注重养生摸索出来的一条保健的饮食规律吧！

回忆我随老伴在此落户，与老兄同村居住已达半个世纪。1965年，人民银行分设农业银行，我被调到中沙公社担任经营管理工作。不久，老兄也由区供销联社调到中沙公社担任党委委员主管多种经营，有幸得到老兄的指点和帮助。他是在大革命失败后出生的，当时白色恐怖的硝烟未尽，社会动荡不安，长辈都希望他长命富贵，一生平安。可是，在旧社会，他历经的是种佃田、打短工、拉人力车搞运输等艰苦劳动，得到的是衣不蔽体、食不饱肚，同贫苦兄弟在黑暗中徘徊，长命富贵的幻想几乎成为泡影。1949年，在共产党的领导下翻身得解放，他积极参加清匪反霸和土地改革运动，申请加入了党组织，先后被选为村长、乡供销社的理事长，后又担任工商所长和湘乡县委组织部的党建联络员等工作，曾被评为优秀党建联络员和老有所为先进个人。可他置过去的工作成绩和个人荣誉于不顾，想的是如何当好人民的勤务员，他总是不遗余力地广泛宣传，要人们不要忘记旧社会受封建剥削和帝国主义铁蹄蹂躏

蹦的苦楚；不要忘记错误路线所造成的危害；要珍惜今天城市有医保、农村有农合等惠及民生的幸福生活；要教育青少年认真学好本领，为建设有中国特色的社会主义作出更大的贡献。他积极主张把节余下来的退休金用于改善居住环境，积极支持孙子读大学，为祖国培养"四有"新人。

老兄年过古稀以后更加注重保健，他规劝老年人不要贪馋好吃，尽量少吃零食，多吃蔬菜淡饭，抑制激素饮食，坚决堵住病从口入，保持身体健康。老兄主张老年人尽量搞点力所能及的体力劳动，他经常积极参加村、组修塘修路等公益劳动。他在家则是协助老伴喂养土鸡、割草养鱼、种植花木、培育蔬菜。老兄的文化生活也丰富多彩，除了单位赠阅的书刊，还自订《老年人》、《快乐老人报》等报章杂志，有空就看书阅报，晚上收看《新闻联播》，世界大事几乎都知道。再是和中老年人打扑克"炒地皮"、"跑得快"，不搞变相赌博活动，坚持散步欣赏农村风光，让晚年生活过得愉快而有乐趣，让老人的生活也充满阳光。

听了老兄的恳谈，联系我近来晚餐已不爱吃主粮的情况，觉得吃蔬菜还容易消耗一些。比照老兄的退休生活，我有了全新的感受，我沉醉于交谈之中乐不思归。趁老天爷还为我留有一点行路的余光，我暂时告别他们两位老人，当我迈步在硬化了的宽广村道，又想起了老兄的"我的就是这样子"，不忘他对我在职工作的支持和鼓励。

因我父亲也出身贫苦，青年时代曾在华容、沅江等地打工谋生，韶峰下那个出生地的村支书以想当然地怀疑我爸在旧社会当过兵答复部队的函调，使我的入党问题长期未能解决。以致中沙公社的个别党员干部老是看不起我，总是故意找我的茬。可老兄却以"民主党派中央的头头和民主人士，他们不是共产党员还可以当国家领导机构的副职"来安慰我："只要你听党的话，不搞歪门邪道，保险你不会犯错误。"老兄带队去韶山参观后回来激动地对我说："人们都说韶峰大山有灵气，原来生长在韶峰下的你，还是继承了尧舜圣君之根的荣光，才有如此为人民服务的热忱啊！"在老兄的积极支持和鼓舞下，使我得以大胆地工作，我更加积极钻研业务成为银行的财会专家，终于在改革开放拨乱反正之后被吸收入党，升任了营业所的负责人。

　　老兄是土改时参加工作的老干部，他从来不信邪，不怕处分，不怕撤职，他总是坚持按党的政策原则办事。同时也严格要求自己和检讨自己，如何更好地为人民做好服务，所以他的工作常常被人称道。早在农村坚持集体生产时期，他在中沙大队一个生产队蹲点，经过社员大会讨论，征得大多数人的同意，将仅有一头母猪和 5 头小猪的猪场解散，把猪下放给社员作"工分猪"喂养，安排闲散劳动力种棉花、烟叶和养鱼等多种经营，凡属能做定额的一律按定额计工。由于打破了出工的大窟窿，工作质量大提高，收入明显增加，年终决算工价由原来的五角多提高到八角多。社员都称赞他领导有方，才让大家获得了好收益。由此可见，老兄将自己正确的指导思想与群众的觉悟水平相适应地结合起来，尽量使工作方法符合客观规律，取得令人满意的成果，也是使他心旷神怡延年益寿的有效方法。改革开放以来，他非常关心党的整党建设，他敢于针砭时弊，揭露不正之风，为端正党风而大声疾呼。

　　老兄出身贫寒，过去仅读了个小学，从小就跟随父兄种田、拉人力车搞运输。他哥刚能帮助父亲出力，便被抓壮丁逼得不敢回家。后来单身汉的叔父顶替其哥参加国军，一去杳无音信。以致新中国成立后母亲不愿让他这个小儿子去参军。但当他向老人严格划清新旧军队的界限、使其认识人民军队为人民的宗旨以后，母亲积极支持他参加打倒地主分田地的阶级斗争，鼓励他积极为党工作为人民谋福利，直至最后病危期间还让他去县里开会，以了却未让儿子参军留下的遗憾。因此，人们都赞扬老兄是一心扑在工作上的好党员，是孝敬父母的好儿子。

　　老兄严格教育子女听党的话，他儿子刚上学那会儿，每月抽个星期天去 5 公里外的爸单位去玩。那时只需一角钱乘汽车即可到达。去时多半是搭附近刘师傅开的客车，他儿子每次上车总是"叔叔"、"阿姨"的叫得令人心醉。乘客们也都表扬这孩子懂礼貌、讲文明。只因有一次客多拥挤，他儿子和几个小朋友一时未能挤上车，儿子便随声附和地呼唤刘师傅的名字。虽说童言无忌，但是老兄知道此事后，仍然严肃地批评教育了孩子，使其从小就懂得要讲文明礼貌，要听党的话，要遵纪守法。现在，儿子通过自学成才获得大专以上学历，早已成为单位的重要领导骨干。儿媳的工作也干得令人敬佩。女儿女婿双双外出打工搞开发，也都搞活了经济。第三代正在茁壮地成长。直至今日，老兄对于他们的工作、学习、家庭生活照样要求严格，要求他们在工作上要做到胜不骄败不馁，家庭上要和睦团结，经营婚姻，敬老扶幼。我打心眼里钦佩老兄这种融爱情、亲情、友情于一体的高尚境界，祝贺他坚持勤劳俭朴、淡泊明志陶冶自己情操所孕育的幸福晚景：

> 莫言西方发达早，
> 擅长创新也富饶。
> 阅读玩牌又散步，
> 晚霞满天乐陶陶。

（2011 年 2 月）

# 第三章
# 爱心礼赞

## 3.1 爱心洒满丝绸之路

二女婿和他的姨夫一样，经常亲切地叫我们两位老人为爸爸妈妈，真使我得到了爸爸一般的尊敬。最近，二女婿特地邀请我一起参加甘肃、新疆的双飞 7 日游。我当时应允了，并且向他们报出了身份证的号码。可是临走之前，考虑到只有自己是个接近耄耋之年的长者，一旦病在途中不能及时前进，势必要连累他们，也会给领队人增添麻烦，所以为此曾想反悔。但在老伴的鼓励之下，我终于穿上了二女儿给我买的皮凉鞋和长裤，挎着嗣后女给我选购的行李袋，带着大女儿为我准备的零用钱，还是及时地于 7 月 17 日参加了旅游团的行列。为了安排好旅途生活，以 8 个家庭为主分别携带了煮好的干小鱼、盐蛋和酱板鸭等家乡小菜，二女儿还为我加买了保健药品和糕点、水果等零食，真可谓万事俱备只待旅行社刮东风了。

我们一行 23 人，带队的是农业发展银行的赵副行长。一见面，他夫妇俩都热情地和我握手，欢迎我参加他们的旅游团。还有农业银行的成主任和一个曾任农业银行副行长的杨领导，都和我这个农业银行的退休老头热情握手表达欢迎之意。这进一步鼓舞我积极跟上步伐完成旅游的信心。纵观旅游团成员的职业，除了农发行的 6 位干部，还有在职和

**069**

退休的农业银行干部，有市公安局的警官，有广电局的女播音员，有电力局和保险公司的女职工，有女医生，有个体男业主，还有大学毕业刚参加工作的青年，也有尚在就读高中和大学的学生。从年龄上看，除了一个从电力局退休已年过六旬的女职工，一个54岁已内退的农业银行干部和一个4岁半的小男孩外，其余均在14～47岁。根据我国人口平均寿命的大幅提高、要65岁才算老年人的精神，他们以中、青、少的三个层次陪伴着我开始了寻访丝绸之路的旅行。

何谓丝绸之路，自古以来一般人都以为：东起当时中国的首都长安（今西安），经嘉峪关的河西走廊，通过新疆出境，前往中亚、西亚、南亚以及非洲，西经欧洲罗马。公元前138年和公元前119年，张骞两次出使西域，使汉朝中央政权获得了有关西域地理、交通以及民情等多个方面的准确信息，同时也使汉王朝与西域诸国建立起友好的关系。正因为张骞的这种特殊贡献，史称张骞"凿空"西域。自后，中原内地与西域的交情才得以繁荣和畅通。在其后的1500多年时间里，伴随着古道上的驼铃，古代中国精美的手工艺品、珍贵的药材和火药、造纸印刷术传到了西方。西方及中亚、西亚各国的名贵珍品、蔬菜瓜果及佛教、景教、伊斯兰教与相关的文化艺术传到了中国。流通在这条商业通道中最珍贵、最有代表性的即是精美华丽的中国丝绸。当时的西方国家，常把中国称为"赛里斯"国，即出产丝绸的国度。近代西方学者在研究中西文化交流时，对这条古老的商业通道给予高度的评价，称之为"丝绸之路"。我们的这次旅游，就是去寻访、去亲近这条曾经沟通东西方文化和物资交流的友谊纽带。

### 3.1.1　走近黄河思母苦

17日晚抵达兰州市中川机场，前来接待我们的是周小姐和范师傅。我们从机窗窥见地面的兰州郊区那几十公里长的秃秃山岭还在叹息不已，周小姐正针对我们的心思展开了介绍。兰州地处海拔1500多米的西部高原，呈现在我们眼前的是山头的光秃、大地的干燥和水源的奇缺，我们就可体会到党中央、国务院决心开发祖国西部的伟大战略部署和它对推动国家经济平衡发展的深远意义。机场离市内有70多公里的行程，她为我们介绍了沿途的状况。看着一排排昂然挺立的白杨树从公路边闪过，便想到该是当年左宗棠进军新疆时提倡大栽杨树、柳树抵挡风沙的植树造林的发扬，联系彼时流传"中国不可一日无湖南，湖南不可一日无左宗棠"的对湖南人的高度评价，我们当今的湖南人应当更加努力为开发祖国的西部多作贡献。

导游把我们送到紫荆花酒店落脚，为我们安排好住宿，告诉我们明天中午有另一个导游再领我们去参观黄河和黄河第一铁桥。晚上，女儿、女婿随大家外出去吃牛肉拉面和手抓羊肉，我表示不和他们一起去了。因为我是早上在家为蔬菜抗旱做完重活后才出来，加上乘车、坐机的辗转疲劳很需要休息了，且已在飞机上吃过点心，于是便在旅社写起当天的日记来。二女儿怕我肚子饿，特地为我买回了一瓶八宝粥，我吃了甚感满足。

18日上午，前来引导我们的是一位30多岁的男士，个子中等偏下，他叫王超，他谦恭地介绍：他与一个世界乒乓球冠军同名，他沾了世界冠军的光彩。司机还是那个范师傅。王超为我们介绍和参观了"四个"一，第一是一条黄河——祖国的母亲河。黄河流经九个省，甘肃是第一个省，兰州是第一个省会城市。想起人家曾有"不到黄河心不死"的强烈愿望，这次竟了却了我盼望履临黄河堤岸观看滔滔黄河水的宿愿。第一次走近黄河的心情，显然与20世纪50年代初抗美援朝坐火车横跨郑州黄河大桥时大不一样，我亲眼看到了野鸭子随水漂流和快艇的竞渡。走近黄河，"圣人出，则黄河清"的远古预言涌心头，面对一直被污泥浊水所困扰的母亲河，不知何日才能得到有效治理，引领黄龙往山上绕。王超向我们推荐乘羊皮筏子漂流黄河。54岁的杨领导挺感兴趣，他爱人和女儿踊跃跟上，漂流了一段黄河坐快艇返回。何惜每人花费70元，非年轻力壮，难买黄河一漂游。女儿、女婿见我年高难以同游，只好聆听了他们漂流后的感受。我们还分别在筒车打水和母亲抱着婴儿的塑像等景点前摄影留念。第二是一座百年大桥，即黄河第一桥——中山铁桥。1897年，左宗棠已规划修建此桥，因清政府无财力支持而搁浅，只好利用木船联结成一座浮桥，沟通两岸人员和物资的流通。现在还留存一根铁柱，注有文字记载。铁桥跨度323米，1907年开工，经两年零7个月，花去30万两银子，请德国人出技术、出钢

材和美国人协助才建成。原设计使用寿命 100 年，可靠保证 80 年。2007 年加高加固 1 米之后，继续延长使用。新中国成立以后，我国已在黄河上架设了 19 座铁桥。第三是一本书，一本发行量过千万册，享誉亚洲第一、世界第四的《读者》文摘，由《读者》出版集团有限公司出版发行，旅行社赠送了数本新出版的第 14 期给我们，旅途被高温困扰，多数人看书少又不愿意携带，我和女儿、女婿共要了三本，我几乎把其全部阅完，其中罗摩的《母亲的神灵》一文对于正确理解母亲的信仰很有启发。第四是一碗鲜味的牛肉拉面。王超见大家尚在回味昨晚在餐馆品尝的可口拉面，通过电话预约，宾馆还为我们赶做了新鲜拉面，晚餐给每桌加了两大盘牛肉拉面，也算补偿了我昨晚的缺席。回忆旧社会母亲 49 岁那年临死前想吃一点挂面都难得买到，今天我们实在是享受了社会主义的幸福。

### 3.1.2 雄关石窟怂抱负

嘉峪关素有"河西第一隘口"和"天下第一雄关"之称。现在，人们一进入关的头门，首先映入你眼帘的是中国佛教协会会长、著名的诗词家和书法家赵朴初先生所题书的"天下第一雄关——嘉峪关"九个苍劲有力的大字。

据《秦边纪略》记："初有水而后置关，有关而后建楼，有楼而后筑长城，长城筑而后可守也。"嘉峪关的内城是关城的主体和中心，其周长 640 米，面积 2.5 万平方米，关城布局合理，建筑得法。关城有三重城郭，多道防线，城内有城，城外有壕，形成重城并守之势。它由内城、瓮城、罗城及三座三层三檐歇山顶式高台楼阁建筑和城壕、长城峰台等组成。内城东西二门外，都有瓮城回护，面积各有 500 余平方米。瓮城门均向南开，西瓮城西面筑有罗城，罗城城墙正中面西设关门，门楣上题"嘉峪关"三字。关城内现有的建筑主要有游击将军府、官井、关帝庙、戏台和文昌阁。游击将军芮宁 1516 年率军讨伐前来侵犯的敌人，在寡不敌众的危急情况下，不幸中箭阵亡。皇帝为表彰他的身先士卒、英勇抗敌，给他升官晋爵。并在此建筑游击将军府作为永远纪念。现在驻有大队兵勇，在此站岗放哨，或出场训练，可供游客摄影留念。

我们参观完之后，都分别在关城和立有嘉峪关的碑林前照相留念。

成警官还在那台仿制的古炮台打了四颗游戏炮弹。他还叫那个随同的男大学生去试放了一炮。它自有震动的偏差大，固然难以打中目标。

导游冉小姐还向我们介绍了建筑嘉峪关的一个传说：当初，那个建筑设计师通过准确的测算，整个建关工程需要 9999999 块砖，购入的总数是一千万块砖，结果应该只剩余一块砖。那设计师竟胆敢在未完工之前，将应该剩余的那一块砖搁在已完成一半工程的一间房的外墙磴上，竣工时一砖不差。如此精确的计算和施工人员的按计划用材，真可谓天下第一绝。我们当代人与其对比，是否有所倒退，至少我们应该为当代的一些计划不周和随意浪费原材料的铺张浪费行为而汗颜。

参观敦煌市莫高窟壁画与雕塑。莫高窟是中国四大佛教石窟之一的"东方艺术宝库"，它是一座融绘画、雕塑和建筑艺术于一体，以壁画为主、塑像为辅的大型石窟群。冉小姐为我们买好门票后，我们免票的（此次旅游我享受了 600 多元的大额门票免费）另交了 10 元讲解费。她领我们进入壁画的入口处，由敦煌壁画研究院的一位东北小姐为我们当解说员。因参观的人多，声音嘈杂，切忌高声大叫。她给每人发了一个助听器，好像说悄悄话一样地开始了解说。

莫高窟，俗称千佛洞，位于敦煌城东南 25 公里的鸣沙山东麓，创建于前秦建元二年（公元 366 年），迄今保存了自北凉、北魏起九个朝代历经一千多年的多种类型洞窟 735 个，其中壁画和彩塑的洞窟 492 个。壁画 45000 多平方米，彩塑 2400 余身，唐宋土构窟檐 5 座。1900 年，于藏经洞（17 窟），发现西晋至宋代经、史、子、集多类文书及绘画作品 5 万余件。莫高窟是当今世界规模最宏大、内容最丰富、艺术最精湛、保存最完整的佛教石窟寺，有多达 33 米高的坐像，也有十几厘米的小菩萨。

因为有一些洞窟正在搞维修，我们只参观了 8 个洞窟。其中观看了一个 1300 多年前的女佛祖死后的吊唁场面：被美化了的侧卧的佛祖遗体有 4 米长。悼念的 72 名弟子各人的面孔不同，有怀念佛祖的恩德而深感悲痛的，也有为佛祖安然摆脱生、死、病拖累而以欢笑相送的。在古代摄影技术不发达难以提供范本的情况下，凭作者对各人的直观审视，能如此真实反映各人的相貌特征，个个栩栩如生，这是我们当今壁

画和雕刻艺术有摄影模样可循的时代所望尘莫及的。

冉小姐引导我们参观鸣沙山和月牙泉,我基本跟上了旅游团的步伐,坚持和女儿、女婿一同爬上一片自然沙漠堆积而成的鸣沙山,他俩坐胎盘滑溜,我又步行返回峰下。二女婿还实践了开军用吉普爬沙漠地带。冉小姐还为我们介绍了阳关和玉门关。阳关,因在玉门关之阳而得名。公元前121年,西汉王朝为抵抗匈奴对边疆的骚扰,在河西走廊设置了武威、张掖、酒泉和敦煌四郡,同时建立了阳关。从此,阳关作为通往西域的门户,又是"丝绸之路"南路的必经关隘,其战略地位极其重要。王维的《渭城曲》一诗:"渭城朝雨浥轻尘,客舍青青柳色新。劝君更尽一杯酒,西出阳关无故人。"就是写的此地。玉门关位于敦煌市西北约90公里的戈壁滩上,俗称小方盘城。相传古代西域和阗等地的美玉经此输入中原,因此得名。玉门关约建于西汉武帝元封四年(公元前107年)。王之涣为此写了《凉州词》:"黄河远上白云间,一片孤城万仞山。羌笛何须怨杨柳,春风不度玉门关。"

我未来得及写下观后感,古人们如此精雕细镂地所创造的雄伟建筑和艺术珍品,无疑激发了游客的终身抱负。只要上帝给我时间,我将继续绞尽脑汁地爬格子,为后人留下自己的心声。

### 3.1.3 欣赏美景驱病痛

19日在玉门王进喜展览馆旁的餐馆吃午饭,因时间紧迫,未进去参观,只看见馆前的铁人塑像和1923—1975的享寿字样。冉小姐向我们作了简介:年轻的王进喜6岁时成了孤儿,16岁被迫给石油资本家做工。1958年国家开发大庆油田,把他调到大庆当钻井队长。为加速工程进展,他跳入水泥中以身子搅拌泥浆筑井,被人们誉为铁人队长。听后,我即刻沉浸于"只要石油工人一声吼,敢叫地球抖三抖"的英雄气概的深深回忆之中。

参观敦煌,吃过晚餐,把我们送到130多公里外的柳园火车站,给我们发了预订的由嘉峪关至吐鲁番的火车票,就完成了她们的导游任务。我们一行于晚上9点10分搭上火车。可能是先天晚上只穿一条短裤在宾馆写日记、抄资料吹空调时着了凉。加之次日凌晨宾馆已关空调,热得未睡好,我四点半钟就起床外出散步,晚上就逐渐感觉不舒服。二女儿在火车站买了西瓜和哈密瓜要我吃，这时我已经感觉厌食了。上火车后，身体逐渐发热，二女儿催我吃感冒灵，我不愿吃感冒药。只把医头伤剩下的消炎药服上，便用被子裹着睡了，但体温还有上升。此时我的脑海正在翻腾：要是这次感冒掉了队，势必让女儿、女婿留下来照顾我。再说，此去正是参观常年高温的吐鲁番，有火焰山的好景观看，如果我病了只能待在宾馆，也等于我来吐鲁番白跑了一趟。如果影响我们的旅游，儿女为我付出的下一段的旅游费将化为乌有。当然，二女婿他也在考虑："原来妻兄嫂已为岳父在广州旅行社报了名，要他七月底和他们华南师范大学的教授、家属一道参加北疆的 7 日游。后来农发行有一组去甘、新，自己才邀请岳父出来旅游的。如果他老真的病了，就要按照妈妈平常关于'你和人家的女儿结合了，就要像照顾自己父母一样地关心岳父母大人'的教导，我将义不容辞地肩负起护理老人的责任。"幸在睡过两个多小时后，病情稍有好转。我刚睡时，二女婿还在和几个朋友吃零食喝酒，不知玩了多久才睡。我凌晨三点起床去小便，正与他碰个满怀，他见我能够稳当地起床，自然感到宽慰。可是他非常关注我的行动，车厢内夜里熄了大灯，他怕我摸错床位，竟在巷口等我。我睡得脑子有点糊涂，差点摸到别人睡觉的地方。他立即提醒，指点我找到自己床位，他才放心去睡。我爬上床又在思索着：生怕失去继续参观的机会，祈求老天爷保佑一路平安。于是，我强忍着身体的不适，总是以"没问题"回答女儿、女婿的关心问候。早上 6 点半到达吐鲁番，凉风习习，导游陈新华小姐和黄师傅接待了我们。陈小姐开口就祝福我们：还是湖南贵客的福气好，平常每年只有 6 至 9 月才下 40 多毫米雨水的吐鲁番，今天老天爷竟以喜雨来接待你们了。

接着，她笑容可掬、响炮连珠似地介绍了吐鲁番的简况：吐鲁番地貌为北高南低、西宽东窄的不对称地形。举世闻名的火焰山呈东西走向卧于盆地中部，把盆地分为南北两半。盆地中的艾丁湖水面低于海平面154 米，为世界第三低地。以湖为中心，盆地呈环状分布，而盆地中央便是绿洲平原。

吐鲁番日照时间长，光热资源丰富，是全国夏季最热的地区，因而

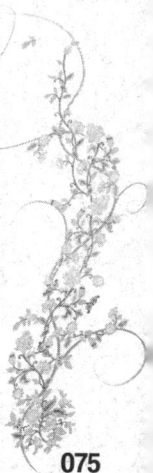

素有火州之称。这里只要热到 45℃ 以上，工厂、机关不上班，学校不上课，农民不做事，一切为了避暑保健康。高山积雪和地下潜流为盆地提供丰富的水利资源。各族人民发明制造引水灌溉的坎儿井，滋润着戈壁沙漠中的绿洲。丰富的物产以葡萄为主。

吐鲁番早在六七千年以前的新石器时代就有人类活动，汉为车师前王地，晋置高昌郡，唐置西州，清设吐鲁番直隶厅。1913 年改建县，1985 年改县设市。它是古丝绸之路的重镇，高昌、交河故城规模宏大，气势磅礴，阿斯塔那古墓群文物丰富，出土的干尸更是令人叹为观止。因而研究者将它与敦煌并称为敦煌－吐鲁番学，更有人形象地称吐鲁番为"天然博物馆"。

听罢，我被吐鲁番的天然美景所吸引，迎着老天爷确实洒了雨，才为可能参与参观而更感荣幸了。一行的成年人都朝我投注关心的眼光，一些女干部职工也和我女儿、女婿一样地劝我注意饮食。赵副行长总是叮嘱我女婿要照顾好岳父，担心我病了就会影响他们的行程。我心里自然也明白病从口入的道理，于是严格把住进食关：早餐除了吃个馒头和两碗稀饭，其他什么东西都不吃；中餐逐渐地吃点蔬菜和斋菜，对于荤菜和烤全羊一点也不沾，才使自己的身体慢慢地适应过来。

参观葡萄沟。位于吐鲁番市东北 13 公里处火焰山的葡萄沟，南北长 80 公里，东西最宽约 2 公里，现有葡萄田 60 多公顷。住着维吾尔、回、汉三个民族的 5000 多人。沟内有来源天山的一渠清水流淌，从沟边到两岸山坡尽是翠绿碧玉、层层叠叠的葡萄架。主要种植的是著名的无核白葡萄，还种有玫瑰红葡萄、马奶子葡萄、喀什哈尔葡萄、比夹干葡萄、黑葡萄、琐琐葡萄等，年产鲜葡萄 600 万公斤，葡萄干 300 多吨。这里的无核白葡萄鲜绿晶亮，酸甜适口，在国际上享有"中国绿珍珠"的美称。这里的气候却与火焰山相反，在藤蔓交织、浓荫蔽日的葡萄沟，凉风习习，清爽宜人。在这里已设有度假村和宾馆，令游人欢歌起舞，心旷神怡。在这里到处伸手就可以摘到葡萄，但对乱摘葡萄者罚款 200 元，谁都不敢违犯。

经受火焰山的炽热考验。火焰山位于吐鲁番盆地中部，东西长约 100 公里，南北的宽约 10 公里。平均海拔约 500 米。当地人称它为

"克孜勒塔格"（红山）。它主要由中生代的侏罗纪、白垩纪和第三纪的赤红色砂、砾岩和泥浆组成，山体雄浑曲折，层峦叠嶂，形状怪异，布满道道冲沟。山上寸草不生。每到夏季烈日照的热浪滚滚，红光闪耀，就如阵阵烈焰在燃烧。1975年7月13日测得最高气温曾达到49.6℃，地表温度达到83.3℃。中国古典小说《西游记》称此山"八百里火焰"，唐玄奘西天取经在此受阻，孙悟空三借铁扇公主的芭蕉扇，大战牛魔王，给火焰山更披上一层神秘色彩。我们是下午4点之后去参观的，不少女士都已打伞和穿上长衣服做好了防晒的准备，二女儿不断用撑着的伞为我遮阴。而我却不以为然，我觉得和农村搞"双抢"时的烈日当空的高温差不多，只是火焰山的山头焦若烁土，日照的时间长，未经过艰苦锻炼的人是难以承受的。

游交河古城。交河古城位于吐鲁番以西10公里的雅尔乃孜沟中。自西汉至北魏，车师前王国皆建都于此，公元450年为高昌所并。雅尔乃孜沟是远古时代由洪水冲刷而形成的一道河谷，其河心洲长约1650米，最宽约300米，故城即坐落在河心洲的土崖上。城内以一条南北长300米、宽10米的大道为轴线，把遗址分为三个区域。大道南端和东侧多有巷口通向城外，大道两侧是高而厚的土墙，没有朝街的门户。只有小巷两侧才有院落的门户。大道北部为寺院区，规模宏大，塔群壮观。中央是一座大佛塔，上部原有塑像早已失存。大道南部的东侧，为官署和住宅所在地，占地3000多平方米，多为地上、地下双层建筑，且有宽大的阶梯通道可上下。围墙外还有城内唯一的一处广场，西侧是居民区，街巷清晰，院落分明，分布有许多手工业作坊。唐代诗人李颀有"白日登山望烽火，黄昏歇马傍交河"的诗句。

来到此地，正值烈日当头，导游指引往前还有三里多路，不少人为难以步行开始徘徊观望。这时杨领导带领其大学毕业刚参加工作的女儿率先起步，我也跟随在后，接着女儿、女婿和赵副行长他们也都赶上来了，从而鼓舞了人们的走路干劲，使大家都参观了这个独一无二的名胜古迹。杨领导还为我在古城的洞窟前照相留念。和杨领导闲聊时，我曾表示不愿参与集体共食1888元的烤全羊（实际吃时不过只有20来斤羊肉）。他猜测我是怕多花了二女婿的钱，便劝我说："您这样考虑没有

必要，出来旅游是享受，名菜美餐都要尝到。"

在维吾尔族人家里做客。导游带领我们参观吐鲁番的坎儿井、葡萄沟的葡萄架之后，下午返回宾馆之前，把我们带到一个维吾尔族农民家里做客。接待我们的是一个会说流利汉语的维吾尔族嫂子。她自我介绍：她家有十几口人，有老、中、少三代，他们维吾尔族很尊敬老年人。陪同她接待我们的还有其丈夫和一个20多岁的小姑子。他们首先准备了一张长方形的盘床，中央摆了一张长桌子，中间摆有切好了的西瓜和洗干净了的嫩绿色的小颗鲜葡萄，每人前面还放了一顶小花帽，其绣花更炫耀了丝绸之光辉。按照他们的礼节，要我这个最老的长者坐在正中央的位置。若是我带了老伴，就要我俩相对入座。我们即席品尝了他们的西瓜和葡萄之后，那个嫂子就是主持人，也是政府培养的讲解员，先要她那个小姑子跳了维吾尔族的舞蹈欢迎我们。然后嫂子作了一篇欢迎式的讲话。她说：他们村上有几个百岁老人，被政府授予了百岁村，老人长寿是共产党的政策好，人民幸福活得寿年高，也是他们这里的气候温和、冰水清凉、葡萄甜蜜等自然条件好。最后，那讲解员招呼我们去参观和品尝她家的几种葡萄干，她分别介绍了市场上几种不同的葡萄干和他们三户农家精制的多种葡萄干，让我们品尝，欢迎我们选购。我们当然相信她的介绍，于是分别选购了几种较好的葡萄干几十公斤，以带回家去作赠送礼品。一下子就做了上万元的生意。晚上，导游还领我们去当地的大剧院进晚餐看戏，观摩了《吐鲁番盛典》的大型歌舞演出，每人票价200元，除去旅游包干的基本伙食，每人另付178元。在甘肃敦煌，应导游的介绍，有13人去看了《敦煌女神》的大型歌剧演出，每人另付180元。这固然能够活跃文娱生活，缓解旅途疲劳，也有利于增进内地游客与当地少数民族的感情。实际上也方便了导游、司机们协助当地农民推销土特产品和为剧院推销戏票，促进了当地农副产品的销售和旅游收入的发展。

参观天山天池时，仿佛把我们带回到了南方的张家界，陡峭海拔5400多米的天山存着千年的冰雪，但海拔1904米的天池，周围的山沟里都长着一丛丛葱郁的云松。我们登上轮船畅游了一个来回，欣赏了这里的山水风光。下游的人们喝的、用的和灌溉农田的水，都是由天山冰

雪溶化而流下来的水。"天山南北好牧场"无疑是这里景观的如实写照。

通过介绍参观，加深了我们对这个景区的印象。天池为水碛湖，古称瑶池。水面3平方公里、平均水深40米，最深处105米，湖容量约一亿立方米，天池之水绿如蓝。从我国先秦时期的《穆天子传》就有关于周穆王西巡，在天池受到西王母宴请的传说，穆王即赋诗酬唱，引发了人们把天池附会为西王母瑶池的想象，因而天池又有瑶池、神池的美称。天池东南的博格达峰海拔5445米，是天山东段的最高峰。过去佛教徒曾传说那是达摩祖师的面壁处，故称"达摩崖"。天池东侧山青石墨，形似长发，故被称为10万罗汉削发处。

在南疆参观了两天确实感受颇深：新疆做客头一回，各族人民多亲爱。今朝西域真美丽，再次旅游难得来。借助好伴齐支撑，病痛焉能敢为害。转眼去染俩勇士，霎时被驱抛天外。

### 3.1.4 爱心洒满丝绸路

这次去大西北的旅游，是湘乡市大自然旅行社组织的。搞好旅游最主要的是不掉队、不患病、不出安全事故。因此赵副行长和导游的任务就是及时清点人数，查问是否带好行李和吩咐注意安全。幸好还有农业发展银行的家门侄和一个成姓的高中女学生主动协助清点人数。此次旅游全程分五段，五个导游有四个女性，一个男性，年龄30至50多岁之间。导游和司机都把我们当嘉宾、贵宾热情接待，积极地为我们宣传讲解，对我们的生活安排得很周到，并随时提醒我们旅途中应当注意的事项，从而保障出行平安。从湘乡接我们去长沙黄花国际机场的是一位中年的女导游，她特别提醒我们男士夜间住旅社要注意关门，防止个别乱来的女人闯入房间。她曾经负责处理过一起赔偿5000元才了结的类似纠纷。因为无法争辩清楚，往往是游客吃亏买个安全。他们引导我们唱歌，会唱的和她们一起唱，一路旅游一路歌，驱散疲劳多活跃。其中以新疆的陈小姐最年轻，也数她最活跃，给我们作介绍的也多，大巴路过达坂城风景区绿洲地段时，她即给我们介绍《达坂城的姑娘》这首歌，她领头和大家唱过后，即介绍当年王震将军部下王洛宾这个人民音乐家的事迹。她说就是因为王洛宾作了这首歌，才使达坂城名扬天下。她还

说，当年解放军建设兵团奋战吐鲁番，环境很艰苦，根据王震将军"你是否创作一首歌给吐鲁番的官兵鼓舞鼓舞士气"的指示，王洛宾即创作了《吐鲁番的葡萄熟了》那首歌，给官兵们很大的激励，鼓舞了大家的斗志，加速了工程的建设。之后，王洛宾还创作了《新疆是个好地方》等许多脍炙人口的带有地方色彩的优秀歌曲。年轻的陈小姐说起绵羊的情爱，她以怎样识别公羊和母羊为题，说公羊走起来尾巴发出吧嗒吧嗒的响声，好像表示"来、来、来"；母羊的尾巴则在摇摆时发出细小的声响，好像是说"行、行、行"。她以生动的语言形象地反映了牲畜的本能活动。对于我们内地未养过绵羊的外行来说，无疑是一种知识的增补。当汽车路过盐湖时，她就给我们介绍盐湖：新疆盐湖有四平方公里，被称为"中国死海"。盐湖水是海水含盐量的 7 倍。人在盐湖水中不会下沉，不会游泳的人也可以轻松地躺在其水面休息、看书，甚至喝酒。医学认定该湖水中所含的多种元素对人体十分有益，现在已正式对外开放人体漂浮、盐田观光和工业观光等旅游项目。路过亚洲最大的风力发电厂时，她要司机停车，让我们下车到现场参观。这里有数百座台风机组成的一道风景线，犹如一颗璀璨的明珠，在博格达雪峰下熠熠生辉。

综合我们这次甘、新两省之行，有幸参观了名胜古迹和自然风光，我们坐火车几百公里不见居民点，乘汽车百多公里难见水，见到的多半是荒凉的戈壁沙漠。但天无灭绝牲畜之日，让低洼的沙漠之中长上了稀少的耐酸、耐碱、耐旱的骆驼草，也能供骆驼吃点青饲料。我们开阔了眼界，扩大了视野，体验了祖国的辽阔广大，看到了开发西部的旗开得胜，在职工作的学到了外地同行的先进经验，在校学生也实践了一次长途旅行。一路上，独生子女的大学生对稀奇事物愈加感兴趣，有时他们未跟得上团队，就引起了妈妈们的追问，可他们的爸爸却肯让他们去锻炼：他们读大学了，经常在外面跑，你怎么那样不放心？儿孙自有儿孙福，莫把他们锁桎梏。一路上，二女儿、二女婿总是紧盯着我，生怕我掉队会迷失方向，二女婿在黄河边购买了一顶两边翘的紫色草帽，他个子高很醒目，一般是跟他走的多。我有时为检验自己的步履能否赶超中青年就跟着前面的人走了，他们偶然未见我，二女婿就到处找我。二女婿见成警官孝敬岳母若亲娘，因而对我更为关心。二女婿见我不断到处寻找资料，便从书店里给我买了一本旅游知识的书，为全面了解新疆各个景点提供了便利。尤其是将老伴"梦里寻人"和内地儿女担心我的安全信息传过去后，女儿、女婿对我更是紧跟不舍，几乎时时都把我牵挂在心头上。并且所到之处，都留下了我或我们三人的身影。我心里也总是在想：儿女们为开阔我的眼界，为了却我未曾去过大西北的期望，他们花钱为让我寻访丝绸之路，我也把其当做最后的一次长途旅游，总在默默地预祝自己要一路平安就好，祝愿自己能为父老乡亲带回胜利的捷报。

我们在乌鲁木齐只住宿一晚，未来得及去大姨外甥女家看望。后来她们特地打的士来宾馆看我们，我因启程时间仓促未给她们带去家乡的任何特产，她们却给我送了许多的边疆特产和礼品，我只能向其表示歉意和感谢。

23日上午，我们从乌市乘机返回，飞经西安，在西安机场下机作短暂停留后再转长沙，然后乘大巴回湘乡。接着，我携带着二女儿、二女婿为我购买的葡萄干、大红枣和哈密瓜等食品乘公交车安全抵家，让家人和乡亲们尝尝新疆特产的风味。这次圆满完成了我们寻访丝绸之路之旅，让我对带领我旅游、陪伴我顺利走完丝绸之路的领导、导游和旅伴为扶老携幼所献出的一片爱心、以及在生活上所给予的照顾表示深情的谢意。

愿我们的爱国之心永远洒满丝绸之路。

（2010 年 7 月）

## ☽ 3.2　一片丹心为光明

"瞎子等于死了未埋"、"宁可蹩脚不可瞎眼"、"眼睛里沾不得半点灰屑"等民间俗语，道破了眼睛居于人体五官的首要地位。这是尽人皆知的事实，我也有过切身体验。

两年前，我的两只眼睛都患了白内障，经湘潭市中心医院眼科检查，首先将严重的右眼动了手术，赢得了继续写作的光明，于2010年6月在暨南大学出版社出版了《韶山魂》一书。今年6月，觉得左眼的

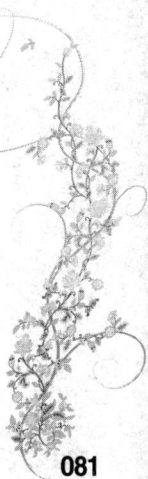

白内障日趋严重，已经影响到右眼的看书和写字了。为了及时切除白内障，未经咨询，即与在县城工作的两个女儿约定，于 6 月 14 日清早携带换洗衣服和日常生活用品，乘公交车准备去中医院眼科住院动手术。我早上未进食就去医院排队挂号，以争取尽早做好抽血化验和 B 超检查。不料，主持眼科门诊的江主任（副主任医生）还兼管住院部的看病，延至 8 点半钟才来看门诊。我是第一个进入门诊室的，还有一个 96 岁的彭老太也要检查眼睛。从表面看来，老太的身体还好，她说出身贫穷未进过学校门，是参加工作后才学了一点文化的。谈起她在乡政府当妇女主任那会儿，她说："解放初期，我们年轻时候，从谷水到县城 90 里路，来回都是步行，一点都不觉得累！"看上去她只不过 80 岁左右年纪，到底还是经过艰苦锻炼的好。人们无不佩服她的身体康健，有点白内障尚不妨碍走路，肯定能够活上一百岁。听了老太的叙述和大家的闲聊，自然缓和了我的性急情绪。

待江主任入座，这个具有标准黄种人肤色脸庞，戴有近视镜而又温柔善良的女性，同她的名字带有永远忠于领袖的色彩一样，她是属于 20 世纪 60 年代出生的、踏实工作的那一类。我率先把病历递给她，申述了要求进行术前检查，她即刻编了号。陪我去看病的二女儿又催促了她。可是你急她不急，她是要看几个门诊让她的副手和护士们有事做。后来，她还是应我的要求，尽快为我填写了验血的申请。听说眼睛的局部 B 超不用空腹时进行，我接受抽血后也就不再急了。二女儿怕我肚子饿，要我吃了她带来的早餐。然后，有序地去进行了相关的检查。体检之后再去打听验血情况，答复是要下午三点钟才有结果。原来动手术也要等候他们的电话，按统一安排约定时间进行。刚去抽血，大女儿赶到了医院，她见我背了大袋子的行李就说："爸爸，您以为一检查完就能做手术吗？"结果如她所料。江主任的助手，要我女儿们留下了联系电话。体检后，我同大女儿一道走出了医院，她怕我肚子饿，还领我去饮食店，给我买了小笼饺子和一份鸽子汤。我生怕影响她们的上班，就便搭公交车回家了。

下午，二女儿看过验血单，打电话告诉我，我的血糖是 6.6。医师说我的血糖略高，要我少吃甜食，还要进行一次复查。如果有糖尿病还不能做手术。后来，二女儿从赵院长那里获悉，血糖在"7"以下的均能动手术。我也不打算再进行抽血复查了。可那个短发的女青年蒋医生说："为了手术安全起见，您还是进行复查的好，如果血糖再升高，还得进行糖尿病的全面检查。"这时，我只好同意进行了复查，结果血糖比八天前还上升了0.2，看来我的血糖还是比较麻烦的。但我深信这次只要把左眼的白内障根除了，就给我增加了光明度，带来了希望。只要我能多活两年，脑子不糊涂，或许还能写一本书出版，多给后人留下一点纪念，至于其他的疾病可以再分别进行治疗。

22日下午入院，通过血糖的复查，又经过白内障的详细检查，晚上才有病友来报到。我们病室的4个病友，只有我一个老头，其余都是女性，我不知道医院做白内障手术是临时性的突击任务，不可能马上扩建房屋，以致对这种男女混合安排不够满意。听说那个96岁的老太，因年事高，血压、血糖也都高，经过医生劝说，还是未做白内障的手术了。我们病室90岁的许老太可能是年龄最大的了。她是由两个50岁左右的女儿护送来的。老太的头发斑白过半，从她那布满辛劳还泛着红润的脸和崭齐的牙齿以及谈吐来看，不过80岁的样子。她那个担任乡干部的三女儿说："她老90岁了，比我那个82岁的婆婆健康得多，我婆婆的两只眼睛都有白内障，但患有高血压、糖尿病，经医生反复检查，都说不宜动手术了。"她的四女儿本来有病也动过手术，因老太的两个儿子在外打工，总是她两姊妹轮流照顾着老人。湘乡二中李校长的妈也住了院，他夫妇工作忙，除亲临慰问外，他的三个妹妹都陪护着妈妈。家门侄女的老公是名医，难得抽时间陪护，但老公和子女的慰问电话频繁。和我们同时做手术的，还有于塘镇洗马村那个58岁的易女士，她育有一男一女都在外打工，她去年起患有高血压、糖尿病和白内障，到11月份双目几乎失明。在老公的陪护下，先后到湘潭、湘乡等地眼科医院检查过，服"眼百剂"等中药不断，仅服药、点眼药水已花去5000多元。今年5月初，听说免费切除白内障，她拄着拐杖和老公又一次来到中医院要求做手术。江主任见她年纪不大，非常怜惜她的痛苦，让她留下来住院，反复向其讲明："你一定要安心住下来，和我们医生配合好，要通过治疗把血压和血糖恢复正常才能动白内障手术，而

且以后要坚持打胰岛素。"她于 5 月 11 日入院住了十多天，第一次动了右眼睛，终于重见了光明。她差点跳起来了，激动地说："毛主席领导我们翻身得解放，邓小平领导我们搞改革开放，江泽民带领我们走进新时代，胡锦涛科学发展把我的眼睛点亮。下次我还要把左眼睛诊好，永远不再扶拐杖。"出院时她丢掉拐杖，在老公的扶持下，高兴地走回了家。这次她又是老公陪同，提前来此住院，把左眼的白内障也切了。她两只眼睛的视力都达到了 0.5 以上。她老公衷心感谢眼科的医生帮了大忙，使他老伴的眼睛恢复了光明，也给他减轻了负担，表示今后一定要教育子女们牢记：永远不忘共产党，为他们救了瞎眼的娘。

此批 30 多名患者在外地工作或打工的子女和亲属，也像我儿子、儿媳和嗣后女夫妇们一样，都及时地打来电话慰问。在县城附近的，更像我女儿女婿一样地积极配合医生的安排，按时给患者送来可口的饭菜和营养饮食，精心护理着术后的老人。有的日夜地陪伴在老人的身边。我病室除许老太的视力由 0 提高到 0.1 之外，其余 3 人均比术前提高了 0.4 至 0.5 的视力。已经只有 0.2 至 0.3 的视力，但生怕动手术会影响其诗词创作的八十岁的陈女士，看见其老公（原湘乡四中的谭校长）这次切除白内障的右眼提高了 0.4 的视力，又听说九十岁的许老太尚充满信心地要做另一只眼睛的手术，她表示一定要来中医院眼科检查、治疗眼病。

原来我本想仍旧去湘潭动左眼手术的，大女儿和二女儿劝我在湘乡动，因为前年是她们嗣后妹夫妇照顾的。这次受我儿子、儿媳的委托，如果在湘乡动，就请她们共同照顾好我的生活。平时我没有在县城住过院，她们总想就近护理表达其孝敬。经比较，女儿、女婿都主张我选择中医院，因该院的眼科是有名的专科，且医生技术力量雄厚。为了慎重地做好切除白内障的手术，凡是成批的手术，他们都聘请中南大学湘雅附二医院的贾教授前来掌刀动手术。最后我一心一意地决定去中医院切除白内障。通过这次住院的手术治疗，我左眼的视力已达到了 0.4，我为比右眼术后差 0.1 的视力发出叹息。蒋医生说："老伯，您的左眼手术动晚了一点，保护好视力还可以提高。"一个检查眼睛减压的女医生，将个子较矮的许老太挪了又挪，直到把矮凳子换为高凳子，使其下巴颏贴近仪器为止。护士们也都及时给患者点眼药水，督促按时服药。这时，我才深深感到中医院医务人员的医术和服务态度确实名不虚传。他们对患者做详细的体检，对某些超过"参考值"的总要坚持搞好复查，特别对高血压、心脏病和糖尿病患者更是严格把关。年老的尽量劝退，年轻的则强调住院治疗，待恢复到正常值的时候再做手术。动手术之前，他们还向患者和家属宣读讲解手术中可能遇到的意外情况，让他们理解后签字再做手术。在术前，早已向患者发了八点注意事项的《白内障患者须知》，详尽地介绍了如何保护好术眼的措施，要求三个月内不得搞剧烈活动。实施手术前，除了履行严格的检查和复检程序，还要严格地消毒，术后又特别嘱咐要保护好术眼。而我通过这次体检，我的右眼经过两年来阅读和写作的考验，仍然有 0.5 的视力。家人适时地给我增加营养和不断提醒我要注意间断读写，我心里却毫不在乎。虽然《白内障患者须知》强调三个月不能搞剧烈活动，可是我依然坚持早起做"拍背操"，晚上原地散步，只是不像以前那样进行剧烈运动了。然而，每次恰巧被蒋医生发现，她及时提醒我注意，嘱咐我要多躺卧、少走动、少使劲、忌弯腰、少看书，只有切实保护好术眼才能提高视力。在眼科除了江主任以外，蒋医生就是一个得力助手，她处处注意患者的反应，刚刚动过手术，她遇到患者就问有哪些不适，及时综合反映给科里，从而有针对性地进行治疗和护理。江主任也强调指出：切除白内障仅仅给病眼揭开了一个"盖"，眼睛的其他毛病还得注意治疗。要保护好术眼才能提高视力。

诚然，亲友们无不希望自己的亲人、朋友能够眼光脚健地活到老，尤其期望让光明陪伴生命到头，所以才如此迫切地乞求医生们尽最大努力给白内障患者动好手术，他们的精心护理和亲切慰问，也都表达了对亲人能重见光明的愿望。同样，医生也想借此现代高科技的发明创造，尽自己最大的努力发展这个有益于人们生存的光明事业，他们也就倾心尽力地为这个献爱心的事业服务。就是这种共同抒发的温暖给了白内障患者以最大的热忱，让残废了的眼睛又恢复了重见光明的力量。

由于中医院眼科医务人员的精心治疗和耐心护理，该院自 2009 年开展为成批的白内障患者切除白内障服务以来，每年都有 200 多名白内障患者前来接受手术治疗，经过精心治疗，经出院前检测视力，98%以上的患者都提高了视力，受到了广大群众的欢迎。他们热情赞扬中医院眼科的医务人员不愧为：救死扶伤除眼病，一片丹心为光明。

（2011 年 7 月）

## 3.3　我们信赖卫校良医生

"老医生，少裁缝"，本是一句至理名言。可是，自从改革开放挖掘人类智力、发展高科技以来，世界已经进入了医学发达和人才辈出的时代，有的青年医生已经干出了前所未有的业绩，湘乡市栗山镇西山塘的校妹子就是一个具有代表性的人物。

承蒙老天的保佑，我这个接近耄耋之龄的退休老头，以前很少找他给看病的。但从他给我老伴治病的过程中，我早已领略了他那履行"救死扶伤"的风格了。每逢老伴生病，只要拨打他的电话，不管多么忙碌，他总会来出诊。他每次出诊的具体安排，总是以抢救突发的急病、救治儿童和劳动力优先，然后再根据轻重缓急依次进行。他每次登门来到病榻前，总是采取问、看、探、听、测等方式分析了解病情，然后再对症下药。特别是需要用青霉素的，坚持先试验后打针，从不随意乱用。每次输液时，他至少要守着输完一瓶，观察其反映才敢离开病人。如有不良反应，则要继续输完第二瓶，观察一会儿才放心走，并及时吩咐家人护理应当注意的事项。这是他行医十六年来未出过事故的关键所在。

原来我对这个青年人缺乏了解，总是以走着瞧的眼光在考察他，我期望这个年轻人到时能够给我作个正确的诊断，以减少儿女们的不必要的花费。我心里也祝福着自己最后能患个速战速决的急病而去。本来我对校妹子这个称谓很感兴趣，表面上不过是旧社会重男轻女遗留下来的习惯，他们故意以女孩的乳名贱待他，使其更能顺利地成长。其实，他也人如其名，你别看他一米七几的身材，可他的脑袋随身子的苗条，脸庞也与其相协调。他那深邃的目光和挺拔的鼻梁，就赋予了他作为一个医生的锐利眼光和灵敏嗅觉，且语言确也儒雅，对病人尽表安慰，一片关心。要是他有当演员的爱好，挑选男扮女装的梁山伯他肯定能首当其选。因此，当地人对这个年仅 36 岁已趋成熟的医生，有时仍然以他的小名相称呼，他也不介意。外地人一时忘了他的姓氏，凭着他那优秀的医德和热心为病人服务的良好态度，也有管他叫良医生的。

校妹子 1991 年于湘潭卫校内科专科毕业。他为了提高自己的医术，造就自己的本领，在湘乡人民医院内科外科并举实习一年，又继续进修两年外科和中医，学会了中西医药双管齐下的技术，结业时即取得助理医生的资格，2003 年通过省里统考取得了医生职称。接着，还要他弟弟也去湘潭卫校的医生培训班内科专业学习了两年。他还找了一个婀娜多姿、热情洋溢且又具有医生、药师职称（妇幼专科毕业）的好伴侣。后来，又聘请了一个从护士专业学校毕业的女大学生为护士，并在护理实践中传授护理医术，强调严格消毒程序、过敏试验和部位注射等重要环节，强调保护人们生命为医务人员的天职。从而为自己成立个体医院创造了条件。

1974 年，校妹子出生于黄金村，该村与西山村接壤。前年，他自从在西山塘购买了一幢三层楼房，便逐渐将黄金村的医疗点转向了西山塘，增聘了一个从国营药店下岗的年近半百的男药剂师，同时安排弟媳学习药剂师，更加繁荣了自己的医药业务。现在每天上门就诊的患者，少则二三十，多则四五十人，其中还有来自 15 公里外的于塘、山枣镇和湘潭歇马的一些患者。其业务量相当可观。而且他还要应约抽空下乡去看病。一些不知情的，若要了解他的服务奥秘，只要深入他家新设的病房，就可以从患者的反映中获得反馈。他们说："国家重视医保和新的农村合作医疗，只是下面难以贯彻执行，卫生院主要靠挂号费、病床费和多种检查收费增加集体的收入，却很少顾及病人的负担。所以人们宁可不去享受那个报销，甘愿到私人诊所就医方便得多。"有人说："凡是医术好的医生都脱离卫生院去干个体了，他们采取免收挂号（出诊）费、少收病床和伙食费、减少购药的中间环节让利给病人的方针，让患者得到了实惠。"有的说："城里技术好的医生不愿意下乡村，卫生院的医生多半是刚从学校毕业的，有真才实学的人少，收费又高，重病难断。而个体医师出于切身利益的驱动，相对来说也比较尽职尽责一

些，所以村民去卫生院光顾的少。"这些反映了公办医疗机构的弊病。前年，镇卫生院曾以高薪聘请校妹子当主治医生，而上他家要求看病的人依然络绎不绝，累得他早晚看病很少休息。他深深感到群众对他的信任就是他的最好选择，便干脆辞职回家干自己的了。校妹子每当回想起自己刚从进修中医出师，刚刚人到中年的妈妈就不幸被癌症夺去了42岁的生命。后来爸爸又因挑粪淋菜不慎跌倒，得了严重的脑出血，52岁时就丧失了劳动能力。因而他们兄弟和夫妻更加珍视生命的重要，不但更加尊敬年迈的祖父母，积极耐心为老人治病，及时支援小叔父急病抢救，而且设身处地把对亲人的关爱变为给所有病人献爱心，千方百计为患者着想，如何尽快地为他们消除痛苦和忧虑。

　　校妹子通过十六年来看病的临床实践，医术越来越精明了。有个姓曹的退休教师，1996年就患有胸膜炎住进了湘乡人民医院，曾因腹水一度告急。那次治愈出院归来，十四年里，都是电话请他上门看病，校妹子每遇到有疑点难以诊断的，就要曹去人民医院检查后再开处方。曹的老伴曾因重病住过长沙大医院，之后也是请校妹子看病。这一对年逾古稀的老人一直保健得很好，每逢与人谈及，无不感谢校妹子上门服务关心患者的辛劳。西山塘有个80岁的钟老太，脉搏低到每分钟30次左右，校妹子没有把握了，建议她去人民医院检查或请其他高明的医生看看。由于校妹子回了信，老人自己也想放弃治疗了，只是在他的药房里购买降血压等常用药品维持着生命。后来，钟的儿女们找着校妹子，要求继续给他们的妈妈打针输液，声明治不好绝对不要他负责。校妹子方才继续上门为其输液打针，直至她实在不行了才罢休，从而使她延长了近一年的寿命。今年九月，我的一个老朋友突然中风，左边手脚不能动弹，嘴巴歪了，说话也不清楚了。当时即送人民医院进行抢救。四天后他要求出院，他说："还是回家去请校妹子想办法"。过了五六天，我坐校妹子的摩托车到3公里外的邻村去看望他，经过几天的治疗，已经有了明显的好转。最近我又一次特地去看他，他已经不用撑棍能够行走了，嘴巴也恢复了正常，讲话吐词也清楚了。谈及回家治疗的效果，他们两位老人都声声称赞校妹子的登门服务和精心治疗。

最近，我因脑血供应不足引起下肢麻木。儿女都催我去湘乡人民医院检查住院，因老伴身体有病，家里难以脱身。同时，根据去县城医院看过病的患者和家属反映，尽管大医院有学历高、技术好的医生，但是，在挣钞票的利益驱动下，他们之中多数利用各种仪器的频繁检查、多开贵重药品等手段捞取奖金，真正以"救死扶伤"精神减少病人痛苦的少。人们普遍反映：除了重病、急病非去大医院检查不可，只要诊断清楚了，不如回来找校妹子治疗的好。经过比较，我也就选择了就地治疗，踏进了校妹子诊所的门。我明明是肢体麻木怕中风才去找他看病的，按照他经常给我老伴看病的治疗规律，一般以 3～5 天为一个疗程，然后服用几副中药即可。我性情急躁，总想应该不会超过那个疗程的。初次诊断，他说我的血压太低了，需要调整血压，他要我暂时输液 5 天再说。因为有两个近龄的病友，我们谈吐还合得来。我把其比做"同班同学"，当他们两个提前"毕业"了，我实在憋不住了，又向他打听进一步治疗的安排。他说："您的是老年病，不可能一下子就痊愈，您还是别性急，耐心地坚持几天。我特地要药房为您调来了一味药，还给您输两天液可能效果会要好一些。"这时我才沉住气，坚持继续接受治疗，输液后服了五副中药。过几天，我把从《生命时报》、《看脚知健康》栏看到的"脚麻"可能是糖尿病或深静脉栓塞引起的内容剪摘下来，特地送给他去看。他说："您还没有糖尿病的迹象，您的病还是要继续排除血管的障碍。"显然，他像平时没事就捧读医学书籍一样地吸收了报刊上登载的专家治疗经验，在又一次为我测血压、听心脏、探脉搏后，建议我继续再服五副中药。我照他的办了，果然脚麻有所减轻，病情有所好转。我完全相信校妹子的病情诊断和治疗方案，不是他督促我必须去城里检查，我是不会去耗费不必要的抽血和接受过多电磁辐射检查的危害。我最为佩服校妹子的是：他不管给谁看病，每次都要做过细的检查，都要经过探、听、测的检查程序，才能针对患者的病情开处方，从不马虎了事。我还亲自见他利用购买的小型化验器具为糖尿病病人检测血糖血脂，然后为她诊断开药。有一天刚上班，洪芙村一个 60来岁的男村民来看病，进屋就抢先坐到了看病的椅子上说："校医生，

我昨日下午上山砍了四捆柴，回到家里就病了，昨夜通宵未睡，要请你快给我挂吊针就会好的！"校妹子照样对他的身体进行了检查后说："你的血压只有 50 至 60mmHg，心脏跳得激烈，如此情况怎能马上就挂吊针呀？你暂时先别急，坐着休息一会才能决定能否输液。"说罢，校妹子去药房里要来了几颗药丸，又端来了开水，要他把西药服下去休息一会儿再说。等候一个多小时，通过复查才给他挂上吊针，连续输液三天就完全恢复健康，能够照样去干活了。和我同时看病的，还有于塘郭门村陈女士的一个半岁的男婴和山枣镇城江村一个从长沙退休回来的64 岁姓舒的老工人，他们都是通过湘乡人民医院未能治愈，经打听来到校妹子这里求医治疗的。通过几天的打针、输液、服药治疗之后，都先后愉快地出院了。他们都说：校妹子果然名不虚传，他以刻苦攻读医学、积极钻研治疗技术的白求恩精神，依靠另一个医生（夫人）、一个护士和一个药剂师的密切配合，在西山塘创建了一个有效的个体医院，赢得了远近农民的青睐。让我们用心倾听他们发自肺腑之言的感叹和赞誉吧：谁个不求农合利自己，我们信赖卫校良医生。

(2010 年 12 月)

## 🌀 3.4 退礼的尴尬

我生日那天，儿女陪我去长沙旅游了，可妻堂侄女仍然要她的儿子送来了礼品和 300 元的红包。老伴一人在家未款待他，我们决定将其退还。因为近几天都在为突然病故的姨侄婿的事所困扰，老伴误把准备去退的红包夹在礼品内一并送给姨姻兄作了慰问品。四天后，我要去信用社给姨侄孙查对其爸的遗留存款，老伴要我就便去退礼，才想起误将应退还的红包送给别人了。既然送给了亲戚，又要去讨回来，究竟如何处理是好，两人权衡利弊以后，老伴说："他的三儿子骤死悲痛已极，拿回去哪有心思去看啰，你要他查一查是否夹有红包。他们父子都是讲道德懂礼貌的，只要红包在那里，一定会退回来的。"

从姨侄婿突然死亡的处理过程来看，姨姻兄父子也是挺明智的。姨侄婿是在给别人检修瓦房突发重病倒在屋面天沟上的。他生前是四兄弟的弱者，其妻侏儒系二级残废，唯一的儿子刚学会开挖土机，工资还不多，是一个享受低保的特困户。当时不少人背地议论，可能会要女雇主负担丧葬费的。因姨姻兄及早赶到了病发现场，又知其患病前科，女雇主当时已急电请来本地医生和市中医院救护车实施抢救，她失声痛哭57岁的邻兄为其检屋出尽了最后的力气，已尽到了设法抢救的应尽责任。所以，姨侄婿的亲属根本未提及赔偿的问题。通过在海南打工的二哥来电表态，那日晚上就将其弟的遗体抬回了故居。后来，女雇主主动负担了约15%的丧葬费，还兴了一个吊唁的礼性。第三天，刚从海南儿子部队赶回的大哥（退休干部）问清三弟确因脑出血病逝的情况后，他明知女雇主是已故邻弟的遗孀，主要靠儿子打工维持其生活，经济并不宽裕，从而主张退还其所出的丧葬费。后经主持丧事者和大家商量，认为其弟是为女雇主做事直到最后一口气，可谓吐尽最后一口血。既然女雇主自愿为其后事承担部分的经济责任，如果我们将其退还，倒会使她想起对不住死者而感到内疚。经过集思广益，考虑有必要顺从当事人要求消灾避难的心理，也就未再退款了。

　　第五天，我本来不想再去姨侄女家吃午饭的，因急于查清是否夹带红包的事，还是赶到她家去了。只想快点探问她家公，但又怕红包查不出来反而伤害亲戚之间的感情。经考虑再三，肯定红包的去向后，我干脆开门见山地问姨姻兄："大前天我送给您的那礼品看过没有？"他说："没有看，拿回去就收进了柜子里。"我说："我老伴错将准备退还人家的红包放在那个塑料袋里，请您回去翻翻看。"他说："我回家去查看一下，有红包一定给你送来。"我回家即向老伴转达，她相信姨姻兄会送来的，因为他们都是一些厚道的老实人。

　　晚上，正下着蒙蒙小雨。81岁的姨姻兄一手撑着伞、一手提着夹有红包的礼品袋送来了，他踏进门槛就惊讶地说："我受不了您家这样的重情啊！"我们两位老人一边喜出望外地接了红包，一边挡住他同时要一起退还的礼品说："礼品是送给您的，您一定要受了。"他坚持双手挡驾地："我不能收受您家的重情。"他边婉言相拒边往外走了，弄得我们两位老人很不好意思。我俩望着走在雨中姨姻兄的背影几乎同声

发出感叹："要是夹送给了贪财的人，他说未发现夹带红包，岂不多送了几百元，还不会领你的情义呢。"

"老来无人情"，凡是上了年纪的老人都不愿意收受其他人的重情，总想自己来日不多，难以酬谢人家。今年春节我儿子给姨姻兄送了红包，他转眼之间就给了其三儿子，要他知道去感谢。按理说，向人退礼并不一定就会影响相互间的友情，但如果不注意方法，很可能使人家发生误会。通过向堂侄女作出说明，收受了她的礼品，回馈了红包，丝毫未影响她们三代人的深情。只是姨姻兄在退还夹带的红包时，把应当收受的礼品也一并退了，才使我们感到尴尬呢。

(2011 年 11 月)

## 3.5 赶超期颐有希望

20 世纪 60 年代开始学雷锋，我还不到 30 岁，那时我着重学的是工作向上看齐。生活向下看齐。老年退休以后，没人考核我的工作业绩，经济收入已趋稳定，我学的重点也就有了变化，我心目中学的目标是长寿向坚持锻炼身体者看齐，收支向略有节余看齐。所以我特别佩服那些保健得好，比我年老且心态豁达和身体矍铄的哥姐们。

今年 6 月 22 日，我去湘乡中医院眼科住院治疗白内障。晚上 5 点多钟，两位 50 左右的中年妇女，簇拥着送来了一个矮墩墩的老太，过度劳累使她的背驼了。但她的头发尚未全白，她那布满辛劳的脸上还泛着红润，整齐的牙齿显示着健康的神色，看来不过 80 来岁的年纪。我问老太贵姓，她女儿介绍："我妈姓郭，已经 90 岁了，只是眼睛模糊得看不清。她老的左眼睛有赘疣暂时不能动，这次只切除右眼的白内障"。郭大姐比我大 12 岁，是这批 30 多个接受白内障手术的长者，在后来的闲谈中，逐渐了解了她一些不平凡的身世。

1922 年 10 月 16 日（农历 8 月 26），她生于一个贫苦农民家庭。奶奶为安慰坐月子的儿媳，说："生一个丫头也好，女儿最关心爷娘啦，你们将来去女儿家还能多吃老母鸡呀！"于是，要其闲时爱看诗书的老公给小孙女取个美妙的名字。爷爷便像哼读诗词似地说："八月曰桂，聪明伶俐，就叫桂妹子吧。"以后，随着岁月的流逝，她真正长得有如桂花喷着馨香般地令人喜爱。只因他们兄弟姊妹多，她只读书两年，就在家里协助父母搞劳动了。在那充满宿命论的半封建半殖民地的旧社会，妇女总是听从父母之命媒妁之言，她15岁那年就嫁给了一个老实巴交的农民为妻。虽然当时是一个大家庭，但他俩朝夕相处，男耕女织，她主动和谐妯娌协助婆婆，什么活都干。后来生育了，她寄希望于多子多福，共生育了12胎，那时经济不发达，农村医疗技术落后，交通不方便，有钱的也难以打轿将病人抬去城里医院抢救，使她的6个孩子都在麻疹和急病中夭折了，仅留下两子四女。然而养育子女还未把她累垮，90年来，经过农村艰苦环境的磨炼，她的身体却越来越健康了。

### 3.5.1　翻身不忘共产党

郭大姐6岁那年，他们附近有一个在旧军队当团长的许克祥在长沙发动"马日（5.21）事变"，一时乌云蔽日，全省出动反动军队四处追捕共产党员和农民运动的激进分子，不少革命者头颅落地，血流成河。一片白色恐怖深深地印在她那幼小的心田，只是她尚无力量参与共同抵御敌人的进攻。当时共产党只好暂时被迫转入地下，保存有生力量，以待东山再起。后来，她听说湘潭县韶山冲的毛泽东带领秋收起义的部队上了井冈山，创建了中国工农红军。之后，还听说红军突破国民党军队的五次围剿，经过二万五千里长征北上抗日打鬼子。1949年，她亲眼见证毛主席指挥解放战争推翻"三座大山"创建了新中国。她和广大农民兄弟姐妹跳起秧歌舞，热烈欢呼共产党的英勇奋斗为民族，热情向往着社会主义的幸福生活。1950年10月，朝鲜战争爆发以后，她以亲身体会带头控诉当年遭受日本鬼子侵犯湘乡实施"三光"政策的危害，列举过去旧政府抓壮丁是维护其反动统治，如今动员志愿军抗美援朝是为了保家卫国，激发青年们的爱国热忱、积极应征参战。

过去，由于老一辈急于买田置地发财思想的影响，在新中国成立前夕，她家7口人，自有水田10亩，又用积蓄的1300元银洋佃押了地主的水田24亩，共耕种水田34亩，还常有谷米用船随涟水而下销往湘潭、长沙等地，那时她家已是"粮满仓廪猪满栏，地下还有黄金埋"。

已构成一定规模的家庭经营。尽管当时很少雇工，但是家有四两银，四方邻居心里有杆秤，以致在土改复查中由富裕中农改评为富农，在阶级斗争的激流中受到了批斗。但郭大姐自己心里也有底：土改政策是"孤立富农经济"。尽管群众评估剥削收入把她家补划为富农，然而"富农"本身参加生产劳动还是个农民。按照党的政策，总不能一下子就把她家推到敌对阶级那边去。所以，她在农业合作化运动中，不忘自己出身贫穷，积极响应毛主席表彰王玉坤等3户贫农带头坚持办农业合作社的方向就是中国五亿农民的方向的伟大号召，耐心做家人的思想工作，使家人深刻认识到国家解放后，人民翻身当家做主，百姓生活要改善，富农示范也要跟上步。终于把企图坚持走两极分化、不愿入社的老公兄弟从阶级斗争的风口浪尖上拉了过来，积极申请加入了农业社。并且还将家存的140元银洋和3000多斤稻谷投资归集体，从而取得了当时贫下中农的谅解。

### 3.5.2 教育后代健康成长

郭大姐素来心地善良，与不尚言谈的老公配合默契，对儿女从不打骂，总是耐心地教育孩子。"文革"中倡导大家学毛主席著作，她背的毛主席语录不多，生怕孩子们受坏人的影响耽误其美好前程，便经常用毛主席语录教育子女们要牢记："一个人做点好事并不难，难的是一辈子做好事不做坏事。"她总是用这个理念去开启孩子们的智力，教育他们讲道德、守孝悌、尽忠诚，吩咐他们早晚课余时间要帮爸妈干活，夜里灯下再复习功课。因此，孩子们甚是听话，大集体时期坚持热爱集体，积极出工，保证出工质量，坚决维护集体经济。

1966年受到"文革"的冲击，本来忠厚老实的老公又一次卷入了阶级斗争的旋涡，受地、富、反、坏、右"五类分子"的株连，她的子女曾被剥夺了继续升学的权利。平时，她教育子女要做好事、不做坏事，点亮了他们心头的一盏明灯，他们懂得要求升学读书不犯法。所在公社不准三女儿升学，她就跑到毗邻的龙洞公社找人担保上了高中，后来考上公社广播员，又被提拔担任乡文化站长。四女儿在老师的启发下，坚持当了半年的旁听生，她以"您要我喂猪，我要升学读书"的求知欲望驳斥了区委书记忽视青少年升学的错误倾向。争取老师的集体声援，终于被接收为在读生读完高中，最后考取师范当了一名优秀的小学教师。儿子们也不畏强暴，敢于和极"左"思潮歧视行为作坚决斗争，他们就是这样经受了"文化大革命"的冲击并从中得到了锻炼。

32 年前，党的工作重点转移到以经济建设为中心的轨道后，郭大姐认真收听广播，收看电视。不忘"三面红旗"时实行的组织军事化、生产战斗化和生活集体化所吃的苦头，吸取"文化大革命"搞垮机关、搞乱经济建设的教训，紧跟党中央的战略部署，大力宣传改革开放政策，积极动员子女投身改革开放的洪流，相信党的事业一定会很快兴旺起来的。由于老人从历史的必然和人民的拥护中看到了希望，从而选择了拥护中国共产党。从农村实行家庭联产承包责任制受益，她有意测试她的儿女，你们比妈读书多，妈妈年老难以参加社会活动了，你们要积极创造条件，争取加入伟大的中国共产党，永远跟党走，为建设有中国特色的社会主义作出新贡献。6 个儿女又一次受到了深刻教育，他们更加承受了改革开放的考验，有 3 人参加工作后，他们都申请加入了中国共产党。当女儿步入中年之后，有 3 个女儿上了年纪的婆婆不幸死了配偶，她们都是有四五个儿女的老太，老人历来教育女儿要像孝顺父母一样地关心公婆。女儿个个照办，对翁姑孝顺有加，公公的遗孀当然都愿意跟她的女儿一起生活。原四女婿是养路工人，因组织纪律松散，已被单位辞退，且又经常酗酒误事。四女儿被迫与其离婚后，她不但主动挑起了培养两个男孩的担子，而且配合其再婚的丈夫，把两个 2 至 6 岁的继女儿培养长大，支持她们读到大学毕业参加了工作。因而大家都称赞郭大姐的子女教育得好，为建设和睦家庭与和谐社会树立了榜样。

自从进入具有中国特色的社会主义建设时期以来，郭大姐的 5 个孙子女，通过学校和自学达到大专以上学历的有 3 个，其中已有 2 个加入了中国共产党；她的 8 个外孙子女，通过学校和自学达到大专以上学历的有 8 人，其中已有 4 人加入了中国共产党。三女儿的独生女儿大学毕业后对报考公务员很有兴趣，通过学习相关资料丰富自己的科学知识，提高自己观察问题、分析问题和解决问题的能力，竟考上了乡镇武装部

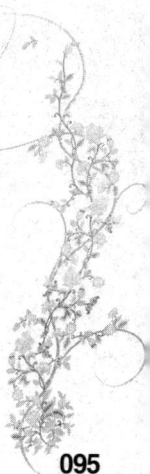

长的岗位，后来还担任了镇党委副书记。人们都称赞她是不爱红装爱武装，当个女书记敢与男职媲强。这些接班人的茁壮成长，都离不开老人的循循善诱和谆谆教诲，只要他们继续严格要求自己，敢于克服自身的某些不足，勇于攀登科技与文化高峰，他们就将领军到小康社会的胜利建成。

### 3.5.3　排除眼病重见光明

今年郭大姐有幸享受免费切除右眼白内障，得到了市中医院眼科领导和医务人员的精心照顾。经过四天的住院治疗，虽然她动过手术的右眼还只有 0.1 的视力，但是因为重见光明给她带来了无限的喜悦，她有望于下次再把左眼的白内障切除，进一步提高视力，争取创造 100 岁高龄，以享受社会主义的更大福祉。

### 3.5.4　享受高龄福满堂

上次在市中医院住院，我有幸同她们 3 个女病友住一间病室。我生怕空调吹多了会引发感冒，而郭大姐却夜以继日地吹，也无不良反应。听说，曾经有人因通宵吹风扇不幸丧了命的，可她老人家在风扇之下吹它一夜也依然无恙。而且她乘汽车、坐火车也不晕车，只要有人陪同，她还想去武汉大女儿那里旅游呢。因而其他年纪的女病友为她老的身体健康而感到惊奇。

为了让老人过上幸福的晚年，已接近退休的两个小女儿几乎轮流陪伴在她的身旁，她们专门拜师学会打跑胡子、打麻将陪她玩。孙子孙女和外孙们每逢归来，也都陪着她打牌娱乐消磨时光，积极支持她老人家继续发扬当年"飒爽英姿五尺枪"的精神，为赶超期颐而保重身体。

借此郭大姐儿孙满堂为她庆祝九秩大寿的风光，我要献给她的祝寿词是：桂姊生八月，英姿仍风尚。赶超一百岁，肯定有希望。

（2011 年 9 月）

# 第四章
# 往事回忆

## 4.1 难忘的阿妈妮

1954 年秋天，我和山东籍战友吕则富同志驾着一部苏式 51 嘎嘶车，载着冲锋枪连的一个班长，前住一百多里外的金川火车站去接回已经完成木材装卸任务的几个战友。那一天，正下着毛毛细雨，又刮着呼呼的北风，好像我们南方初冬一般的天气。因我们已都穿上了棉衣，驾驶室容纳不下三个人，那班长坐在敞篷车厢上冻得够呛。我们每一次停车就关心地问他："车上，冻得慌吧？"他说："还没有什么。"汽车一到火车站，几个战友原来住的是民家，他们一共五个人，住在一位白发苍苍的朝鲜老大娘家里。老大娘听说志愿军同志要走了，舍不得他们匆匆离开，就要她的儿媳和孙子走东串西地买荤菜，一会儿就办了满桌的菜，还买了一瓶酒，准备款待即将离开的志愿军同志。我们从"要爱护朝鲜的一山一水一草一木"的国际主义精神出发，大家都婉言谢绝她家的热情招待，我不会说标准的朝鲜话，只是说："我的这个的不行！"老大娘边伸出大拇指边夸耀我们的伟大导师毛主席说："毛泽东的大大的好，志愿军冬木（同志）的大大的好！"为什么这个阿妈妮对志愿军这般好，装卸组的同志告诉我们：原来阿妈妮有一个儿子叫金浩，是人民军战士。在五次战役中，他奉命带领一个班配合志愿军去执

**097**

行侦察任务。在遭到敌人火力点的阻击，处境十分危急的情况下，为了掩护其他同志安全通过，按时完成上级交给的任务，眼看着志愿军派出的一个爆破手不幸中弹牺牲，而敌人的机枪更加疯狂扫射的时候，金浩便主动挺身而出堵炸了碉堡，为朝鲜人民的解放事业，为中国同志的安全献出了宝贵的生命。后来，朝鲜人民军某部领导机关转给阿妈妮的金浩牺牲前留下的信中说："妈妈，我如有不幸，希望你不要难过，千千万万朝鲜战友和志愿军同志都是您的儿子……。"从此，阿妈妮一家惦记着烈士的遗言，化悲痛为力量，把志愿军当亲人，她们对装卸组的同志热情备至，对同志们的即将离别恋恋不舍。听了同志们的这一席话，这时我才深深感到中朝人民在反对共同敌人的浴血搏斗中，经过同生死、共患难建立起来的深情厚谊是牢不可破的。

为了不使朝鲜的老妈妈生气，我们统一了意见，因为装卸组的同志已给老人家送了纪念品，反倒不吃她的东西是不行的。所以，我们还是一起参与会餐，阿妈妮不断向我们敬酒，频频和我们一块干杯，表示对我们的欢送。同时，她口里还滔滔不绝地叨念着，并边打手势地赞扬着："毛泽东的好，志愿军的好，你们的大大的好！"临到我们登车回返的时候，阿妈妮眼含热泪，冒着毛毛细雨给我们送行。我们的车子通过开阔地又爬上了另一个山坡，我虽然因为安全的缘故不可能再反过头去看那个朝鲜老妈妈。但是，从倒车镜内却清晰地看到阿妈妮仍然停立在公路边凝视着，她在向我们招手，向我们祝福，我们也从心底里衷心祝愿中朝人民血肉般亲昵的战斗友谊万古长青。

我在朝鲜驻过三年多，我们经常开车在外，每次提着米和菜去老乡家做饭吃。背上背着小孩的朝鲜妇女，不管她在忙什么，都会主动放弃手中的家务，先给我们煮饭做菜。煮好了，一盘托出，有时还要给你增添一个烤鱼或酸菜（那是用菀子白菜夹着斩碎的鲜鱼和红辣椒腌制而成的）。有时我们的车子滑下沟里，朝鲜老乡也会主动帮助推车，设法帮我们把车子推上来。因此，我们深深感到朝鲜老百姓的热情，是用鲜血凝成的中朝人民友谊的大发扬。

现在我已进入耄耋之年，每逢我和人们谈及对抗美援朝的感受，对朝鲜人民的感情，最使我难以忘怀的还是这位朝鲜阿妈妮。

　　注：①阿妈妮，朝鲜称老大娘。

　　　　②此文曾参加农行《难忘的一件小事》征文获奖。

## 🌀 4.2　韶峰陈氏的传统风范

　　1911 年建立于韶峰山下正冲陈家冲细坝咀屋场的陈氏享（原为"飨"）堂，就是为纪念我们那个从江西迁过来的老祖宗而建设的祭奠场所。我父亲 1921 年租住了这个公祠仅有的三间瓦屋，之后又自建了几间傍屋，形成了一幢两横的结构。当初公祠落成时，一个教私塾的堂祖父为其题了"祥徽鸣凤，派衍灵羊"的对联。我们的大祠堂（实公宗祠）还在月山湾的裕家湾。我们兄弟只有大哥随父亲去过一次。韶峰下陈氏最近的一次修谱是在 1923 年，我们只有 1922 年出生的大哥上了谱，其余仅登了二哥生前曾保存下来的一本《顺年录》的生庚簿。

　　据兄嫂们回忆：1958 年人民公社化开办公共食堂，当时他们都被迫分配去了曾家湾生产队，后来调整食堂时，才将大哥和三哥家调回陈家冲生产队。陈氏享堂被改为管理区的幼儿园才得以保存下来，公祠的名称和对联被粉刷覆盖了。1961 年拆散食堂后，二哥仍旧住进老堂屋里。他爱好吟诗作对联的，1983 年给大门口书写了"成事在人"的横批和"飞鸢不足，云梯有余"的对联。1992 年，曾任航天部三院情报所图书馆主任（研究员）的老弟从北京回乡探亲时，把公祠细坝咀屋场全部拍了下来，可喜侄孙陈曦把其保管得好，后来他还将加洗的原貌照片装入镜框送给老一辈留念。我们谁也忘记不了那三间正屋已是近百年的土木建筑啊！1999 年老屋改建成红砖楼房后，完全改变了过去公祠的结构，年轻人喜爱购买现成的对联，再没有另书新作的对联了。

　　新中国成立后土改时，我家分得了公祠原建的三间正屋。过去民间讲究房屋坐落的选择，由于母亲在公祠生了五男一女，过去生得五个儿子就会被人赞誉为"五子登科"。加之兄弟中出了弟弟第一个大学生，我参军又当了军官，大哥参加了供销社工作，都被认为有公祠风水宝地相助的吉祥因素。因此，晚辈特别注重曾给老祖宗设置大神台的堂屋地

盘。改革开放定权发证时，未住在堂屋的叔伯侄子兄弟，仍由左、中、右三大户的继承人各占其老堂屋的1/3，记录在各户的房产证上，都对这块宝地保留了管理权。后来拆除危房改建新楼房之前，还是通过村组负责人亲临做工作，以调整土地相兑换，才允许住用老堂屋者拆旧建新的。再说，一提起公祠的风水，曾吸引了一个住在韶峰半山腰的堂祖父的兴趣。他家贫困，山上种田少，除了旱土种上一些红薯杂粮，就是靠打土车子运茅柴出售兑回粮食维持几口人的生活。他经常从我们老家对面的羊肠小路过身，每逢走累了，就要进公祠歇歇脚，免不了要和我父亲聊一聊。听说抗日战争胜利后的有一天，堂祖父流露了对父亲的佩服之情，赞扬父亲有远见，佃了公祠这个好地方。父亲自然心知肚明：他是想下山来租屋住的。于是故意卖关子说："这屋是好，就是佃金和建房都是借的钱，要是谁能帮助我还清三百块银洋，我宁可把这里转让出去。"旧社会最怕的是物价暴涨，纸币化水，谁都想收藏金银有保障。堂祖父迎合我父亲当时的心理，但又怕是侄儿故意逗他玩的，于是重复着问道："贤侄，你这话可是当真的吗？"父亲估计他难以筹款，便一本正经似地说："谁还敢欺骗您叔父大人呀！"从此，堂祖父信以为真，四处求亲访友借银洋，一心只想租佃这个最理想的地方。不料，当堂祖父办齐银洋来找我父亲落实的时候，父亲却惊讶地说："叔叔，您怎么没为我想想，我把房子转租给您，全家七八口人又去哪里蹲呢？"说得那个堂祖父竟目瞪口呆地不知所措，在场的母亲方给他们解围："同龄叔侄结交若兄弟，你们怎么开出这样的玩笑来？"父亲也后悔不该从门缝里看人，自后不再和其他人乱开玩笑了。

现在，随着改革开放的深入发展，国家对于修缮祠堂、庙宇等名胜古迹和编纂家谱弘扬民间文化早已逐步放开，我们的下一代已有人提出重建陈氏享堂的倡议，这是值得研究的新课题。我认为只要健存的老辈能够认真回忆，当好参谋，能够请到能工巧匠仿造古人精雕细刻的那种龙身环绕的梁柱来，能够贯彻古为今用也是有好处的。

我从小在韶峰下长大，到老还忘不了那里的父老乡亲，总是怀念着陈氏家族的长辈和惦念着那里的侄子和堂兄弟。受我们的影响，儿女们也不断追溯韶峰山下的老祖宗。

记忆犹新的是，每逢携儿女们去韶峰山下向祖坟拜年，孩子们追问其是谁，用片石将大部分坟墓砌得棱角分明，用三合土将坟包筑得那样平整无圻，我都一一告诉他们："都是你爷爷和伯父们为纪念祖先所作的贡献。"但也有的坟墓荆棘丛生，每年冬天非去砍柴锄草不可。为解决这个难题，1999年春节拜坟时，我儿子建议我和健在的二伯父主持将"直系"的近亲先辈的墓优先修好，全部为其打好混凝土。自从那年冬季亲近的数座祖坟维修以后，先辈在天堂的宁静，换来了我们后人睡眠的安宁，这对于人们的健康显然是有益无害的。后来，我和儿子发现老祖宗的墓碑字迹模糊不清，坟堆有许多荆棘网布，真可谓"大众公墓无人扫"，实在是太不忍睹了。我从族谱中查明：葬在韶峰仙女脚头宝剑出匣形的老祖宗太公，原来是明朝动乱期间从江西乐安县迁移过来的，他在这里首创了陈家冲。就是说，他是韶峰下正冲灾后重建的开拓者，我们怎能容忍让这位老祖宗的陵园如此荒凉呢？我儿子当即向我提出："老祖宗的墓非修不可，由我出资。您老和陈家冲的老前辈商量一下，抓紧把其修整好。"于是，我继承先亲的遗志，不忘祖宗的恩德，很快把儿子的建议变成大家的行动，他们提出在家务农的出力，在外工作、经商的积极捐款，共同把老祖宗的坟墓修好。在2001年的寒冬腊月，一股修整祖坟的热潮很快在陈家冲兴起，在外工作和经商的共捐款2750元，其中儿子捐款800元，大家支持把老祖宗夫妇和其他已荒芜失修的8座坟墓都一次修好，使韶峰下的陈氏祖坟都修缮得面目一新。当地人们都相信坟山贯气，我们相信老祖宗会保佑我们后代人人身体健康、精神焕发和事业有成的。

2002年秋，老弟又一次回湘探亲，和我共同编纂了以老祖宗为源头，以父亲名字命名的《湘乡陈家和家谱》。并将积极支持修整祖坟的捐款名单附在其后，以彰显他们敬祖爱国的功德。我和老弟根据1923年所修谱志，重新整理了陈姓氏的探源和支祖的班次，我韶峰山下陈氏的班次为：

享堂祖师爷：绍继必荣华。

富贵徵先泽，家声振楚湘。

人文贻久远，诗礼启贤良。

凤瑞前增美，鸿鹄后克昌。

纯禧添锡尔，世代卜嘉祥。

宏猷辟广宇，科技创辉煌。

其中头五个字是虚拟的，最后一联是这次新修谱志时增编的，我已经是韶峰下陈氏的第十一代嗣孙了。有了这个修订的家谱，就使我们的子孙有章可循，将永远把它续写下去，不会再有间断。

回忆近四百年来，我们仍然遵循着老祖宗的遗训和政府倡导的符合社会进步的要求，认真遵守严格家教和法律法规，有利于推动国家的经济建设和精神文明建设。韶峰陈氏历来重视对儿女的教育培养，提高他们的文化科学知识，使他们深明事理，跟上社会前进的步伐。新中国成立前，韶峰陈氏有个堂兄曾任过新中国成立前夕的保长，为了抵制警察所袒护下庙、不准我们上庙挑战赛光灯的活动，他借故逃脱未去带队，让农民摸黑把警狗子打得落入桥下水坝，大长了革命农民的志气。另一个同时在另保担任保长的堂祖父，则以自己跳入水中相威胁，反对警察乱抓壮丁。我大哥也千方百计脱离当壮丁的苦海，获得了重见青天的幸运。为保卫我们伟大祖国不受外寇侵犯，我伯高太祖于清咸丰年间应征入伍，因作战有功曾晋升补用副将。新中国成立后，韶峰陈氏男青年踊跃报名参军赴朝作战和履行义务制兵役，勇敢地挑起了保家卫国的神圣责任。二哥继承父亲历来不信邪的气概，做到路见不平一声吼，保护弱小者不受欺负。父亲生前曾帮助穷人打官司讨回亲属遗产的故事已代代流传，他们都坚持不欺善不怕恶的正义举动，促进了家庭和社会的和睦团结，赢得了韶峰陈氏"文不借笔、武不借将"的声誉。

家门遇家门，都会如是说："同姓不同宗，五百年共祖宗。"我们陈姓子孙是远古圣君虞舜的后裔，我迁湘老祖宗380多年前曾在舜帝南巡在此停留和奏过韶乐的韶峰下艰苦创业，就是对舜帝坚持与民同狩猎、共耕作的最好继承和发扬。我们的祖国辽阔广大，人口众多，过去已有"刘李张王陈，天下一半人"的说法，现在全世界陈姓已有7000

多万人，在新的百家姓中仍然位列第五，占汉族人口的4.5%。在现有的1300多个姓氏中，虞舜帝的后人已发展为陈、胡、袁、姚、虞、田、孙、陆、王、车10姓，按人口而论，陈姓居榜首。我们陈姓的人才非凡，这里的龙洞镇涌现了已故的陈赓大将，历史上还有秦末农民起义的领袖陈胜、太平天国名将陈玉成，近现代有民主革命家陈天华等，现代还有陈毅、陈云等著名人物。我们韶峰陈氏的嗣孙亦不亚于他姓，韶峰陈氏已经繁衍1000多人，除在湘乡已发展到龙洞镇的石塘、花桥、垦殖场等村和栗山镇及市城外，因过去逃荒、被抓壮丁、外出打工和新中国成立后的参军、外出工作和经商等原因，已经有不少人分别迁往省内的沅江草尾、华容、韶山、双峰和省外的贵阳、北京、广州、上海等地落户定居，有的已移居海外。韶峰陈氏自古以来人才辈出，已经作古的有清朝的朝廷补用副将和曾任青海省省志办编辑的特级教授，健在的有大学教授和博士生导师，有研究员，有高级工程师和畜牧师，有县市局级领导，有企业家，有离休干部，有作家和诗人等，不胜枚举。他们都同厮守在老家种田的农民一样，心里都向往着高耸云天的韶峰，思念着恩重如山的老祖宗。他们仍然继续发扬和永远传承着老祖宗倡导的忠孝仁爱、礼义廉耻的美德，发扬革命老区的光荣传统和道德风范，切实遵守当今的法纪，为全面建成小康社会和特色的社会主义中国在努力地争作贡献。

1959年6月25日，毛泽东在韶山接见怀里抱着儿子毛命军的汤瑞仁时说："祖恩贻泽远，我要叫他叔叔呢。"新中国的一代伟人尚如此遵循辈分，我们当然应该不忘祖宗恩德、崇尚敬老尊贤啊！为了把我们的国家治理好，我们各个民族和各姓家族，有必要先把本族的人们组织起来，主动地进行本民族或家族的光荣传统教育和国家的遵纪守法教育，从而调动他们的积极性，投入到建设具有中国特色的社会主义和复兴中华的伟大事业中来，使其都林立于中华民族伟大祖国的大家庭。这也是我们韶峰陈氏嗣孙的一片心愿，我们都决心为中华民族和本家族的祖先争光。

（2011年10月）

## 4.3　我的犟劲

"犟"乃强与牛两字的组合，按照我国汉语顾名思义的解释，是一头强劲的牛吧。一讲到"犟"，便令人联想到那一头与农夫使劲拉扯的老黄牛。把它比喻成批评个性倔强的人，大凡是小孩顽皮时受到大人的斥责。那时不管你愿不愿意听，自己尚无独立生活的能力，总得听大人的话，是不敢怎么抵抗的。1942年冬，我还未入校读书。晚上，我和弟妹一般都依傍在妈妈的身旁，要等妈妈做完纺纱捻线的手工活，才能一起进房睡觉。有一晚，我等得不耐烦了，催妈收场她又不听我的意见。于是，我赌气擅自一人进房把门闩上了，以此反对妈妈经常赶夜班做家务。不一会儿，我呼呼地入睡了，致使妈和弟妹无法进去睡觉。后来妈妈设法把门闩拨开进房，很生气地给我打了一顿。回忆孩提时代，根本不懂得"男怕三口吃、女怕三口穿"的艰辛，当时我家八口人，穿的衣服和挂的蚊帐，大都靠妈妈手工纺纱捻线，再请织布匠上门编织才解决的。其实，我要提早睡觉，妈妈又没有阻止我，何苦要如此故意为难妈妈呢？那是我太犟了而得到的应有惩罚。

待到长大成人走向社会，人们把我当大人看待了，即使我对于某个问题的看法有不同意见，人家批评的也只是"不要太主观了，看问题不要太固执己见了。"老同志常开导我："看问题要一分为二，要让自己的主观意识尽量符合客观实际。"很少有人直言我的性格太犟。我17岁志愿入伍参加抗美援朝，当兵六年之后转业回到地方工作，历经11年的单身汉生活，都是在革命军队和工作单位度过的，同志们批评我的个性强，谁都没有重复我爸妈曾批评过的"你太犟了"。只有在离老家韶峰40公里外的西山塘随妻成家之后，她居然用平时斥责小孩的"犟"字来批评我了，我受不了这种训斥小孩般的口气。有时心里几乎火冒三丈：我几十岁了，怎么你还把我当小孩子批评。有时我差点膨胀到了要骂她父母对她太缺乏教育了：怎么如此把我当小孩子教训呢！不过，我还是尽量克制自己，未发大的脾气，只是在自己的口头唠叨，表达对她的不满。其实，这不过是反对主观主义的直而言之，根本不值得计较的。

我的犟劲到处闻名。20世纪70年代，有一次回家休假挑稻谷去打米，把米挑回已接近家门口时却断了一只络子，半箩筐的大米倒了一半在地，气得我乱扳箩筐时又多倒出了一些大米。后来，有人误传我犟得对络子发脾气，说我气得把半箩筐的大米都倒掉了。我爱思考，有时则是自己正在考虑问题的时候，与急于喊我帮忙做事的老伴未想到一块儿而发生的矛盾。

有时不惧怕权威，也被人称之曰"犟"。"文革"中，我参加了公社造反派组织，主持开过两场"批判会"，我认为不应该把曾经有"反革命"嫌疑的青年推到敌对阶级方面去。而个别党员领导干部企图以我"放走坏人"向我施压，我基于自己没有想夺权当官的野心，以一个转业军人和老共青团员的要求勉励自己，对于恶意攻击毫不在乎，平时照样坚持抓革命促生产，我始终站得住脚。经过拨乱反正的考验，终于被吸收参加了党的组织。

犟不过事实还是服输。十年前，农村实行改打热水灶。大女儿关心我们，为冬天用热水方便，取得其丈夫的同意后，花400元为我们在城里定制了一只用钢板焊制的热水灶，并就便车将其捎回了家。我听人说：瓷脸盆质料式的热水灶可能比钢制的不易生锈，便产生了动摇，几次打电话，要大女儿将其退货。大女儿性格像我，最后气得她硬碰硬地顶我说："您若不要，就把它丢到西山塘里算了！"这才促使我将其安装使用了。后来，人家"物美价廉"的瓷质热水灶不到两年就漏水了，要重新改装新的热水灶。而大女儿送的那只热水灶质量过得硬，价格又比较合理，用了十几年还未坏。事实证明偏信怀疑老吃亏，我不得不在事实面前服输。

如此犟劲可能代代相传。今年春节期间，我去县城拜年，宾馆里有电脑，请儿媳为我搜寻了"黄河铁桥"的资料，我反复地查看，也未找到甘肃兰州黄河铁桥横跨两岸的长度，以致我的一篇旅游日记还未最后定稿。我耽误的时间长了，儿子等着要上网搜查信息，我只好让给了他。要不是他的催促，我不把黄河铁桥的所有资料看完不会罢休。后来孙子过来要玩游戏，儿子又不得不让给那个6岁的小孙子。可是一到了

小皇帝手里，他再也不会让给别人看了。晚上5点多钟正在电脑旁间开餐，我们都准备赴宴了，而小孙子怎么都不肯放手，还是坚持着要玩游戏。最后还是他爸强行把其拉过来的。由此看来，在小孙子身上，也反映了我们老一代遗传的犟劲，使我特别为下一代的犟性担心。我总是在杞人忧天地想：我快八十岁了，有幸享受医学技术的发达除去了白内障，换上了一双科技的"新眼睛"。面对从小就死盯住电视和网吧不放的新一代，如果不加强劝止，只怕他们将来即使能借助机器人的眼睛，也难以看到头呢。

我的犟劲来源于不信邪。我勤于用脑筋，从私塾一跃考入完小读五一，个别和我同等水平的，借口读新学无用退学了。而我却坚信新学能丰富科学知识，促进青少年的全面发展，便虚心求教于数学水平高的同学，多投入时间练习数学，以重点攻克数学这门难题，从而一举跳级考入了中学。参军后，为了全面提高自己的文化科学知识，我每年自费订阅七八种报刊进行自学。1953年全军文化学习中，除了辅导一个北方战友摘掉文盲的帽子，还利用业余时间，自动复习高小的各门课程参加毕业总考，终于获得优良成绩并立功受奖。在坦克学校的预科文化学习中，亦被评为优秀学员。这种学习精神一直坚持到现在，我总想要把头脑里铭记的有纪念价值的东西全部写出来留在世上，决不"贪污"带走。这就是我的最大犟劲。就这方面说，只要我的脑子不痴呆，身体能坚持，很可能是要犟到底的。年近耄耋，老态龙钟，有时说话还要炫耀年轻时候的本事，难免引起一些人的嫌弃。然而我还是舍不得走的，因为我未侵占他人的空气。我不是非常讲究，对别人也无多大的妨碍，只要国企的银行在，我们仍然吃的是单位上交的税收积累，我怎么会愿意走呢。加之儿女们为我准备了能够穿得上三十年的衣服，别说活上一百年，我至少也得多享受几年的小康生活。从这方面讲，我的犟劲会要坚持到底的，不是万不得已我是不会走的。

（2012年1月）

## 4.4　复建接云峰寺记

　　山不在高，有仙则名。登上接云峰，远眺千里，峰耸云天，热则凉爽，冷亦宜人，确系引人观光之胜地也。据传：接云峰庙始建于唐朝。因 1966 年被拆毁，碑失无考。仅有残留之清朝庙碑载明：乾隆廿六年（1761），主修人蒋正伦捐水田三亩，同主修人之一刘荣辉五次设宴款待乡友，领头募捐银子修庙，改敲磬敬神为击鼓撞钟。连同临时庙宇，至今已有 260 年历史，堪称万古幽雅之创业也。今由宗教信仰者为首主修，有关领导批准支持，各界人士鼎力捐款献工赞助，一举建成殿宇三间、厨房、卫生间、水电等工程设备，乃弘扬中华民族文化伟业之壮举。

　　为改变缺"寺"、"观"无史载，将接云峰以寺名之，特作此记。

（1995 年 7 月）

第五章

# 心弦随笔

## 5.1 情系韶峰

　　凡是佩戴过绘有"韶峰毛泽东故居"图案胸章的人，无不知道海拔519米高的韶峰就是韶山山脉的制高点。只要一提起它，人们就自然想起"日自韶山出，日出东方红。当今红四海，四面舞东风"那首外国来宾赞美韶峰红日的颂歌。我这个生长在韶峰山下的人，自20世纪50年代志愿参军离开老家以来，不论是在抗美援朝前线，还是在首都军校深造，或是居住在40公里外的第二故乡，都时时刻刻在思念着曾经用它的山水抚育我成长的韶峰。韶峰挺立在我家的北面，从我记事时起，每天走出家门，步上横过路，就有如一个巨人耸立在我的左方呵护着我。我那年入伍时走得紧急，老爸曾提醒我："娃子，你有决心去保卫祖国，还得靠祖宗保佑，也要挤时间去你妈的坟上磕个头吧！"我实在没时间去了，大哥则为我解围地说："老弟，你没时间去拜望妈的坟了，就朝妈妈坟上那个方向鞠个躬吧。"我怀着满腔热泪照大哥讲的办了，还毕恭毕敬地向韶峰这个形似仙女的老妈妈鞠躬告别，期望她们保佑我勤学苦练造就本领，为人民杀敌保家卫国。从此以后，我不管走到任何地方，仍旧像往常走出乡村一样地抬头四顾，有如"家乡呀北望"地寻找韶峰的所在方向。不管谁问我的家住何地，我都会骄傲地作答：

"我的家住在韶峰山下，与毛主席家里只一山之隔。"自古以来，我们那里的农村人对祖国的山川湖海缺乏研究，却对韶峰巨人颇感兴趣，以往总是称它为仙女山或仙女峰。后来，从清朝中期开始，信仰佛教者捐款投劳，先后在峰巅和二尖峰的地母庵建筑了石砌瓦盖的寺庙，已习惯地称之为老殿与新殿。每遇天灾战祸，就有人上山念经拜佛，祈求神灵保佑，消灾除难，所以又有尊称它为仙顶灵山之说。

### 5.1.1 虞舜南巡始出名

"山不在高，有仙则名"。自从新中国一代伟人18世纪诞生在韶峰山下的韶山冲，他母亲遵循相命先生的建议，为他拜了韶峰的巨石做干娘，以保佑他健康地成长。从此，这块风水宝地人才辈出，闻名于全中国，影响全世界，也更加吸引了人们对韶峰的研究兴趣。颂扬着韶峰随祖国5000多年文明史的光荣历史：传说，尧让位给舜之后，舜帝为开拓南方的名山江湖，南巡途中，曾同侍人在山顶奏过韶乐。他不幸死于九嶷山的苍梧后，那时通讯全无，二妃曾来到此山寻找，并在胭脂古井梳妆洗漱过。为了纪念他，后来人们便把沿衡山蛇行龙腾地向北延伸近百公里的韶山与湘乡交界的一段山脉叫韶山，把耸立的最高峰称之为韶峰。韶山，素有耸翠韶峰、胭脂古井、仙女茅庵、清风石屋、滴水洞天、晚霞塔岭、凤仪古亭和流泉石壁八景名传于世。耸翠韶峰又有韶峰古寺、地母庵和鳜鱼脊等名胜古迹。20世纪70年代，我们湘乡市石塘村把地母庵改建韶峰林场，尚加强了对大山杉木林的培育管理。1974年，原来的石塘大队为贯彻亦耕亦读地培育杉木林，把一所农业中学也办到了地母庵。凡是读初中的孩子，都要爬上大山去读书，在客观上也锻炼了他们敢于攀登高峰的意志。我那个1962年出生的侄女，就是在山上读过初中、在公社高中毕业而考上湖南中医学院，她是陈家冲第一个女大学生。她毕业后，分配在湘乡中医院当眼科医师，经单位保送去上海进修眼科专业回来，她热爱眼科专业，又肯研究民间秘方和地理风貌，成了中医院眼科医师中的佼佼者。1991年因结婚生孩子后未能分到配套的房子，工作压力大，不得不在相距十公里的家与单位两头跑。未料这个过早留言"将来我死了也要埋到韶峰山下来"的大山女儿，竟不惜以消极念头来抵制领导安排住房不当而丧失了宝贵的青春年华。

在她生前留言的影响下，陈家冲的子孙已把他们的新行亡者相继向大山下安葬，都想让其祖先在地下也能得到仙女的庇佑。

原来的老殿却被"文革"的破"四旧"荡为了平地，后经韶山旅游管理局征收峰顶才得以恢复。

### 5.1.2 砍樵开拓销售门

我们兄弟姐妹7人，同韶峰下正冲陈家冲的同时代人一起成长，我们靠山吃山，从小就在山上放牛、捡柴、摘野果，或协助父亲搬运柴火或石头。我们喝的是胭脂古井的清泉水。陈家冲的30多户人家，大多是贫苦农民出身，主要靠耕种少量水田和卖柴维持生活。新中国成立前，只有把茅柴和块柴运出平原或县城出售，才是搞活经济的主要途径。那时卖柴也得学会交朋友找销路，我爸有幸结交了龙洞村一个叫张十三的叔叔，利用他的关系，和一个姓彭的大地主挂上了钩。那地主有一句骂人的口头禅，动不动就骂人家为"你这只猪娃子"。老爸知道了他的脾气，百般地顺着他，宣传"韶峰山的柴棍子硬邦邦的好，杂木块柴烧火保温高，未被雨淋的干柴经得烧，送售柴火的质量不会孬"。地主听了很满意，他不但未骂过我爸，而且还夸奖他是一个很能干的农民。塅里人见彭地主喜欢我爸的柴火，他们也就争相买柴了。我爸当然保证了张叔家能够烧上十成干的好柴火，张经常以烟酒相待，有时还留我爸吃饭，他俩终于结成了一对好朋友。新中国成立后，张叔的大儿子和我大哥都参加了区供销社工作，他们团结合作如兄弟般的亲密。

我们湖南誉满全国的《刘海砍樵》那出花鼓戏，热情歌颂了刘海哥热爱砍樵的劳动赢得了胡大姐的一见钟情，而我老爸专心从事砍樵，积极开辟销路，以干柴卖钱或换粮，总算维持了当时一家八口人的生活，也是韶峰以肥泥沃土促进了树木茂盛和柴源的充足。

### 5.1.3 寻觅仙桃治母病

听说远古桓氏三姐妹下凡时带来仙桃播下的种子已在韶峰的悬崖上生长成树，吃了仙桃的人长寿不老。人们都选择仙桃成熟的八九月之交的季节，披荆斩棘攀登韶峰去寻找桃树采摘仙桃，但真正摘到果子者极少。记得我12岁那年，因大哥已被反动派抓去当了兵，急得妈害了肺结核病，有时吐痰已带血丝。她口里总念着想吃韶峰的仙桃。为了满足妈妈的心愿，我和弟弟利用学校放假的一个晴天，清早赶着一对母子黄牛，同牧童朋友去韶峰山上放牧。我俩谎称去捡蘑菇给妈增加营养，将牛委托他人照看，俩人径直往韶峰的石头丛里爬，遇到荆棘丛生，便用捡来的木棍把其压倒开路，再又跨越过去，如此一连爬了四五个石坑。可是看到的只是稀有的几棵矮小的桃树，却未寻到一个仙桃。多半是被那些特别孝敬父母的孩子摘去了。我俩花了一大早上时间，却未实现回报母恩的愿望，心中极为不安。待我俩回到放牛地，其他小朋友的牛都已赶走，我家的两头牛已跑到另一个山头去了。我俩把牛追回来，垂头丧气地赶着牛儿往回走。当时肚子已经饿得叫了，路过仙女脚部的椿叔家里，他问我为什么走在大伙的后面，我如实地向他陈述早上寻找仙桃落空的经过，他听了深表同情地说："有了你们这片孝心就值得敬佩了。其实，我们后园的两棵桃树就是韶峰仙桃传播的种子。桃子快成熟了，你们去摘一个尝尝，好吃的话，就带几个回去给你妈吃吧。"既然主人这样大方，我们让牛在路边食草嚼叶，兄弟俩穿过房屋，走进他那被篱笆包围得严密的后园去摘桃子了。我们摘一个尝了，桃子确已成熟，且味道鲜美，边摘边吃大饱了口福。最后，带了几个回去孝敬爸妈。回到家，妈妈吃了我们带回的鲜甜可口的桃子，以为我们是从韶峰摘来的仙桃，对于治好自己的病更加有信心了。我爸吃了一个，也感到满足。由于事前已与弟弟通气，我们只好迎着妈妈的心理顺水推舟，说是从韶峰悬崖上摘来的仙桃，以安慰妈妈，支持妈妈把病治好。面对人家的这般好意，我们得了人家的恩惠，自然要为他家保守原是仙桃种的秘密，不暴露他家的桃子好吃，让他趁韶峰老殿庙会敬神的机会，也能去卖几个零花钱。可是仙桃毕竟不是灵丹妙药，妈妈的恶病难治，她老人家终于次年 49 岁不幸去世。

从那以后，我最爱吃水蜜桃了。20 世纪 70 年代，兴办社队企业大种水果的时候，每到桃子成熟时节，我总要从蹲点的大队园艺场买回一袋袋的水蜜桃，让孩子们吃个饱。当然，我在摘桃子时已先吃过，最令人难忘的还是在树上选吃那鲜艳桃子的乐趣。至今，老伴还经常谈及让孩子们多吃水蜜桃等水果能营养身子有利美容的经验。也有人现在还和我这老家伙开玩笑说："您的脸色如此红润，精神焕发，是不是小时候

**111**

偷吃了韶峰的仙桃滋养了的结果?"我只感谢他们友好的称赞,自己心中有底,但从未透露过少年时候吃了韶峰的仙桃得到的好处。在老家陈家冲出生的男性,新中国成立后去世的均未上80岁,要是我能破例地享受耄耋高龄,那很可能是韶峰的仙桃为我大开了胃口,使我多吃了水蜜桃而获得格外的长寿。

### 5.1.4　山儿无处不思亲

《老父亲》一文已透露了当年老辈为我取名字时所谈"人皆可为圣,弘扬尧舜根"的初衷。其实,我发蒙时还是沿着三个哥哥入学时使用的"羹",使用的学名是"尧羹",源于《幼学琼林》的"见尧于羹,见尧于墙"。这证明了我们中华民族子孙在饮食起居上每逢遭遇危机的时候,自然都会希冀尧舜式的圣君来降福于民。我们乡下有十里不同音的说法,因方言发音不准,对文字就没那么讲究了,随便使用同音字的情况俯拾皆是。由于"羹"字的繁体字难写,有时容易把下部"美"字头上的两笔画漏掉。为了简而易懂,人们又习惯于把我的"羹"字写成尧舜与农夫同狩猎、共耕耘的"耕"。我16岁那年考入完小读书改用了树根的"根",一直沿用到现在,标明我乃是以唐尧的继承人虞舜巡视过而命名的大山的小儿。

我们中国的汉文字源远流长,每个字都有它的特定意义,一般都会把我的尧根之尧字理解为远古尧舜之根底,其中至少包含了长辈当初对我这个刚出世的孩儿的殷切期望。然而,几十年来,我不忘尧舜传统美德,发扬远古圣君当年与民同艰苦、齐心奋斗的精神,本着听党的话,切实遵纪守法,致力于凡事做到带头垂范,身体力行,争取做个为人民服务的勤务员,总觉得自己这一辈子还没有白过。但是,有人为张扬韶峰的象征意义,不惜把音同字不同的方言成语都拉扯进去,以充实地名或人物的内涵。我印象较深的是"文化大革命"中,有一个从北方调回家乡当妇女主任的同志,她会讲普通话,在与我们相处中,她得知我生长在韶峰下,便对我的名字颇感兴趣地说:"尧根同志,你可不简单,按普通话的拼音,你那'尧根'两字好像与韶峰的山名是谐音呢。"她那准确的发音,使我得到启发,我想自己平生无所作为,却使我有幸与韶峰这个自然界的仙女妈妈竟结上了如此不解之缘而感到惊讶。我未考证过，韶峰一名最早出于何种媒体，凭我的记忆，应该是在创作"韶峰毛泽东故居"胸章之时，其他考证也不过是后来的诠释和推介。从那时候起，我更加热爱韶峰，更加打心底为韶峰唱颂歌，我甘愿为维护韶峰的尊严而贡献出自己的力量。

2002年秋，老弟应邀回乡和我编纂韶峰陈祠的《湘乡陈家和家谱》，我俩都推崇二哥为家谱题名，当时二哥因病身痛得写字时手有点颤抖，他自己推诿说只怕写不好。我们大家都知道二哥读过四年私塾，平时爱练毛笔字，练就了一手柳字体书法，为了给后代留个纪念，我们要他执笔为家谱题几个字。老弟是武汉大学图书馆档案系毕业的，他学的文科，也潜心于研究书法。他愿意协助二哥把家谱的谱名写好，写出韶峰人的水平。正式写字的那天，他首先为二哥选择了一支较好的毛笔，准备了墨汁和纸张，尊二哥上座开始写字。二哥写完7个字的谱名，老弟进行点评，及时提出改进意见，明确哪个字写得好，还有哪个字哪笔画差点劲，以便下次注意改进。但讲得多了，又怕影响写字者的心情，于是他改变方法，要二哥将所有纸张写完，然后再从中择优采用。那一次，他居然陪着二哥写了半天的毛笔字，加强了书法功底的锤炼，最后由他圈点使用哪几个字。后来，凡是看过家谱的无不称赞二哥的字写得好，不愧为一个木匠出身的书法家。家谱是我为之执笔，老弟参与修改，封面的设计由老弟负责，事前我们未来得及具体研究，他独自构思了韶峰的题材，并请初中时的贺同学画了韶峰的素描作封面。看了家谱的读者都感到满意。当时，我明知他自己不会抽烟也不嚼槟榔，考虑是否应该给贺表示感谢。老弟说："没有必要，他也是韶峰下人，他最爱画韶峰，只花20分钟就让大山的轮廓跃然纸上。"

朋友，请不要讨厌我的繁琐举例，我是为舜帝授予我们姓陈竟又是巡视韶峰的首位勘测者，为父母给我取名曾经禅让于舜的尧帝之根且又是现代韶峰的开拓者而感到荣幸，所以我无不时时事事处处联想到韶峰这位岿然不动的伟大母亲，有道是：领袖为民当圆梦，山儿无处不思亲。

### 5.1.5　卖山建寺慰仙女

韶峰前后的山地自古均属我们湘乡管辖。新中国成立前，湘潭县与我们湘乡县的人文关系，除了现在韶峰索道下的向家仑人与韶山人交往

密切，会讲一口湘潭话，其他人从口音方面便可判断两县居民的分水岭。那时韶峰属湘乡县湘西乡二都七保，新中国成立后已有七村、石塘高级社、谷阳管理区、石塘大队、石塘村等机构的变换。1984年，韶山市为了扩大革命纪念地的建设，经上级政府批准，要求征收韶峰。我们湘乡从上至下都舍不得将大山出卖，但地市领导强调："你们不肯卖，就由你们自己去开发吧。这是个政治任务，是建设红色旅游城市的需要。"如果湘乡自己开发，动手就要几百万元的资金投入，肯定就有困难了。因为那时农业银行和信用社尚未放开手脚，仍然局限于只支持农民发展农副业生产、兴办小型企业和做点小生意等，并且正在严肃查处乱放贷款。我是泉塘营业所主任，只有一万元贷款的审批权限，况且还不能放跨地区的贷款。心想：当年我若是县支行行长，放上百万贷款支持开发韶峰，也是无可非议的。由于湘乡一时难以筹措资金，无力开发韶峰，最后还是让韶山旅游管理局征收了峰顶和峰后山地，建设了韶峰索道和韶峰古寺。石塘村的村民虽然对廉价卖山又未能直接受益有所后悔，但是，当他们从索道开始运行享受了免费乘坐缆车的空中观光，看到了韶峰的发展前景，便以能恢复寺庙安慰仙女为最大善事。同样是革命老区的县乡领导也只有借助于索道通行的有利条件，让敢于开拓的青年农民在大山上开辟了几个景点，促进了韶峰景区的繁荣。

### 5.1.6　情思永远系韶峰

毛泽东年幼时，曾经和同学们攀登韶峰，在峰顶吟诗作对，表达对祖国山河的无限热爱和立志救国之情。有一年重阳节，我爸有幸与少年的毛泽东在峰顶会过一面，交谈过对登高的感想。我们从小也约同龄朋友在此峰登高作乐。1951年参军走出韶峰下的陈家冲以后，每逢我回老家探亲，在兄弟或侄子侄女的陪同下，总要攀登韶峰，去看看它的变化，亲一亲这位自然界的老母亲。飞涟侄于1992年在峰上建筑休闲山庄方便了住宿，有时我乘早晚外出散步锻炼，一个人就爬上了大山。1998年3月，为我二哥庆贺七十大寿，在老家逗留了两天，我凌晨用50分钟走完3公里多的山路，只身一人便登上了韶峰，恰好赶到飞涟侄家共进早餐。他们修复胭脂古井的那一年，我还在山上为他们修路挖沟避水，贡献了我的劳动汗水。1992年秋，老弟从北京回乡探亲，我父子俩陪他重游韶峰，儿子带相机拍照，记录了我们两代人重访韶峰的行程。老弟1963年大学毕业才远离家乡，他对老家的风土人情比我熟悉得多，于是他充当了重游韶峰的解说员，不厌其烦地向这个在异地出生长大的侄儿又一次阐述了韶峰名称的演变。他介绍了当地人们一般的俗称，更着重于上古的传说：据传，原来韶峰有3000多米高，因天宫侍女桓氏三姊妹不慎把王母娘娘的一盘盆景里的灵芝扭歪了，气坏了王母娘娘，便把她们贬到凡间锻炼。有一天，彭祖来到庵堂，蓄意对正在习武的小妹丽云进行调戏，大姐慧云为保护小妹，即化装成一个白发黑脸的老妪出来探询，却遭遇彭祖的卖老，慧云便与其比寿较劲，她边说边朝彭祖跺脚，跺得地动山摇，忽然一声轰隆巨响，使这座大山竟沉落了800多丈。由于她们练就了本领，不几天，一只凤衔天书传来了王母娘娘的召令，她们便腾云驾雾地回天宫去了。由于此山降低到了500多米，使原来想在此山立南岳庙的崇山虎失望了，只好飞到衡山立了南岳，法号圣帝。这里仅留下了仙女的美名。也有人说，仙女山是七仙女中七姐下凡时为给她儿子留下母亲的形象，在返回天宫之前，取得王母娘娘的同意，报请玉皇大帝顿时雷霆万钧，风雨大作，使大地发生一次强烈地震，竟挺出了峰峦突起的大山。诸如仙女有意显示本事压低高山或创立仙女山等传说，不过是流传在我地民间的一些神话故事。后来，通过人们从我国有文字记载的历史考证，方有舜帝南巡在此奏过韶乐之说，才为大山谱写了新的历史篇章。无巧不成书，时至清朝中期，作为舜帝后裔之一的我们陈氏祖先，又从江西乐安县迁来大山下陈家冲安营扎寨，繁衍生息，更加重视育林绿荫，为繁荣韶峰作出了有益的贡献。

随着改革开放的深入发展和韶峰索道的架设通行，我们龙洞镇石塘村争相开发韶峰，飞涟侄和文老板等相继开办的店铺与集资修筑的公路，人为地打扮了韶峰，为韶峰林场木材的输出打通了道路。我们曾经骑飞涟侄的摩托车贯穿于韶峰的上下，经受了坎坷颠簸的风险考验。就这方面说，我无不啧啧称赞他们积极筹措资金、带头苦干、改变韶峰交通状况所作出的努力。但另一方面却为他们在风车坳和地母庵等处乱挖乱建影响了大山的风水与环境而深感担忧。尤其是从韶峰索道通往谷阳村油麻塘公路的修通，简直就像给韶峰斜挂了有如一条银灰色的飘带，

使这个本来婀娜多姿的仙女几乎变成了一个部队值班首长的武相。加之我们湘乡自上而下对于封山育林抓得不力，使洗山般地滥伐森林、供应矿木的事时有发生，严重地损害了耸翠韶峰的自然景观。追根究底，还是韶山冲与我们湘乡石塘冲（村）一山之隔的塔子坳没有修通公路，使湘乡通往韶山的村路走了弯路。人们寄希望于龙洞七个村并入韶山市后应该会很快得到解决的。只有这样，才能有利于尽快恢复和维护韶峰景区的风景。

我们老一辈对大山的深厚情感是难以磨灭的。2009年中元节，老弟夫妇携子女和孙子孙女等回湘拜谒韶峰下老祖宗的陵园，又一次瞻仰了韶峰伟大母亲的形象，年轻一代被老一辈思念家乡、追溯先祖的精神所感动，侄子侄女纷纷向其父母承诺：你们希望百年之后回归韶峰，我们一定把你们的骨灰送回大山下安葬。当时老弟动情地说："哥，您早点为我俩准备碑文，要侄儿们为我刻一块墓碑，我走了以后一定要回韶峰山下来。"我比他长3岁，保健尚不如他，只是安慰他说："你别担心，到时候，侄儿们一定会协助你的儿女们作好安排的，让我们两兄弟的骨灰都回归韶峰的大自然，走了以后仍能继续欣赏韶峰的美丽风光。"我当时默默地为他构思了一首墓联："生攻航天探宇宙，殒抵故里仰韶峰。"然而，"青山处处埋忠骨，何必马革裹尸还"。我居住了50年紧靠320国道的西山塘，有一个接云峰的山头，那个寺庙立了观世音与何仙姑两位女神，那山头举目就可望到韶峰。我应老伴要求将归宿点定在那里，展现在我们眼前的将是"背负韶峰枫似醉，前眺国道车如流"。这仍然不违背我向老弟夫妇的表态。我们的遗愿，仍然同我们之前的想法一样，我们永远向往着韶峰这个慈祥的老母亲。我的儿女从小时候起，每遇学校放长假和给伯父母拜年回老家，都要同叔伯兄弟姐妹游览大山，或采花以欣赏风景，或摘野果以滋养身体，或俯视五龙献宝和远眺美丽河山抒发对祖国的热爱情怀。从而可以断言：我们子孙的情思也将永远维系着这万古千秋的韶峰。

（2012年2月）

## 5.2 九村并韶护韶峰

毛泽东 118 周年诞辰的前夕,光明侄从湘潭打电话给我:"叔叔,报告您一个好消息——我们老家已经划归韶山市管辖了。这次从湘乡龙洞镇划出石塘、花桥、谷阳、韶东、韶西、新湖、城前和金石镇划出团田、舒塘共 9 个村(以下简称九村)归韶山管辖。"我听了并不感到特别惊喜,因为韶山市是红色革命的发源地,一个县级市,原来只有 6 个乡镇 211 平方公里面积和 10.5 万人口,而环绕韶峰的 9 个村属于湘乡市管辖。鉴于两县市对韶峰都有管理权,没有一个统一的全面规划,如何进一步维护韶峰、开发韶峰和建设韶峰的计划难以付诸实践。因此,韶山市早就要求从毗邻的湘乡市再划十几个村给它。只是湘乡舍不得高耸入云的韶峰和深藏山地的龙洞等自然景观,以及这里自古以来盛产石灰石和发展最早的石灰厂、水泥厂等乡镇企业,所以一直不肯割让。

回顾 1990 年,韶山市旅游局提出开发韶峰景点,湘乡市和龙洞乡与石塘村想要自己搞又拿不出资金,最后村上只好同意将原韶峰寺地基和巅峰后山至索道所规划的地段出售给韶山市旅游局,让他们得以重建韶峰寺和建设 800 多米索道。那时开发韶峰方起步,如果按现在征收山地作价,过去的 14.8 万元简直只有荒山的补偿费。不过,石塘村的干群还是出于对伟人故里建设的积极支持。当时光明侄在村上当会计,索道建成开始运行,起初对石塘村的村民基本是免费乘坐缆车。我第一次同侄子侄女去参观,有幸享受了一个来回的免费。随后,光明侄于 1996 年和另外两人在风车坳靠韶山一侧兴建了一个清风亭供游人参观,每年分得的收入已超过当时村干部补贴工资的倍数。那时他就深有感受地对我说:"还是开发智力的好,要开拓,才能搞活经济。"他刚刚卸任村干部,就随弟妹去湘潭砂子岭经商了,兄妹仨已经在那里购房居住。还有飞涟侄于 1997 年承包了村上的韶峰林场,1998 年又在风车坳建筑了休闲山庄。2003 年他与陈家冲的佛教长者及文家仑的文老板合作,筹措了 16 万多元资金,租挖机开山凿石,把从谷阳村油麻塘起的 4.7 公里公路修到了韶峰。后来,还修了一条长达 1.5 公里的摩托车路贯通上下,最陡的坡度比我 1956 年在北京槐树岭参观国家摩托车队训练的复杂路段还要陡，可他只要几分钟就可爬到顶峰。近几年，他把重点转移到靠近塔子坳韶峰林场的分场，在连续办好年产鲜鱼 20 多吨的水库养鱼和年产 3000 多只土鸡的养鸡场的基础上，又建筑了一幢 300 多平方米的平房，开办了农家乐餐馆。为开发交通，他为首筹措资金，依靠国家扶持，已将加宽和修通的 2.8 公里村组公路硬化了二公里。同时，他们父子靠精心培育和优质服务取胜，把培育花卉园艺打入了韶山市区，获得毛泽东铜像广场摆设花卉的较多业务。这是他 20 多年来投资 200 多万元，配合国家扶持和朋友支援，以及自己身体力行带头实干所结出的丰硕成果。你们想要看看他们的形象吗？请您观看湖南电影制片厂 2002 年摄制的《韶峰传奇》纪录片，他夫妻俩和他那心爱的警犬都被拍了录像。2005 年，桂阳堂侄牵头协助村民组筹集资金，将陈家冲水库至韶峰索道 3 公里多的公路也修通了。由此可见，韶峰下石塘村陈家冲的英雄儿女们已经为建设韶峰迈出了重要的一步。但是由于少数人对佛教抽签卜卦适当收费有误解，竟不惜采取迷药害人的骗钱手段，败坏了寺庙的声誉，违背了党和政府开发韶峰寺的初衷。因此，政府对明显不符合现行政策法令法规，或对不顾有原实物可看而故意假设塑像的越俎代庖行为，依法给予了取缔或拆除。从此，为了保护好韶峰仙女的自然景观，进一步植树造林搞好绿化，建设好毛泽东青少年时代爬过的名山，由韶山市牵头作出统一规划、统一管理和分级受益的办法已是势在必行了。

韶山，历史源远流长。相传远古时代，继尧位之后，虞舜为造福人类，渡黄河，涉长江，深入荆楚蛮荒之地，探测山川利弊，规划拓垦宏图。途中，舜与侍从奏韶乐于此，一时山崖翕然，山鸣谷应，声震林木，凤凰闻乐展翅，嘤嘤和鸣。日久，人们把舜帝所奏过韶乐的山叫做韶山，以海拔 519 米高酷似仙女的尖峰称为韶峰。秦至西汉时期韶山属湘南县，东汉至晋未变。南齐废湘南县，遂属湘西县。隋开皇九年（589）入衡山县。唐天宝八年（749），改衡山之北为湘潭县，自此至宋属湘潭县。原湘潭县升湘潭州，韶山属湘潭州。明代属湘潭县移风乡居义里，清代为湘潭县的第七都。雄伟的衡山山脉如蛇行龙腾，向北一路蜿蜒于湘中大地，北行 90 余公里，到韶山湘乡交界处，便见一溜异峰突起，有如拔地参天之神剑，凌霄傲宇，扑压群山，而又是那么清纯，那么灵秀，直挹天颜。这就是名满天下的韶山了。

我爱伟人故里，我爱从小就攀登过的韶峰，我曾经撰文赞颂过那里一方山水养育了一方的人们。把我们老家石塘村一起并入韶山，就印证了 2009 年春节我写《韶峰下的沉默》那篇散文时的预见："为了推进城镇化的进程，也许将来在这里会和韶山一样，都将建成红色旅游区的山冲商埠，彻底改变山区的景象。"（见暨南大学出版社 2010 年出版的《韶山魂》一书）。这次九村的划出，从政治意义上说，加强伟人故里的建设意义无疑是深远的，也是省市领导做好湘乡工作的前提条件。而从经济建设上说，由飞涟俫他们修建的还未打水泥的土公路可能实现改建，那阻碍韶山与湘乡交通的一山之隔的历史即将结束。韶峰林场之分场将向韶山全面开放，韶山的客车将开辟新的线路，从而加速韶山与湘乡之间的物资和人文交流。

九村并入韶山，原蒋介石侍卫官邵元冲的遗孀、国民党中央监察委员会常委、国大代表、七岁就出版诗集的台湾女作家张默君的花桥湾故居，原国民党何乔八军长的平里冲故居等地都划归了韶山。

我们自九村出生在外地工作定居的人，也有责任为老家划归韶山争光。我这个距离老家 40 公里的韶峰老人，人家早就认为我是韶山人了。五十年前我随妻在西山塘成家，由于我们对儿女教育从严，他们尚能认真读书，积极钻研业务技术。儿子博士毕业后当上了大学教授、博士导师和国际蓄电池专家，两个女儿在金融部门工作也被评过市、县先进，连一个嗣后的小女也考上了职工大学，她参加银行业务技术比武曾经包揽湘潭市四家专业银行的亚军和农行的冠军。我那亲戚侄女、小学高级教师以庆贺我们儿女不平凡的事迹当众炫耀地说："我们西山塘对子女要求严格并有造就的要数你们俩老，西山塘的第一名竟被韶山人夺走了。"我曾经以图此虚荣心中有愧，然而被她说得确实已经为韶山人增添了光彩。

在旧社会，也许是韶山地下共产党的作用吧，韶山人民为了争取粮食自给，每年青黄不接时，他们安排专人把关守卡，查禁粮食出境，发现偷运粮食出境的一律没收充公。那时我们湘乡人是怕到韶山去购买谷

米的。过去交通闭塞，和韶山人的交往也就稀少。现在，我们成建制村都并入了韶山市的范畴，我们九村的湘乡同胞就都是韶山市的市民了。我们要像在韶峰推销香烛、纸钱等消耗品和看相算命时善于学习讲普通话一样，积极学习韶山话，推广普通话，逐渐改造我们湘乡"俺啊"的土话，尽快融入韶山人的行列，很快做一个名副其实的韶山人。

自 1949 年新中国成立以来，与共和国同龄的老人已经六十三岁了，可佛教、道教的信徒们却以人民政府反对迷信活动为由，他们敬神修道时仍旧沿用新中国成立前的行政区划及其庙工土地，我常以批判的口气唤醒他们："莫怪'文化大革命'批判你们思想反动，新中国成立六十多年了，你们怎么还不承认新中国的行政区划呀！"听说，1952 年起，先后从湘乡划出的双峰、涟源、娄底等地也是如此，他们请神时，仍然请的是老湘乡县行政区划的庙王土地。其实，原湘乡县 48 都的乡镇体制是清朝同治年间设立的，是当权者根据社会的发展变化做的决定，又不是什么神明恩赐的。现在，湘乡环绕韶峰的 9 个村即将并入韶山市了，希望那些信奉佛教、道教的朋友们应当有所觉悟，在依法开展活动之下，应该把韶峰下的庙王土地一并划入韶山市的范围，让我们原来湘乡韶峰下的庙王土地也能分享红色革命纪念地的灵光。

展望未来，随着后代子孙对毛泽东领导全国人民推翻三座大山创建新中国、实现社会主义革命和开创社会主义建设新时期、敢于与武装到顶的帝国主义较量、在苏修和中外反动派面前从不示弱等方面认识的加深，随着邓小平根据原来"调整、巩固、充实、提高"八字方针进一步发展成为改革开放方针政策的贯彻执行，毛泽东思想的精髓将会越来越被人们所认识和掌握。韶山市的区域可能还会有所扩大，以致最后建成更大的毛泽东市或毛泽东城。为了把韶山这个革命摇篮建设好，我们九村要进一步教育干群从爱护韶峰一草一木不受污染出发，积极投身维护韶峰和建设韶峰的行列，广泛作好宣传，使广大干部群众认识到维护韶峰就是对建设好红色旅游区的大力支持。各户努力建设好自己的美丽家园，也是对于建设好乡村和韶山市的积极奉献。我们要逐渐解决韶山边民和湘乡边民可能存在的某些隔阂和误解，大家携起手来，和谐共济，为把韶山建设成为一个全国出色的旅游城市，为建设具有中国特色的社会主义而贡献我们的光和热。让我们致力于：万众齐心事业成，九村并韶护韶峰。

（2012 年 1 月）

## 5.3　我能"周立波"了吗

11 月 12 日下午，我从湘乡启程，乘姨侄的小车去益阳市参加妻侄女女儿结婚后的回闺宴。这次提前一天赶到，比起以往拜望大舅兄嫂总是当天返回，时间较为充足。姨侄接受我的建议，在妻大侄儿的引导下，我们一行五人去参观周立波故居。恰好妻侄孙女在那边工作，获悉我们会去，特地租了一部敞篷游览车在那里等候。自古湖南美女出益阳，青春焕发和容颜美丽的妻侄孙女，自告奋勇地充当导游领我们参观了一圈。

来此之前，提起去周立波故居，有的年轻人受急功近利、挣钱至上观念的影响，很少看书学习，还不知道周立波是何许人氏，有人还把他误作当今娱乐圈与其同名共姓的年轻主持人呢。稍微上了年纪的，不爱好阅读文艺作品的人也到了忘却名人的地步，很少知道周立波的身世。我这个热爱周立波作品的老读者真有权威作答：周立波是益阳人，他是《暴风骤雨》、《铁水奔流》和《山乡巨变》等长篇小说的作者，其中《暴风骤雨》曾获得斯大林的文学奖和改编戏剧的文艺奖。他是我们中国现代和当代文学史上一位杰出的文学家和学者。但是，我对于周老生前的成长环境和工作经历尚缺乏全面了解。

妻侄孙女开着敞篷车向右拐去，很快就进入了山乡巨变第一村通向各村民组和农户的沥青路。在主干道的两旁，被郁郁葱葱森林覆盖的山头环抱着如星点缀的民房展现在眼前，全村 640 多户村民住的都是别墅，一律盖着青瓦、贴着白瓷、漆着红窗的交相辉映，构成了一幅江南水乡的美丽画卷。与原来留存的土砖瓦屋相比，就可看出改革开放给山乡带来的翻天覆地变化。垅里的田土整理得规格有序，有的种作物的路坑也已改建，农民下雨天去旱地干活或采摘蔬菜都不会粘泥了。靠近沥青路还架起了八百多米的瓜棚长廊，每到开花结瓜季节，四处瓜果飘香。村里设有俱乐部、图书馆、牌艺馆、幼儿园、球场和宾馆等文化生

活服务设施，每到双休日或节假日来此参观的游客络绎不绝。著名的益阳擂茶供不应求，这里更是远方游子歇脚的舒适场地。自农业合作化兴建的、已与水力发电厂配套的灰库（大坝）横亘于东西，像一道挡住山水的屏障，给这里增添了绿色的景致。那些沐浴阳光的情侣和携孩散步攀登大坝的年轻父母，有的躺卧，有的嬉戏于绿色地毯般的草坡之上，享受了自然风光和天伦之乐。

　　游览车几经拐弯驶入山旁才抵达周立波故居。为统计来此参观的人数，凡参观者须领取免费的门票入场。故居是一所坐北朝南的古老的青瓦民房，周围有土筑瓦护的围墙，出入必经头门，头门有保安看护。门前围墙上醒目的是故居简介：它建筑于清朝乾隆五十三年（公元 1788年），已有 223 年的历史。周立波 1908 年 8 月 9 日生于益阳邓石桥清溪村的此屋。"惟楚有材，于斯为盛"。曾任中顾委委员、中国文联主席、文艺理论家周扬（原籍益阳新市渡 1908—1989 年），著名的历史学家、曾任全国人大常委副委员长等职的周谷城（原籍益阳欧江岔 1898—1996 年）和周立波都是益阳人。只有周立波的故居保留至今。因他家从祖父到父亲都是从事教育工作的，教书育人对社会贡献大，加之他本人较早参加了革命队伍。尽管土改时评的阶级成分高，当时房子只作村乡的办公场所，原有的 28 间土木建筑民房，新中国成立后经过三次大的维修才得以保存下来。跨进故居，一尊周立波的塑像立在堂屋中央。参观他的生平陈列，他出生于诗书世家，从小受祖父和父亲重视读书气氛的熏陶，他正确理解老师在其高小毕业奖品的铜墨盒上所题 "不作第二名想" 的殷切期望，学习总是急起直追争当第一名。

　　由于我们已连续坐了三个多小时的车，还要赶回城内大舅兄家吃晚饭，可惜来不及详细地参观。晚上，我曾经为未来得及做笔记感到遗憾。为了充分利用空闲再去饱饱眼福，又产生了次日上午再随妻侄孙女的小车去详细参观并做笔记的念头。但是只要有故居的详细讲解资料，也可弥补心记之不足。于是，第二天清早即拨打妻大侄儿的手机，请他女儿设法为我索要一份讲解资料。中午在宾馆赴宴时，妻侄孙女为我捎回的讲解资料使我如愿以偿。只因讲解资料缺少实况（实物）的内容介绍，看了还不中吾意。如果吃过晚饭再回湘乡，我提议凡未到过周立波故居的都去看看。下午开了三部小车，在妻大侄儿父女的陪同下，当日赶到的女儿、女婿都陪我去了。妻侄孙女找了个导游小姐又作了较为详细的介绍，我特别注意将重点的实况、实物作了记录。他们都为我热情倡导去周立波故居参观深受感动，小女儿高兴地蹦出了一句话："爸，您若是周立波了，我们多沾您的光呀！"当时我还未反应过来：我喜欢参观周立波故居，就称我周立波了。那么我崇拜毛泽东和邓小平等伟人，我岂不就毛泽东、邓小平了呀。平时儿女们不管问什么，我一般都能作答，今天面对女儿的不断发问，我这个大器晚成的爸爸已经难有所作为了，我没有那个雄心壮志回答。虽然我十三四岁就同塾师学着当礼生，17 岁参加抗美援朝编快板表扬大练兵中涌现的神枪手，但我未能像周立波 20 岁就开始了革命文学创作的生涯。我 18 岁起积极向部队的党报投稿，入朝后抓住业余时间为连队主编墙报和《青年团》的小报，但我未能像周立波那样 30 岁就走上重要领导岗位：1938 年就奉周恩来之命去沅陵恢复《抗战日报》的发行工作，1939 年为了打退日本鬼子的猖狂进攻和鼓舞抗战的士气，又调桂林《救亡日报》当编辑。1942 年春，周立波参加了毛泽东主持的延安文艺座谈会，他非常佩服毛泽东能耐心倾听萧军等人关于文艺可以不受党性约束的过激发言。我虽参军六年且几乎年年立功受奖，经受了战火硝烟和击退敌特企图抢劫汽车的严峻考验，但不及周立波冒着生命危险发动印刷工人罢工，在反动派狱中坚强不屈，并在获释出狱之后又申请加入了中国左翼作家联盟和中国共产党。在被江青打入"冷宫"的七年多里拒不认"错"，表现了共产党人坚持真理、不畏强暴的浩然正气。我虽然晚年出版了两本受到读者普遍好评的文学综合作品集，但比起周立波获得斯大林文学奖的鸿篇巨制，实在有天壤之别。在这多数中青年沉醉于上网很少买书阅读的年代，我的作品主要送人赠阅，远远不如周立波的杰作发行遍布全国，且还被多国翻译出版销往世界各地。我对几个英文字母尚不能熟练运用，而周立波仅有中学的英语基础，全靠刻苦自学提高英语水平和自学俄语给外国人当翻译。在左联，他翻译了许多外国文学作品，被国际友人誉为出色的青年翻译家。这都是他牢记当年"不作第二名想"而获得自学第一名的突出成绩。我虽然一直扎根在基层，与农民同呼吸共

命运，尚能写出为群众所喜闻乐见的文字来，但怎能比得上周立波长期深入土改斗争第一线、深入工厂作调查和回农村安家落户体验生活所塑造的典型人物对于推动社会进步所起的巨大作用。我不过是巍巍韶峰哺育出来千万儿女之一员，而周立波却是浩渺洞庭湖水滋润的宠儿。

所有这些已经充分证明：年已耄耋的我怎能与周立波相比拟呢？要说可能比的一点，那就是我之所以梦寐以求的向往文学，闲时都手不释卷地阅读书报，抓住一切可能争取的时间写文章，总想把在生的感受写出来留给后代作纪念的举动，才是与周立波自拟墓志铭的精神相吻合的。可是，我毕竟什么时候也不能说：我已经周立波了。只要一息尚存，我永远是周立波先生的小学生。

（2011 年 11 月）

## 5.4 多次旅穗谱新篇

历经七十一个春天，小时入私塾熟读了"四书"、"五经"，年轻时又进军校学习深造，奠定了文化知识的基础。早在 1951 年，我志愿参加抗美援朝，曾随坦克部队开汽车到朝鲜。经受如火如荼的部队生活锻炼，陶冶了我的战斗情操，激发了我的写作兴趣。加之，转业后干了三十多年的银行工作和农村中心工作，研究的是农村金融，接触的多半是农村的人和事，炼铁工人、修路民工同种地农民的炽烈情感赋予了我新的生命，志趣未减当年，仍然笔耕不辍。现在，我保存的几十本1953—1987 年断断续续的日记和1988 年退休以后逐日所作的日记，已有一百多万字的文字记载。有时偶尔翻开一阅，有如一个老年演员看到他年轻时候扮演角色的靓丽或英俊的形象一样，似乎能够给人一种返老还童的催化剂作用，确实令人振奋，回味无穷。

我儿读完博士来广州工作已经 13 年了，我先后来过六次，这一次是我们两位老人伴随儿子生活时间最长的一次，有幸参观了大都市的高楼林立、工厂兴旺、商业繁荣景象。在花园式的华南师范大学校园里，更是日复日地欣赏着怡然自乐的美丽景色，也体验了学校开展加强共产党员先进性教育和争当现代公民活动所取得的丰硕成果。为了记下自己的一些亲身感受，记下老一代对晚辈寄予的殷切期望，特将我来广州的六次、重点是第六次的广州之行的日记汇编成册。论体裁，有生活纪事、参观感想、读书心得、作品评论和楹联、打油诗、顺口溜之类等不同形式。论内容，有对后代的关怀教育，有对学校所见所闻的叙述、有对伟人的评价和对人生的思考等处世评说。

我期望：如果此汇编对愿意写日记的人们有所启发，以至对推动日记写作事业有所促进的话，那将是我对在此所"吃"精神食粮的反馈。

2004 年 11 月 14 日，上午 9 点多钟到达广州火车站，比正点晚了一个来小时。那个 1.70 米身材、蓄着平头、近视镜下藏着一双深邃的眼睛、鼻若狮王、嘴巴微翘而又穿着黑红相间太空衣在站台上迅跑的年近不惑的男子，就是我们的儿子。他提前赶到站台候车，飞跑似地找准车厢上来为我们提行李，他拣了两件重的，只让我背了随身的日用品，为避免他妈乘汽车晕车，他领我俩坐了两段地铁，每次上车，青年们都主动为我们让座。至天河体育场花 13 元乘的士直抵华南师范大学，于 10 点半抵儿子之家。一进屋，儿子便拿出已准备好的糕点要我们吃。由于通宵乘车，虽坐软卧可以躺着，但并未睡好，脑子仍是昏昏沉沉，肚子还不感觉饿，干脆等到中餐一块吃。于是儿子立即开火煮饭炒菜，11 点多钟就吃了午饭。他 30 岁那年才结婚，过惯了单身汉的生活，一个大学教授，老婆不在家，照样自己搞饭菜，还是未改农村孩子那种热爱劳动的本色。下午稍事休息，他领我俩出外逛游，向我们介绍学校四年来的变化，原来 2000 年还只完成主体工程的 32 层高楼 D 座 804 号便是他的房间。D 座右边又有一座外籍教授大楼正开始兴建。这几年新建了数十幢宿舍和教学大楼，只有化学楼依旧，现在正在向大学城发展。最使人欣赏不厌的是花园式的校园，华南师范大学的优美环境是广州几十所大学中有名的。儿子一味地只讲工作忙，随着我们两位老人的到来，让他在家务上稍微松了一口气，好像在向我们交班，立即教会我们开门锁和使用煤气的安全操作法。上午一放下行李，我乘暇阅读书报，并断断续续地记下昨夜在火车上为《爱犬换心情》一文打腹稿补充新的内容。后来，与老伴屈指一轮，我已经第六次来广州了，于是像放影视似的一幕幕地展现在我的眼前：

第一次来广州，我对儿子入工厂工作甚感兴趣。我年轻的时候曾参

加志愿军，20世纪50年代是战争的年代，部队调动频繁，曾驻过河南洛阳、江苏徐州，抗美援朝到朝鲜。后来考入坦克学校又到北京深造，转业团学习时驻过河北廊坊，唯独没有去过西北、西南和华南，这次当然是参观改革开放后的广州大都市的新变化的极好机会。那是1994年6月，我是乘长途汽车来的，一路上坐了23小时的车，吃的喝的几乎都是自己带的。只是第二天早餐买了一份盒饭吃了。从湘乡搭车是侄孙陈林送我到汽车站的。那孩子当时还只10来岁，蛮懂事，我拿几元钱给他买零食吃，他竟婉言谢绝说："我不要，您外出旅行要好多钱用啰！"

儿子1992年到广州蓄电池有限公司工作后，我还是第一次来看他。在汽车上，乘客中数我岁数大，我不断地向同乡人打听，是不是有人到过三元里的。有个从部队转业在远航轮船上工作的双峰男士，他说："其实广东人是很讲文明的，坏的是外来打工群体中的极少数人，是他们搞坏了广州的名声。您只要向广州人打听，他们会如实给您当向导、给您指路的。"还有一个湘乡月山区姓李的男青年，自称是汽车司机，已在广东打工两年多了，这次是去沙河区给人家开车。次日12点多钟，我们到广州的都在省运输公司下了车。小李见我不知所向，便主动给我带路，并招呼我电话也不要打，要我莫上溜哥们的当。他说："三元里这一带我还熟，我送您一程。"他那种关心老人和助人为乐的精神，使我深受感动。不料，我俩走到一条较窄的街巷就遇到了麻烦，巷子的右边有个台阶，还搁了几块预制板。我见右前方来了三个男青年，三个簇拥着走，其中一个前额上贴了一个药膏子。当时我稍在小李之后，为避免障碍，我立即向左边的低路走，而小李却一直对着那三人行走。于是，那三人故意朝小李一撞，其中打膏子的青年人两手捂着头部往地下一蹲，其余两个马上挡住小李发出质问："他刚从医院出来，你又把他撞成这样，还不赶快把他送医院！"小李只是向其讲好话："对不起，请原谅！"那两人说："对不起解决不了问题，你掏500块钱，我们替你把他送医院。"小李说："我出来打工的路费还是借的，身上确实没有钱了。"那两个人逐渐将要求降低至300元至200元。并问他在哪里打工，要他向老板借钱来。小李说："我在三元里一个酒家打工，昨天刚来上班，哪能借到钱。"小李的脑子很灵活，他故意把打工的单位讲在附近，也可制约他们轻易不敢动武。我打心底里佩服：这小子不愧是一个走江湖的。我是头一回遇到如此棘手的问题，一时也不知所措。为调解矛盾，便从内衣里掏出了 50 元钱，给被撞的去看门诊。可他们高低不松口，非要 200 元不可。这时，小李看见侧面的垃圾桶里有几坏塑料疙瘩，便计上心来，立即把挎包甩到背后，双手捧了两块疙瘩奋勇回击："哥们到底想干什么，我与你们拼了！"几个溜子顿时傻了眼。眼看着小李边吓唬边往前面跑了，我自然也就大步跟着同一方向走去，这才逃脱了那个"祸"。后来，我连问了几家商店才找到厂里。刚与儿子见面，我还担心不知那个小李跑哪里去了，因为他完全是为给我带路，才意外地遇到麻烦的呀！儿子安住我，"您别担心，他们打工的善于与溜哥们斗，年轻人比您老人活动得多呢！"儿子马上领我到餐馆里吃了饭，那时两人吃一顿饭还只花几十元钱。由于儿子的工作很忙，又要他自己搞饭菜，他领我参观了几个主要的景点，逛游了几条繁华的街道。有时在外面吃饭花费太大，我仅住四天就返回了，我第一次享受了乘坐火车最舒服的软卧。

　　第二次是在儿媳结婚和儿子 1996 年获得广州市科技突出贡献金鼎奖之后的 1997 年 10 月，他们接我们两位老人来广州过生日。动身之前，左邻右舍几乎都异口同声地对老伴说：您老是要去当奶奶了吗？我们当然早就有这个愿望，可儿媳的回答是：妇幼保健院的招工合同已标明"三年内不生育"。儿媳虽然只有大专学历，但是人品、学问、医术俱优，很有礼貌，尊敬长辈不在话下。她说的一口标准的普通话，又学会了广东话，她的英语水平高，后来稍加复习、辅导，通过面试，竟赢得了去加拿大深造的机会。在白云区妇幼保健院，她是妇产科医生。领导本来舍不得她走，只是丈夫要出国，她不得不跟随而去。这一年，正逢老伴年满花甲，他俩为表孝敬，将当日下班后的晚餐，特选五星级宾馆订了酒席。只因老伴受不了电梯间和楼上封闭的憋闷，她还未吃饭就退回楼下去通风了。为了使我们开阔眼界，他俩利用双休日领我们参观越秀公园、中山纪念堂、动物园、黄花岗烈士陵园、黄埔军校和深圳的世界之窗与中华民俗文化村，领我们瞻仰了孙中山先生的革命发源地和毛泽东同志主持农民讲习所培养农民运动骨干的旧址，深知革命的成功来之不易。通过瞻仰五羊的雄姿和稻穗的丰收，使我们懂得了羊城别名和广州简称之由来。在深圳，我们在儿媳的女同学家落脚一宿，第二天乘船去珠海参观了靠近澳门的海面，儿子携带的相机，给我们留下了美好的回忆。我们两位老人生日恰好相隔一月，儿子早从香港给我们买回了两块进口的高档手表。儿媳关心我们的衣着，还带我们到市场选购了合身的高档衣服。出于对我们身体的关切，儿媳领我们分别到保健院和广州中医学院附属医院进行了检查看病。我通过那一次的检查服药，治好了肛门的瘙痒症。遵照医师的嘱咐，从此以后就不再用肥皂洗澡，不致使肥皂水流浸到肛门的伤口部位去。再是养成了大便后或每晚及时清洁下身的好习惯。为照顾老伴不致闷热，我生日是在家里搞的饭菜，晚上在毛家饭店吃的湖南菜。我们两位老人都在广州过了一个轻松愉快而又热闹的生日。那次请妻表兄陈普松俩老给我们看家，他们做事肯负责，加之表嫂是信佛吃斋的，母鸡生下的蛋积累了一大脸盆都舍不得吃。

第三次是 1998 年 7 月，儿子应其堂兄夫妇之托，给其儿子锡琴在番禺恒达蓄电池厂找了打工的活计。接到急电，要我送侄孙来广州。当时正值农村"双抢"结束，外出打工的多，侄孙约我在湘乡县城集合，他正文叔到火车站送我俩上车，我们好不容易才挤到车厢的过道口。由于"秋老虎"的淫威，加之乘客太挤，一直挤过株洲站才进车厢。19岁的侄孙还无所畏惧，挤得我几乎喘不过气来，心里实在难受。我想：要是在过道里再持续这么长时间，说不定会要晕倒在火车上的。接着而来的是比站劲了，不知站到哪里，才向已改乘座位的中年男子借了一条塑料小凳子坐下来。初挤上车，侄孙一摸裤后的口袋，他的 60 多元零钱被人扒走了。次日上午到达广州火车站，儿子赶到站台上车来接了我们。进屋，儿媳马上搞饭菜。吃过午饭，儿子向空军某部要了一部面包车，一个营长开车把我们送到了蓄电池厂。我儿子、儿媳要请厂长共进晚餐，由于儿子经常给他们指导技术，老总说这次就算他们请客。后来，儿子代侄孙交了 200 元的打工押金。我们起程返回时，想再去嘱咐嘱咐侄孙一声，那个已有 58 岁的张副厂长说："不用您操心了，交到厂里就由我们管了，让他自己放手去闯吧！"后来侄孙来电反映：入厂的头一旬，安排他干的是站着干活的工种。由于他经得起考验，不久就给他改换了工活。经过 6 年多的锻炼，现在这孩子已当起了一个小厂子的老板。这次来共住了 5 天，正逢八一建军节，儿子领我参观了新建成的广州海洋馆，欣赏了海洋动物的表演。那些海豚、海豹也同大象一样，你不搞点物质刺激，它是不会老实地为你服务的。只有指挥者及时奖给它小鱼吃，它才越跳越起劲呀！

第四次，来广州是 1998 年的秋天，是姨妹和妻侄女陪同我来的。湘乡站乘车的人仍然很多，我们还是从车厢的窗子爬进去的。当时，恰遇西山塘周玲与其丈夫也上了火车，他们先爬进车厢，然后由他们在车厢内拉，妻侄婿等在后面推，才把我推进车厢的。有一个中年男子守住窗口每人还要交给他 10 元的小费。我说："我又没有要你拉。"他说此窗子是他打开的，你没有理由不向他"进贡"。我们才刚站稳，就听见靠后座位的一个与我同龄的老头气愤地说："你们要警惕扒手呀！我两老从娄底上车就被扒走了两张火车票。"待列车员和乘警来车厢查票时，他及时报告了情况，请列车员给他补购车票。可是一拖再拖，车过韶关以后，好不容易才补了两张娄底至广州的车票。老头姓杨，他俩是涟钢的退休干部，一个女儿在深圳工作，接两老去看看经济特区的崭新世界。他去列车员值班室补票时，亲眼看到有一个人在"退票"，列车员想把一张 7 月 26 日的票抵作当天 27 日的票，他拒收旧票。乘警在旁，目睹了他们搞鬼也不以为然。回到车厢他揭露其弊病说："我亲眼看见一个扒手和列车员在搞交易，莫怪人们讲现在是'警匪一家'呀！"后来，他老伴的耳环也被挨着过身的人抢走了。他俩打瞌睡的时候，两位老人的口袋全被扒手翻个干净，其他旅客见了，也是敢怒不敢言，生怕引火烧到自己身上来。当他醒来时，见此情景更加义愤填膺地说："如果火车上的秩序不整顿，人们会越来越怕乘火车了！"从内外勾结助长犯罪分子的嚣张气焰的事实看，充分证明了小平同志关于各行各业都要整顿的指示无比英明。次日上午到达广州，儿子依然到火车站迎接了我们。后来，谈及火车上的所见所闻，儿子说："我们经常在外面跑的，已经感到习以为常了。"当时恰好儿媳的亲戚也来到广州旅

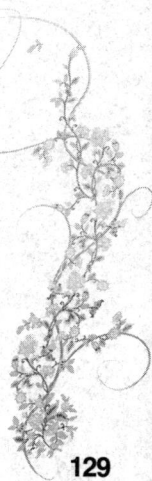

游，有几次都是在餐馆里吃的。每天晚上，还得到宾馆里去租铺位，每张床位130~150元。为了压缩开支，我主张重点考虑女方亲戚的安排，我们尽量挤在家里歇宿，我在厅屋里摊"地铺"睡了两晚。宿舍是在二楼，每晚睡觉之前，拿几张报纸铺在地板上，再铺上毯子或被套，就可以在上面开铺睡觉。我们这些上了年纪的尝过艰苦生活的人，总觉得吃得比人家差一点、睡得比人家不讲究一点无所谓，只要过得去就行了。人家坐小车、住别墅，过着花天酒地生活，我们能挤上公交车、搭上的士、吃个温饱就算不错了。我们这些老家伙，总觉得自己手里即使宽裕了，或者通过辛苦奔波甚至出血流汗多赚得几个钱，完全没有必要去与人家比消费比潇洒的。其实，寿星老爷甘心赋予的，往往还是偏重于那些不辞辛勤劳动和热爱清淡生活的人。后来，儿子与儿媳带我们参观了几个主要景点，让大家在这开放大都市的人文环境和自然环境里饱尝了眼福。由于姨妹和妻侄女都要上班，也只住四天就返回了。

第五次是2000年春节，大外孙阳鼎陪我们两位老人于1月27日启程，为女儿、女婿、外孙们汇集羊城来过年打前站。此次起，我们开始坐硬卧南下。与我们同行的有广州军区医院的一个女军医，她娘家住湘乡县城。我当她的男朋友应该是个高级军官呢！而得到的答复却是：现在找对象的观念也改了，她的丈夫在广东省人民银行工作。确实，随着改革开放的深入发展，思想的解放，女孩子对于长期分隔两地的探亲生活也感到乏味了，这也许是更近乎人性化的结果吧！翌日，儿子照例来火车站迎接了我们，幸好老伴已克服坐汽车的憋闷，乘的士赶到了华南师范大学的中区14栋。为迎接大队伍的到来，儿媳俩特地领我们去超市购买了被褥、枕头等铺盖，利用化学系办公楼的底层开临时铺，解决了三个小家庭的住宿问题。随来的舅弟嫂另住一间房，我们两位老人另行开铺。湖南人爱吃辣椒，三弟妹推举她姐姐炒菜，大家帮忙做饭。大年三十日，早晨租两部的士去花园酒店饮茶，吃的各种荤斋饮食。中午在餐馆会餐，晚餐在家里搞饭菜吃团年饭。春节假期，还组织参观了多个公园和海洋馆等景点，观看了番禺野生动物园的美国驯虎团惊险而又精彩的表演，使大家开阔了视野。过去，老人们为防止小孩在新年大节讲错话，曾经有过春节前的训练，可是仍然有无意将"大年初一刮东风、家家户户接郎中、别人不接、却接我公公"误改为"大年初一刮东风、家家户户死郎中、别人不死、却死了我公公"的笑话。人们为避免类似误会带来不祥之言，又出现了"开门大吉、百无禁忌"的唯物论语。本来我是不信唯心论的，可是出自小孩之口的一些话语不得不引起人们的阵阵思考。那一年大年初一，早餐吃面条，外孙女李婉玉和妻侄孙成中橋，与我同桌就餐，婉玉坐在我的对面，她边吃面条边说："公公死了哩！"舅弟嫂听了很敏感，立即接着改口说："死了的那个公公没来啊！"我当时未作声，而心里免不了有一些想法，为什么这小孩忽然对我讲出如此不吉利之言呢？当晚，我在日记中作了分析：平常婉玉喜欢叫我外公，叫老伴外婆，以区别我们两位老人去她家时对自家奶奶的称呼。尽管我们还没有孙子，老伴喜欢外孙们叫奶奶，叫我为公公，而婉玉除非到我家里去时偶尔叫过几句外，平时多半称我为外公。因此，我认为她不一定是针对我讲的，即使是讲我，也是出于对老家伙的一种厌恶之感的流露，我决定不把它记在心头。那一年，我在此住到 2 月 20 日提前回家，老伴却陪儿媳俩住到 5 月中旬才返湘。我一个人在家种蔬菜、摘茶叶，自煮自吃过了三个多月。然而，一个朴素的辩证唯物主义者，毕竟经不起宇宙间一些难以捉摸和无法解释的一些现象的考验。因此，小婉玉的无意之中的预言始终萦回在我的脑海之中。那句不祥之言一直伴随着我平安地度过那年的除夕之夜，以轻松愉快的心情迎接又一个新年。

## 5.5　养犬换心情

犬字比人字多一横一点，也许就是狗四肢着地飞跑，它不认识现在，看不到未来，之所以区别于人类之"一"与"点"的标记吧！

在旧社会里，养一条好狗。既可以为你预报喜讯，及时出来探望迎接客人，又可以报告"差狗子"来了，叫你赶快去躲壮丁或逃避他们的敲诈勒索。现在，特别是偏僻山村的单家独户，养一条好的家狗，白天可以代替主人看门户，晚上狂吠可以惊退盗窃的危害，这是人们爱养狗的原因。也有专门养狗供应肉食的，可以给人们增加营养改善生活，然而我却反对养狗。也许是我家居住在人口聚居的小集镇，人多势众，

只要自己遵纪守法，半夜不怕鬼敲门，觉得没有养狗的必要。再说，我经过一次被狗咬，两次被猫伤，所幸的都是 20 世纪 80 年代后，每次都及时地注射了疫苗和血清。加之，曾经目睹几起被狗咬不治导致丧失了宝贵生命的事故，我坚决反对养狗。所以我家不养狗，是完全由我的主观意志作决定，儿女小的时候也只能尊重我的意见。

去年，儿子从加拿大回国，因儿媳工作调动须得有一个过程。由于闲暇无事，看见别人养狗好玩，便开始在八层高楼里养起狗来了。他们还给小狗取了一个美好的名字叫"来福"。乍一听，当时我们两位老人还是挺高兴的，希望它能给儿子儿媳带来幸福。虽然，我们口里唠叨地批评他"那是闲着无事做，倘若被狗咬伤得了狂犬病，那倒是自己害自己。"只好叮嘱他们要严防狗咬伤人造成麻烦。后来，儿媳外出，小狗误认为女主人失踪产生了恐慌，而儿子经常出差在外，漫长的黑夜和沉闷的白天都是狗在家里守着。使小狗犹如害了相思病，更加追随着男主人。面对着天天要养狗放狗或请人照看已经影响工作的事实，我被迫同意他们把小狗送回乡下，答应帮助他们把狗养好。本来我是最讨厌狗身上的虱子的，又生怕狗传染疾病。老伴早就给我打招呼，说来福是从墨西哥引进的混合血种，是一只良种狗，是青年人的宠物，我们只能负责把狗喂好，让他们集中精力搞好工作。

9 月底，儿子趁有一个朋友开小车回乡的机会，就便回湖南出差，抱着这上 10 公斤的宠物，登上了回家的归途。他牵着小狗于凌晨 3 点抵家，为熟悉放狗，我首先在厅屋里与小狗见面。当时它给我的见面礼就是吠声。儿子说：它新到一个地方，人地生疏，要不断接近它才能熟悉。儿子把它牵到楼上，找一块纸箱板铺在地面，让它睡在楼上的厅屋里。湖南的秋夜比广东冷，怕狗受凉，还要他妈拿来旧棉衣给狗作被盖。儿子说："我把狗的衣服都带回来了，到了冬天，你们还要给它穿衣呢。"早晨，我想牵着狗外出放风，争取早日与它结为朋友，一打开房门，它又向我狂吠起来。我不敢接近它。儿子解释说："它是把此当成它的家，不准外人侵犯。"老伴则说："你脱掉那身军装吧，它是怕当兵的呢。"我急于熟悉放狗的方法，总是不厌其烦地去亲近它、去笼络它。儿子在家逗两日，还是我放狗的次数多。儿子留下一只行李袋放

在狗睡的厅屋里，瞒着小狗往回走了，它热泪盈眶地睡守在行李旁，几餐不进食，期望着主人的归来。

为了让小狗早日安定下来，按照儿子的安排，我们两位老人及时给它喂肉或肉汤拌饭，及时喂水，及时加喂糕点或包子。怕它住楼上孤独，就将儿子带回来的滚球让它玩，打开前后阳台让它晒太阳，让它观望鸡鸭的活动和人们的路过。怕它夜里受凉，用木板与纸板重叠起来，给它围了一个睡窝，晚上及时给它加盖棉衣。如此精心的侍候，早晚领它去外面欣赏农村的自然风光，赢得了它的一片深情。每次去勾套牵绳的时候，它总是立着身子往我身上爬着玩，要几分钟才能把它逮住。有时它闯了祸，比如，因滚着玩把一只腌菜缸子甩坏了，老伴举着扫把要打它，它马上钻入案板底下，伏卧着鸦雀无声了。小狗如此"听话"，怎能不令人爱怜呢！

一天晚上，我要去淋蔬菜，要老伴牵出走一趟，她扯不住绳，小狗到处乱窜，在刺草丛生的坪里打滚，狗身上沾满刺球。老伴捉着它摘掉了一些，还有狗的下颚和嘴巴旁边有几颗刺尚未除掉，它越滚越刺钻，几乎一个通宵未睡好，只听见在楼上"大闹天宫"。天刚朦胧，老伴便催我去镇兽医站，我牵着小狗找了兽医师，他是个中年人力气足，便请他用铁夹子卡住狗的脖子，我用剪刀剪除刺球。由于小狗拼命挣扎，我的左手拇指被狗的牙戳破出血了，可嘴筒上的两颗刺球始终未能去掉。这时，我立即把狗牵回家关到楼上。紧接着向在城里工作的女儿打电话，要她帮我买疫苗回来注射。尽管儿子讲"已经给狗打了疫苗才送回来"。不打疫苗又怕出意外。自后，我继续照样地坚持每天早晚将狗牵出去放风，人也随之每一次锻炼半点钟。人们看着小狗逗人爱，爱屋及乌赞声来，生人见了说："大伯，您养了一只好狗啊！"熟人见了还要补充一句："您老当上'老太爷'了呀！"每当儿子儿媳打来电话问及小狗的"表现"时，听到我们两位老人的这些满意答复，他们的心里也乐开了花。日复日，我放狗感到疲劳了，就解开牵绳，指挥小狗紧贴公路的路边走，试验几次未出问题。没想到暂时的安全却酿成了不久的隐患。好景不长，半个月之后的一个早晨，我带它去屠坊买猪肉，小狗在跨过国道来追我的乱跑之中，不幸被一部面包车碾死了。当时，虽

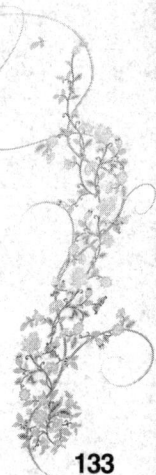

不像《某公三哭》那样如丧考妣般的悲痛，但我们两位老人的心里，却有说不出的怜爱和惆怅之情。为要给小狗申冤，根据彼时目击者提供的车号，我马上乘快包车赶到 10 公里外的收费站，逐车轮查，但未能找到肇事的汽车。小狗不幸遇难的消息传到女儿家，个个都感到糟蹋了一只好宝贝，担心我们不好向儿子交代。但我们不能不将情况如实电告，儿子惊讶地说："难怪那天早晨我心里不安，饮食无味啰！"小狗真的有灵性，我觉得不解，莫不是一只"神犬"啊！

说来也凑巧，小狗出事的前一天，我刚刚从 10 月 8 日《新京报》中看到所登微蓝的《她捧走诺贝尔文学奖桂冠》一文，介绍 2004 年诺贝尔文学奖的得主奥地利女作家耶利内克除创作了优秀小说，就是以小狗弗洛皮这个宠物为题材写两篇散文杰作而闻名于世的。从而使我对养狗感兴趣时，第二天小来福却不幸走了。儿子还叹息地回忆："我放开它在校园草坪里打滚时，总赢得观众的阵阵笑声。"联想到小狗能给主人"递"衣物、叼鞋袜、"搬"红薯等活动，动物通人性，怎能不叫人们感到痛惜呢！

为收埋这只神犬，我协助就便出差回来的儿子，采取深挖眼紧筑坟，将小狗安葬在一个山包上，使之入土为安。据说，小来福本来应该有九年的寿命，因车祸仅一岁多就离别了这个世界。然而我对它的思念却是难以停止的，我总是在想：年迈被人嫌弃，相丑被人家看不起，惟狗不忘主人恩惠，只是语言不通无法感激。养狗换来好心情，安享天年攀登期颐。

注：

①差狗子：系旧社会劳动人民对当时警察和当兵的贬称。

②躲壮丁：系旧社会那些不愿意为旧政府当兵卖命而逃避抽壮丁的中青年人的行为。

## 🌀 5.6　认真读书胜万金

今年高考，17 岁的外孙女婉玉光荣地被华中农业大学艺术学院录取了，这是她奶奶和爸妈的精心抚育、老师的教育培养和她自己主观努力的结果，我们外祖家无不为之感到骄傲、自豪。

　　为热烈庆祝她升大学，她那犹如《红楼梦》里贾母疼爱宝玉孙子一样地呵护她健康成长的奶奶，在孙女向她报告已被录取的喜讯时，第一个送给了大红包，勉励她争取努力学习更上一层楼。其他亲戚长辈和她爸妈同事的叔叔阿姨分别通过亲自面授或托人代转等方式都向她赠送了厚礼。一个在深圳工作的烨姨专程前来盛情鼓励；去美国留学已在大洋彼岸参加工作的表姐也把同美国男士结婚定在暑假期间，以便表达对她入学的热情祝贺。婉玉则分别通过聚会敬酒和电话答谢表达了不负厚望之情。

　　一提起欢送婉玉上大学，便勾起了我对 1983 年 9 月欢送儿子上大学的回忆：那年，儿子红雨考上了北京钢铁学院（即北京科技大学的前身），我们两位老人和他姥姥到县城送他去搭火车，还有在城里住的大姨妈和小姨妈等都为他送行。我们陪红雨去照相馆拍了合影留念，标明的就是"欢送红雨上大学"。那时的欢送多是精神上的鼓励，大姨妈特地把集体照装入镜框留作纪念，拟以红雨刻苦读书为榜样，勉励在读的中小学生努力学习考上好学校。现在，随着 29 年改革开放的社会进步和物价调整、学费剧增，亲友们欢送婉玉的宗旨也起了变化，人们把欢送的重点落实在如何给予经济支援，让她无忧无虑地去认真学习。但是，我们老人仍然秉着精神鼓舞与物质奖励相结合的原则赋予欢送，即着重于教育孩子学习雷锋好榜样，艰苦奋斗永不忘。前几年，我去华南师大儿子处，在大学生食堂看到来自贫困山区的一些学子实在可怜，有的早餐仅买两只馒头和一碗稀饭充饥，中晚餐只买了一份白饭和青菜过日子，他们的生活是多么的清苦啊！再联想起 20 世纪 50 年代，我弟弟为了节省当时可供 4 天伙食的 1.2 元汽车票，每逢星期天，就从韶峰山下长途跋涉到 60 公里外的湘潭易俗河去读书，直至他后来考上武汉大学。他假期仍然坚持参加体力劳动锻炼，老一辈是何等的克服困难去求学呀！事实已经充分证明：只有经过艰苦锻炼的孩子，才能承受走向社会和工作岗位的更大考验。所以，我奉劝现在做父母的中青年人千万不要把孩子看得太娇了，要教育他们随着环境的变迁对生活不要有过高的要求。

　　固然，我们前段已经看到了婉玉的可喜进步：她还不爱奢华，尚能

集中主要精力重视学习。读高中时，她为了压缩梳妆打扮的时间，把长辫子也剪了。她积极钻研功课，又阅读《读者》杂志等课外读物，力求把作文写得短小精悍。她尊敬老人，休假时不忘拜望孤居抱病的奶奶和在农村的外祖父母。高考以后，这个身材一米六仍保持少女气息的婉玉，竟以诙谐的口吻回答了爸爸对她的关怀提问，顿时赢得了满堂喝彩。今年年初，她因突击补习艺术参加专业考试耽误了复习文化课的时间，后来又奋发努力把文化成绩赶上了二本院校的要求。她尽管觉得高考的成绩不够理想，却庆幸自己能够进入自己最喜欢的服装设计专业就是幸福，寄希望于自己今后的进一步刻苦钻研，努力学好专业，攻克英语难题，决不辜负老师和长辈对她的殷切期望。

我们期望婉玉要珍惜亲友们的赞助，做到身居闹市当念偏僻农村还有人住土砖屋，要把富日子当一般生活过。我们要教育她不要忘记身为学生，要搞好学习，要德智体全面发展，适当增加身体营养是必要的。但不能像那些工资族可以搞超前消费。要知道自己在学习阶段，只有集中精力造就本领，能够挑起服装设计的重任，创造出为消费者所满意的产品，才能说对社会有所贡献，才能赢得合理的报酬收入。因此，我在此要叮嘱外孙女的是：花钱当思父母辛，学习全靠用脑筋。规劝爱情稍等待，认真读书胜万金。人们听了自然会想起唐朝诗人杜甫"烽火连三月，家书抵万金"的诗句。虽然它指的是"家书"，但诗句毕竟出自于"读书破万卷"者的心声，真正的读书价值远不止一万元人民币，也不止一万元美金。如果婉玉能专心致志地攻读服装设计专业，将来能够设计出驰名世界的名牌服装产品，那么它的价值岂不比万两黄金还要贵重吗？这才是我们亲友们的深切期待。

（2012 年 9 月 1 日）

## 5.7　一次非同寻常的步行锻炼

姨侄儿家里的房子要搞装饰，他已请假了，我代理他为一家小公司看守厂子。就厂子靠近公路的机会，我想争取做到负责守厂和步行锻炼两不误。于是，第一次回家时，便一次连续走完了 11.5 公里路，创造了我退休 22 年来步行路程的最长纪录。而且只花得两个半小时，平均每小时走了4.6公里。这次比较长的步行对我的身体是一个锻炼和考验。

　　清早，我从朦胧的6点40分动身，仅在山枣街上碰到山枣镇原工商联李主任进行了几句久违的问候，便又继续前进了。原来爬过竹山坳，已开始边走边往后望，看是否来了公交车。总想首先把步行到山枣的4公里作试点，以后每天逐步加远，直到一次从洙津渡走到西山塘，以脚步丈量这段路，看究竟要花多少时间。像我如此接近耄耋高龄的老人，究竟每小时还能走几里路，这是我今天要实践的目的。

　　然而，今天我是冒着几分风险开始步行的。之前，我只想到早晨的客车比较少，没有考虑到修通高速公路后，320（上海至昆明）国道上早晨的汽车仍然多，对于骑单车和走路的行人都不安全。起初，我是抱着试试看的态度开始行程的，万一走不动了可以随时搭车。但从天尚未大亮，又给我思想带来了某些紧张：以往媒体报道的翻车、撞车和拦路抢劫等不安全因素顿时涌现于脑际；儿女们回家探亲或打电话时叮嘱的"老人不要去公路边散步"的声音也不断回响；远在北京的弟弟夫妇和所有亲友也对此类防范极为关心。如果一旦出事，就要给亲人们带来极大的痛苦。因为我是个银行退休干部，且还老有所为，只要保重得好，或许还能多活几年，多享受国家的劳保福利。抑或还能多写几篇文章，还可再汇集出版一部书的。尽管我不怕死，倘遇意外事故造成不幸身亡，毕竟会使亲人为我的忽视安全而深感惋惜。特别是此段路还未修好，司机们为了选路行驶，有时猛打方向盘一弹跳，那是很危险的。车子的大灯炫耀着它的光芒，也使你看不清前进的道路容易出偏差。常听评论打架斗殴的人如是说："夜里打人是黑打了。"车子若在夜间撞人，尤其是走路没人做伴，万一出了事连及时报警的人都没有。因此，我也就特别小心，有时宁可站到路边，让汽车过后再继续往前走。今天我是特别利用步行锻炼腿劲的，开始就未打算搭车，并且也未向后面盼望公交车停靠，等于使自己的观念完全回到改革开放和"文革"之前去了。等同公路很少有客车走过，甚至你招手也不一定会停车。干脆不寄托有可能搭车的希望，一心集中精力坚持靠人行道的路边走。

　　洙津渡到山枣这段路，我还是22年前在山枣工作时走过的，那时

骑单车居多。由于路程不及山枣至西山塘那段熟悉，向后甩的速度好像较慢一些。好在刚开始走路的劲头足一些，实际甩去的速度并不算慢。加之，今天的客车也好像有意和我开了个玩笑，从挂上"转让"大字的公交车（实际车号末尾为61）起，连续有四辆公交车和一辆桂花的线路车，见我招手都未停车。除了他们可能对老者难得确保安全，一般不愿意停车乘客外，他们也可能误认为我是吝惜几块钱在那里走路，从而心怀偏见的使然。其实，他们的歧视或嫉妒反成了我继续完成行程的前进动力。我心想：你不愿意搭我，我偏要坚持把此段路走完。昨晚没有吃主粮所带来的肚子饿我都置之度外，我非将整段路走完不可，以考验自己是否还有一把老劲。我就是这样地坚持，终于完成了较为长途的步行锻炼。整个过程，唯有与我家住栗山镇西山村为邻的黄金村的村干部（兼屠夫）知道我从山枣步行到西山塘的经过。我走过城江桥，他骑摩托车发现了我，停在我前面刹住了车。他问我到哪里，我只说"到山枣"。他示意要我上他的车。我说："谢谢你的好意，你先走吧，我要步行锻炼！"他当即为我感到惊讶："您还有决心如此锻炼走路呀！"后来我又走了七里，快到庙塘粮库时，他又骑着摩托车超过了我。他可能是中途去哪里"相猪"了，春节临近，他那家屠坊还要收购一批肉猪。这时他又赞叹地给我鼓劲说："您真的很能锻炼啊！"他边骑车边往前走，还连续重复了这句话。

我这次的步行锻炼，是一次比较冒险的行动。如果让家人知道了真实情况，是可能要批评我的。可喜我赢得的收获，却是对于自己两条腿的拉练式锻炼，对缓解我下肢的麻木也可能是一副廉价的良药，对于促进老年保健肯定是大有裨益的。常言道："三日肩膀，四日脚板。"说明挑担、打轿和走路也有一个锻炼的问题。如果我们的干部总是车来车往，甚至长期脱离体力劳动，就有一个重温红军二万五千里长征爬雪山、过草地的故事和提倡重走长征路加强锻炼的问题。只要我们的后代永远不忘这个课题，即使将来他们老了，也会自觉坚持走路进行锻炼的。不过，我总是"杞国无事忧天倾"地想：要是我们的国家一旦遇到战事和更大的地震、洪水等自然灾害，只有平时养成了爱好走路的人，才能沉着应付紧急情况。反之，到时还得重新练习走路，临阵磨枪可能造成被动挨打的不良后果。

我国进入社会主义建设时期以来，党和国家的领导人已经有过不少进行艰苦跋涉的先例。曾经担任中共中央总书记的胡耀邦倡导"饭后百步走，活到九十九"，他坚持徒步锻炼，70多岁曾于春节期间率领随从徒步深入农村、海岛慰问农民和解放军战士。因此，不管我们的工作怎样的忙，还得继承老一辈的优良传统，尽量利用休息的空间，适当地活动活动手脚，最好是迈开你的双脚去多转转、多走走，对于你追求的健康长寿一定有好处的。

回忆我年轻时当步兵，1952年部队调动，从湘乡调到宁乡，再由宁乡去长沙乘火车北上洛阳，每次（天）步行60多公里根本不在话下。1969年冬，护送水库移民去江西乐安县的增田公社，我和三个农民返回时，从公社步行到乐安县城，因未赶上每天仅一班的汽车，我当即脱掉夹脚的皮鞋，只有我打着赤脚，同他们一道走路，一天走了60多公里赶到江边村搭火车。当晚也不觉得很累，脚板被磨起了泡也不叫苦，他们都称赞我是经过解放军大学校锻炼的铁脚板。与以前这些相比，这次走的10多公里的路实在是微不足道的。而对我这个上了年纪的老人来说，连续走10多公里的路程，确实是一次非同寻常的步行锻炼。不过在国道上走路的危险性大，要特别注意安全，千万不能和汽车抢道，只有确保安全出行，才能更好发挥步行锻炼的积极作用。

（2011 年 1 月 12 日）

第六章
# 文学评论

## 6.1　喜看《韶山魂》慰灵魂

　　2010 年 6 月，承蒙暨南大学出版社领导的关怀和编辑的精心修改，我的拙作《韶山魂》一书得以面世。当时我从出版社以 11500 元购买了 500 本，包括试印合格的 10 本，实际共计 510 本。其中 400 本由出版社直邮湘乡，其余 110 本送达华南师范大学我儿子那里，这些书多数赠给了华南师范大学的师生和广州的亲友。我于暑假回乡之后，将邮回的大部分赠给了单位的老同事、城乡的亲友和附近的农民朋友，还邮寄了十几本给北京的老弟、新加坡的侄女、加拿大的堂舅兄和台湾地区的同乡。他们阅读以后，普遍反响较好。

　　华南师范大学的一位罗教授看书后对我说："只有热爱生活的您，才能写出如此感动人的作品来。"原籍湖南新邵县的易博士，看过我的书后，找我谈了一个多小时对此书的深刻感受，她佩服我如此重视对 5 岁小孙子及早进行革命传统的教育。她说，她妹妹也喜欢看我的书。我被她们那种课余热爱学习的精神所感动。文学院一个女教授的丈夫看过我的书后，认为《韶山魂》体现了党性、人民性和艺术性相结合的文艺创作原则，可以择其所长，便要她和我交流了写书的经验。

　　我们栗山镇黄金村一个 75 岁的家门弟弟向我汇报说："您那本书真

是一份精神食粮，我看过三遍了还想看。"洪芙村 83 岁的原会计邓老夸奖说："您给周某写的家史，他爷爷举起板凳痛打鬼子解仇恨，父母带头学雷锋扶起路过的孕妇并抢救婴儿，几乎字字句句感动人心。"镇上城建办欧阳主任看了《整顿市场车畅流》一文，继续按照上届镇党委关于不废弃西山大塘的蓄水面积、暂时利用居民点前坪进行赶场的决定，主动汇报党政领导，进一步整顿建设了一个好的农贸市场，建立健全了确保赶场不占公路、不影响交通的良好秩序。西山完小人到中年的江老师像报告喜讯似的告诉我："您那篇《救救我西山塘》的杂文写得好，我女儿和几个同学打牌到深夜，他们都坚持把此文看完才散场，并且个个赞不绝口。"最近，西山村 83 岁的钟咏姐不幸寿终正寝，她的亲戚向我索要此书，无法满足需求，只好要他们将《咏姐的生日观》一文复印了 20 多份，分别发给主要亲戚去学习老太的生平事迹。

湘潭市板塘铺一个校办工厂的刘厂长特地回乡向我要书，阅过后，他深深为我反映家乡改革开放以来能够正确评价领袖和深入学习雷锋做好人好事的新气象所感动。

早已在加拿大定居年上耄耋的堂舅兄，看过我有关家乡风土人情的挖掘的文章感到非常欣慰，多次来电感谢我的老有所为。在新加坡读初中的侄外孙女通过电话热情感谢我："您为我代笔的《中华拜祖之行》写得多好哇，可惜我还没有那样的写作水平呀！"

长沙市粮食局邓局长看过此书，深有感触地说："您用热情洋溢的诗篇讴歌了祖国六十年的伟大建设成就，也如实地展示了您参加抗美援朝和投身国家建设的工作业绩。您晚年仍勤于思考，热心写作，值得我们中青年人学习。"

去年 10 月，我出席湖南德星陈氏文化交流中心的全国研讨会时，赠了二十多本书给港、澳、台和各省的代表，反映很好。来自香港一位60 多岁的国家一级美术师、一级书法师、中华陈氏书画家协会创会会长，他看过书，寻到我的座位与我攀谈，称赞我这么高龄尚能写出如此优美的散文和诗词可谓不简单。来自台湾的一位年逾花甲的世界陈氏宗亲总会理事长看过我的书后，说我的文章写得很有新意，并亲自和我合影留念。双峰县主编《双峰春秋》一书的谭老师，同他那陈氏夫人列

席大会，未能拿到我的书，他特地找我记下联系电话和居住地址，与我约定，他下次乘车路过我家西山塘时，要我一定给他送一本书。若是出版社不将《韶山魂》在网上发行，我真愧疚自己还欠他一笔账呢。

湘乡市信用联社潘股长从友人手里看了此书，觉得有看的价值，便问我要书，我本着存书传后要紧，迟迟未给，今年他激将地说："我出钱向您买一本不成？"使我很尴尬，觉得不好意思。后来才要我大女儿给他捎去了一本，以了却他求知若渴的心愿。

今年5月底，双峰县一电子厂46岁的刘总，他在送货途中看过我的书，无限感慨地说："《韶山魂》以朴素的感情、通俗的语言，写出了人民的心声，正符合当年毛泽东在延安文艺座谈会上的讲话精神。"

过去，我曾经为侄子们调解因房屋改建引起争地盘的纠纷伤过脑筋，每次出面讲公话，难免一方说我有"偏袒"，因而对我抱有成见。自从他们学过《韶峰下的沉默》一文之后，认识到确实是改革开放为农民进城务工开辟了广阔的前景，是外出打工、经商学会交际促进了和谐团结的加强，从而主动化除了矛盾，叔伯兄弟团结如初。大家对我也更为亲热可嘉。我每次去他们那里走走，都把我捧若上宾地热情接待、重情回馈。

我的儿女媳婿、侄子女和孙辈等更是把我的书作为珍品保存，都把其看作将是我一辈子留下的文化遗产。

综合以上读者的反映，趁此《韶山魂》出版发行两周年之际，衷心感谢读者对我的厚爱。我原本以为父亲享年70岁，自己71岁才有了小孙子，担心难以亲自向其传达我们老一辈对与老家相毗邻的韶山革命纪念地和新中国一代伟人的无限深情，即以日记的方式记录了想向小孙子要说的一些革命故事，不料竟在读者中产生了如此强烈的反响。其实，我觉得自己不过是：老来勤学肯作文，以韶山魂灵慰灵魂。

（2012年6月）

## 6.2　文学作品不能脱离生活的真实

2010年7月，我随在华南师范大学任教的儿子放暑假回到家乡，承蒙一位老朋友的关心，赠送了一本湘乡出版的2009年第一期《龙城文学》给我。我认真阅读了其中《裸身人》的小说后，觉得牛头镇镇长、特别是那位女副镇长想利用官木这个怪物似的野人，通过媒体的炒作以提高这个地处深山乡镇的知名度，从而达到招商引资搞活山区经济的意图跃然纸上。并且已经吸引全国各大媒体记者跟踪追迹的深入调查来访，已将这个所谓外星人、野人张扬于全国各大报刊，引来了十多万人的参观采访。通过全部作品，由于主人公失去正常的语言交流，不能提供当事人误入牛头洞六十多年所过野人生活的真实情况，作者根据记者和警察的探险追踪，分析所写作的官木怎样坠入牛头洞，怎样碰上爬藤寻找果实的老猴子，抓住其尾巴才有幸得救，以及对官木把其父亲移交的财产账本当做犹如爱惜生命一样地保存的心理描写，令人对于犹如《红楼梦》大观园式"官家大院"古典式楼台建筑的留恋不舍，都是颇费匠心的。总之，不愧为一部引人关注的离奇小说。

　　但是，我是经过抗美援朝锤炼考验的。那时候，不论你的出身如何，只要你积极报名应征，敢于上前线与敌人拼命，人民政府都是热烈欢迎的。事实上，在为保卫祖国作出流血牺牲的人中，也不乏剥削家庭出身的热血青年。因而像官木那样惧怕人民政府会烧毁其父传的财产账，宁愿隐居山洞过着非人的生活，且一住就是六十多年的人，这是不够现实的。我们说，从文学作品来源于生活的原则，人物的描写可不能违背生活的真实。既然，过去曾经在官家做过长工、保姆的老年人证实官木从小就是一个智商低下的傻瓜，新中国成立后，况且没收其田地、房屋也分配了他次房、差地能够过生活，并未使这个傻瓜遭受阶级斗争的折磨，一个刚刚步入新社会的少年官木，为啥竟会携带账本只身逃跑呢？即使有其父亲遗嘱的促使，有怕被批斗的恐惧，也不过是暂时的回避而已，不可能有如此几十年深居山洞而惧怕回归的。这是否从客观上加深了极"左"路线的危害程度。电影《白毛女》中的白毛女，是万恶的旧社会把人逼得变成了野人，使白毛女深居于深山密林之中几乎变成了鬼，是新社会共产党领导穷苦人民大翻身，才使她由"鬼"变成了人。一个六十多年深居牛头洞的地主后代，也是被迫逼得变成了如此怪物呢？如此看来，岂不是致力于推翻"三座大山"迎解放的红枪会把官木逼上梁山变成怪人了吗？他既然连衣服都被磨损得不能护体，基

本生活都没有保证了，又为啥还顾及他那本财产账的保存呢？在共产党领导之下的新中国是否有类似情况值得怀疑，即使有个别情况，算不上是极"左"路线的危害。一个在新社会才进入青年时代的地主子弟，竟能忍受非人生活坚持几十年顽固地与共产党作对，这是对我们党和政府争取可教育子弟的否定，也不符合社会发展的客观实际。尽管有当时在官家做过工的人证明官木确实是个傻瓜，但是在抱残守缺地保住他那本"变天账"和他父亲的遗嘱方面，却又那么刻骨铭心地展示其非凡的毅力，连改革开放把其彻底改变了旧面貌，他官木居然连爬带滚地仍能摸到原来官家大院的住址，可见作者是把一个傻瓜写活了。从描写官木住在牛头洞偶然得救的机遇来看，常言道："猴子莫笑兔子冇尾巴。"当官木悬挂在爬藤上，居然那么碰巧地抓住了有如兔子短尾巴的猴子尾巴一下就冲上了好几米高，终于爬上了峭壁。事实上，既然他抓住了猴子的短尾巴，当猴子疼痛难受的时候，肯定都会随人一同滚下悬崖的。看来，这种臆测的描写是不符合实际的。

官木是怎样才会爬去牛头洞，又是怎样才爬回老家旧址的，难道当地的同年老者都忘却了这个曾经不幸失踪了的官木了吗？既然镇长和后生们认为他是怪物，外地人好兴致地赶来寻看"外星人"，从一个成年人的身材、体格、相貌等特征，他的同时代人不会想到他们那里曾经有个失踪了的官木吗？这种故意把官木夸大为野人或外星人的宣传，实际已经忽视了当地群众那明察秋毫的眼光，是置当地人民的觉悟于不顾，把一个本来被大自然折磨成残废的官木当做猴来耍，对他进行残酷的抽打，这实际是违背了人性的做法。这是当地的领导以整办怪物为借口任意侮辱弱者，实为党纪国法所不能容忍。

（2010 年 8 月）

## 6.3 文不对图有何用

南方都市报编辑同志：

我看过贵报 2009 年 9 月 29 日"广州读本（图库）"（A1 24）版孙俊彬的《眼白杀伤力》后，觉得杂文的题目新颖又富有战斗力。但是，让我们仔细观察、分析所摄的现场照片，发现并不是作者所列举的那么混乱。你看，翻白眼的小男孩后面那个小女孩却用手攀着栏杆，仍然双目平视关注着前方唱戏；用右手搭在栏杆上怀抱着"翻白眼"小孩的妈妈，和他妈妈前面的那个阿姨，以及后面那个戴布草帽和眼镜的老年男子，都在认真地看节目表演。我们说，从观戏者的场面看，并不像作者所说的那样乱。也不可能有好多小孩被挤倒的事实。因为现在的独生子女多，每个小孩都被看做宝贝，出去游玩时都有大人作陪，有的甚至有几个大人陪同的，至少有父母或保姆作护卫的，一般不可能挤倒。这些，已为拍照反映秩序井然的现场所证实。我们不必借口有个别小孩翻白眼，而任意渲染、夸大学校管理中的混乱现象。应当说，如果"翻白眼"确系是以耍鬼脸来表达他对乱挤现象的不满，那是孩子们的天真活泼表现；而如果连孩子的妈妈都未感觉到孩子的所作所为，那很可能是过度疲劳后的偶然反映，应该不是三四岁小孩就有可能对场所大后方的混乱而感到担忧的体现。儿童的无意识举止，焉能代表成年人有意识的倾向，所以不应如此小题大做。

因此，我认为这一报道至少是文不对"图"，失去了作者的本来意义。对否，望你们指正。

（2009 年 10 月 4 日）

## 6.4 迟到的新感受

总编同志：

您好！

可能是经办发行人工作忙差点遗忘了的缘故，我女婿于 9 月 15 日才将你们中医院去年 10 月 25 日出版的第 5 期《杏林》转给我，谢谢你们还付来了稿酬。但对于我这个抱着热衷于捧读新刊观念的读者，仍然是一个好机会，不失领悟它的现实教育意义。

你们摘要发表的我那篇《一片丹心为光明》的通讯，省略了患者对于医务人员的感激之言，综合反映眼科医务人员精诚为患者服务的精神确系学习雷锋的模范集体，像二病室"没有淡季，忙的时候可能一整天连喝水、上厕所都要挤时间"一般的忙碌，在内部刊物上倡导团

结合作的精神值得发扬光大。我通读了《稻香》、《又见炊烟》和《累并快乐着》等优秀散文和领导的养生讲座等文章,深究"欲壑难填"的回味稻香。《又见炊烟》既有作者对父母历尽艰辛供她们姐弟读书的深情回忆,又可从当今有的农村尚浓烟滚滚所引发对污染环境的担忧。综观贵刊,不愧为我市卫生战线的一张文萃小报,愿你们把《杏林》越办越好。

其次,我从栗山镇接云峰寺翻印佛教大师所作的《静思语录》抄写供稿,经细读查对有错字8个,特将其更正如下:"父为思大"应为"父母恩大";"及理应饶人"应为"得理应饶人";"话少不如好话好",应为"话少不如话好";"难行能行,难金能金"的后句应为"难舍能舍";"人要知痛、惜痛、再造福",应为"人要知福、惜福再造福"。

特此汇报,仅供参考。

(2012 年 9 月 16 日)

第七章

# 诗词楹联

## 7.1　赞颂篇

### 7.1.1　韶峰吟

只要我的头脑还清醒，

便忘不了自然界的一位巨人。

从衡山有如蛇行龙腾蜿蜒湘中大地，

忽然突起一溜异峰。

好似神剑拔地而起，

扑压群山直抵天空。

凌霄傲宇，

像一个穿裙飘带的仙女高耸入云。

谁都不知道她的生日，

也不知她有多少姊妹弟兄。

搭帮桓氏三姊妹下凡到此修炼，

使其荣膺仙女山之名。

清朝湘乡人士为首捐款重建庙宇，

升格仙顶灵山见证她的显灵。

远古舜帝南巡于此休憩，

## 此"屋"最相思

与侍从奏过韶乐之音。
舜不幸死于苍梧，
二妃曾来到大山寻找夫君。
她俩在胭脂井梳妆洗漱压抑悲伤泪，
最后寻到洞庭湖滨的湘江投水自尽。
成为了忠君敬夫的千古"湘妃"、"湘灵"。

山南有舜帝后裔陈氏投亲搞开垦，
五龙献宝分秒不停。
西北面有韶山美景供欣赏，
耸翠巅峰滋养后继有人。
她给人们休养生息场所，
砍柴、植树、放牧、种养项项兴。
我家祖祖辈辈在她哺育下成长，
世世代代都认定她是我们的母亲。

我九岁那年，
初冬的一天上午，
妈妈惊闻犬吠报警，
从窗户窥视"兵拐子"转弯往我家桥上走，
七个警察上门抓壮丁。
妈要我从后门溜出，快给上大山砍柴的父兄送讯。
家里闹得鸡飞狗跳由妈携弟妹应对，
大哥爬到庙里向圣帝问神。
住持降的"神签"尽是安慰话，
暂时躲避不要紧。
穷人无背景天天躲藏难对付，
父亲设法借钱买个顶替又不肯离妇人，
第二年大哥被逼去当兵。

我十岁那年，
日本侵犯还距十几公里，
防范鬼子破坏的消息不大灵。
有一次，我同扛着篾箱的父亲往大山上跑，
扯得我来，他老跌倒山沟脚已被摔痛。
父子俩回家再去接行李，
声声痛骂那些不积极抗日的遭殃军。

我十七岁志愿去参军，
匆匆上路未来得及拜母坟。
老父提起我注意：
你妈害病死得早，
仙女一样当母亲。
当时我朝母坟和大山齐敬礼，
难舍难分泪湿襟。
抗美援朝开车到朝鲜，
巍峨大山惦心中。
出车总是朝北望，
祈求保佑我安全行驶多运枪炮消灭敌人。

当兵六载转业回本县，
每年爬大山去出行。
自后工作到各地，
处处抬头望仙峰。
"文革"破"四旧"落到她头上，
我心情激动义愤填膺。
几百年寺庙遭拆毁，
良民无个不痛心。
我教育小孩切莫滚石玩，
文物古迹要珍惜保存。

## ▌此"屋"最相思

每回老家不忘朝圣帝，
兄弟侄侄陪我游仙顶。
边走边赞改革开放成绩大，
三十年来母亲面貌新。
上山下山乘坐索道，
新建古寺拜谒观音。
关注大山的保护，
整顿乱伐乱建为人民。
有人利用迷药骗票子，
拥护依法打击要重申。
听说整合旅游资源、大山周围湘乡的九个村要并入韶山市，
我即时著文表示热烈欢送。
若是地下亦归韶山的土地公公和城隍庙王管，
将来我的阴魂也要回归大山下的陈家冲。


干妈为何如此长寿，
也许是土石、草木植被使她更享遐龄。
峰顶高寒好防暑，
植物常年难发孙。
爬到风车坳要将衣加厚，
防止狂风吹拂弱者受寒冻。
她总怀疑自己海拔哪止五百多米，
值得勘探者再用仪器轮一轮。
但想贡献不一定在高大，
身材矮小智慧过人亦能当国君。
她以韶峰古寺当帽戴，
地母庵、胭脂井和鳜鱼脊集于一身。
不知胸前咋被石头垒，
仙桃树扎根于中果子丰。
供应老者添福寿，

小孩吃了更天真。

我十二岁那年，

我和弟弟放牛爬上大山悬崖没有摘到仙桃果，

摘下馈赠的二代仙桃方报父母恩。

妈妈吃了只想能把肺病治好，

父亲吃了期望长寿展笑容。

我们再次感谢仙山脚部那个赠桃人。


大山东北有干儿的外祖屋里，

表兄鼓励他把新学攻。

新军一列兵出自湘乡驻省中学校，

年轻时受湘乡人的教育印象深，

他终生心系大山峻岭。

欲知干儿为何有此情结，

登高望远使神童受感动，

更有一段故事说分明。

传说清光绪十九年二月十九日，

文七妹忽然身体不适爬上大山求神饮了观音井泉，

顿感病痛解除即日怀孕。

恰好当年十一月十九日（1893.12.26）"廿八笔画"生。

全家人感动仙山神水育小子，

老公抱着小儿攀登寺庙去敬神。

和尚卜卦直言孩儿八字大，

拜个干娘必定顺利成长好前程。

回家汇报老伴谈仔细，

文氏提出何不就拜大山巨石中。

改择吉日抱儿爬山把住持访，

问神占卜竟表赞成。

小儿寄拜甘泉巨石做干崽，

从此与大山结下母子情。

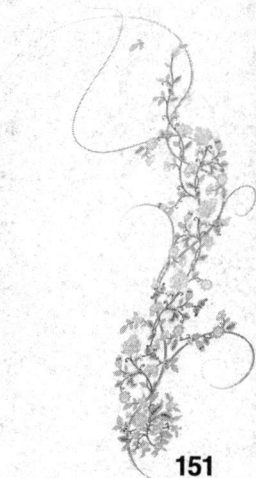

▌此"屋"最相思

心想干娘保佑儿子靠得住，
危险关头干娘给文氏敲警钟：
此地镇压农民运动的敌人太凶狠，
你儿惟有换个敌弱环境去闹革命。
干儿觉得妈妈传达梦呓有道理，
率领秋收起义队伍往井冈山奔。
巧妙躲过敌人的五次围剿，
结合实战斗赢"左""右"倾。
艰苦完成长征二万五千里，
普天下都称赞领袖出在韶山冲。

20 世纪干儿领导创建了新中国，
干娘沾光受到世界人民尊敬。
接班人改革开放走向新时代，
正确评价领袖功过、科学发展更为大山正名。
有人企图抓住一点不及其余地否定她干儿的一切，
我看这个起码还不够客观、冷静。
其实，亘古的韶山主峰和二尖峰已成为几千年后国家领袖和谐
团结的象征：
一代伟人依靠他那个永远紧跟的忠臣，
团结那些开国元勋和将军形成坚强的领导核心，
带领全国人民终于推翻三座大山使祖国焕发青春。
通过艰苦卓绝的斗争，
打败了世界最强大的帝国主义，
把建设社会主义的根基已经扎稳。
这就是我们子孙万代永远难忘的韶峰。

韶峰，我的妈咪，
这乃是我这个大山尚未完全断奶的老小子对您的吟咏。

（原载湘乡市《银河》文学年刊 2012 第 17 期）

## 7.1.2　难忘周总理的伯延之行

题记：2013 年 7 月 8 日，读过 2013 年 7 月 2 日《人民日报》"文艺副刊"推介《周恩来的四个昼夜》电影的四篇评论文章，心情久久难以平静，特撰写此纪行，以缅怀先哲。

上个世纪 1961 年春季，
农村公共食堂的运行已经苍白无力。
您带着党中央的指示，
率领调查组奔赴革命老区公社伯延。
举目眺望暮春的山头多是无叶树枝，
难道这里的农民已在杀青作绿肥？
哪料红旗牌小车刚在村庄停下，
疲惫的农民互递眼色惊恐生疑：
毛主席派来了工作队，
是与我们商讨党的政策，
还是偏听汇报再为大跃进鼓劲摇旗？
是给我们解散食堂改善生活，
还是为割"资本主义尾巴"紧尖？
惟有一个中年男子不唯上，
他竟敢胆大直言：
你们政府把生产资料收归公社所有、实行生活集体化，
老天爷也不大满意，
弄得咱们种地的吃不饱肚子，
现在快要饿死人哩！
基层干部要他别乱讲，
而您正要恭听农民的真知灼见，
指名要他参加座谈会，
欢迎大家为办好食堂集思广益。
个别走访老农倾听肺腑之言：
过去啃树皮、喝尿液仍能坚持打鬼子，

如今草根、树叶充饥拉不出稀。
只要上面划拨自留地，
起码各家蔬菜都能够自给。
真正讲究劳动工夫质量要实行责任到户，
农业生产才会犹如猛虎添翼。
您听在耳里记在心：
原来旨在为人民造福祉，
今天为何退到了这个部位，
怪只怪错用了列宁的"一天等于二十年"，
梦想着天上掉下来一个共产主义。
您伏案在琢磨着一个简单的道理：
社会主义还只是初露端倪，
便搞吃饭不要钱，
一旦大锅饭供应不上，
大家挨饿怎能没意见。
您的心在为老百姓叹息！
现在要扭转局面，
论责任制还是后话，
重视民生乃第一。
从炕头与老奶奶谈心深谙妇道能干活，
柴、米、油、盐、酱、醋、茶何必拖累集体。
老奶奶将寿材换白面做成擀面表感谢，
您感动地说："这碗面必须吃。"
可又自己掏钱托人为她买寿材还礼。
您紧握土改根子老支书的手，
激动得犹如兄弟话今昔。
他们特地为您做了红烧肉和炒鸡蛋，
您却把饭菜分给一些社员打牙祭，
自己和大家同吃稀粥、啃窝头艰苦度日。

身体力行与社员出工抢插白薯秧，

试看专吃稀饭水哪里有力气！

您朝思暮想夜不能寐：

回忆西柏坡时期，提起马灯冒雨指挥抢救被坍塌窑洞掩埋了的战士的您在流泪。

在解放战争中，您叫邓大姐给孕妇送药，让秘书找来马车运水给老百姓解围。

而今您面对解放十几年了的农村，

少数干部气色还好，不少社员面黄肌瘦脚肿起。

怎能不心中有愧！

但经过冷静思考，

面对现实问题不觉奇，

路线斗争看实践，

如何妥善动好这着棋。

世界各国哪有如此好领导，

愿与农民重走万里长征受熬煎。

"只要有一个问题不清楚，我就不会离开"，

您简直是在那里耕耘调整政策的"试验田"。

您将农民群众的呼声汇报给领袖，

他赞成你深入调查研究的好建议，

宣布"大食堂还要不要办下去，伯延人民自己说了算"。

有道是：

农民恢复吃饭自主，干群齐奔农业劲鼓鼓；

总理考察挽回人心，官民互动惜别情依依。

您敢于坚持真理，相信知错就改，坚决维护中央集体领导的权威；

您注重实事求是，体察民情，为政清廉护党纪。

人们怎能不怀念您这个为人民鞠躬尽瘁的好总理，

叫我们怎能把您那关系全国亿万农民兄弟生死存亡的伯延之行忘记！

（2013 年 7 月）

### 7.1.3　纪念邓小平一百周年诞辰

汗马一生，小看自我称国子；

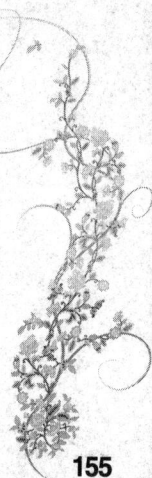

甲申百祭，平等待人思公仆。

（2014 年）

### 7.1.4 暑期同和庚弟访毛泽东旧居

访昔居以怀旧，
温故词而知新。

（1962 年）

## 🌀 7.2 感恩篇

### 7.2.1 老父亲 （代儿起草，称谓未调）

团聚共庆贺，老父进七旬，衷心表谢意，为其献拙文。

#### 引 言

岁数年年增，思念日日深，歌唱妈妈好，别忘老父亲。
面授难留音，书传万古存，趁早记录下，所见和所闻。
瑰异陶冶人，有利修吾身，后来之览者，应感于斯文。

#### 造就倔强人

父亲字尧根，声庠乃其名，一九三四年，十月初八生。
地处湘西乡，屋场倚韶峰①，细坝咀土地，赤竹庙王神。
戌时属家犬，面世久旱冬，韶峰山仙女，半夜报梦音。
天干烦母心，地燥酿孩性，霜染山水秀，造就倔强人。
父亲生那年，百日大旱蒸，田禾遭枯萎，人畜水源困。
对面路边下，沙底微泉涌，奶奶蹲掏水，临产待时辰。
下午提水归，顿觉浑身痛，傍晚爬上床，哇声毛毛滚。
前夕报爷爷，奶奶预产讯，眼看急需钱，卖柴咋能停！
爷爷嘱姑妈：有事找近邻，可求贺伯娘，协助来接生。
看着情况办，姑妈在默神，贺伯无生育，这事怎能行。
奶奶平常道：以往哪请人，挣扎把孩包，咬牙忍住痛。
此次照着办，姑妈助产生，爸爸一坠地，户户已点灯。
爷爷县城回，半路夜沉沉，刚至挨山口，便闻婴哭声。
添人乃好事，爷爷忧几分，全家共七口，负担愈加重。

进屋听报喜，又添一壮丁，原盼生小女，顿时初梦醒。

奶奶谈梦仙，爷爷主意同，克服先天缺，培育后天功。

过日清早起，公去陈家冲，汇报堂曾祖②，给孩取个名。

曾祖系塾师，海阔发议论③，馥郁生新味，花灯曼延庆。

家和好名声，大厦循序进，应时新名字，邑庠育青松。

其名与学联，目光无限伸，人皆可为圣，弘扬尧舜根。

爸爸日长大，追问究其因，爷爷释本意，激励向前进。

## 读书肯用功

学前能识字，眼明头脑聪，时兴晚发蒙，九岁入校门。

老师指导细，读书肯用功，堂祖共笔砚④，切磋感染深。

放牛拾柴火，边学边劳动，煮饭斩猪草，干完便作文。

立下求学志，不齿于下问，倘若遇难题，找人共咨询。

决心百克一，以千克十分，反复循环读，大步赶智星。

巧将复习课，穿插"三上"中，厕上枕上背，路上捧书吟。

"四书"与"五经"⑤，心领又背诵，阅读知涵义，下笔若有神。

做事出意外，爷爷操尽心，劈柴脚被砍，放牛肩摔痛⑥。

众笑书呆子，光学不会用，即使有作为，安全难保证。

堂伯父乐三，巧避禁赛灯⑦，龙家桥扭打，警察落水中。

次日数条枪，四处乱抓人，学堂逼关闭，默默把课温。

一九四九年，国家骤变红，武汉先解放，智伯图书送⑧。

《白骨塔的来历》⑨，血腥留见证，怒火横眉对，仇恨满胸中。

觉悟大提高，革命道理通，方将古文摆，体味新书境。

五〇年拜年，携找二舅公，请其考爸爸，能否再读升。

老先生出题，回答意义准，吩咐父子俩，可读个初中。

从小有钻劲，切莫轻看人，古文能拿下⑩，新学怎难攻。

当即进完小，五一插班生，作文老八股，深奥何适应。

语文章先生⑪，改稿善加工，文言白话化，辞藻更出众。

数学贺老师⑫，个别辅导诚，半年跃前列，有赖勤学问。

自觉年纪大，身材似成人，尚在读高小，滞留误青春。

寒假抓自学，数学重点攻，湘潭考中学，果然榜上名。

后因爷爷病，请假回家中，放弃书不读，毅然去参军。

## 当兵去援朝

区府动员会，控诉日本兵，烧杀奸淫抢，重现当年景。

爷爷扛箱走，挟包后面跟，虽未遭践踏，饱受鬼子惊。

美国兵压境，妄图步后尘，旧恨卷新仇，义愤填膺涌。

面对敌入侵，国家安危共，当兵去援朝，决心与敌拼。

胸怀卫国志，摸爬滚打勤，射击获优秀，胸耀大花红。

武器学熟练，保持警惕性，夜间集合急，随时可出动。

五二年北上，豫受汽车训，刻苦攻军技，充实装甲兵。

军队当学校，报刊订数种，军训大练兵，业余攻科文。

全军学文化，练兵闹军营，自己钻空学，包教文盲兵。

语数自然课，总考第一名，文盲已摘帽，获全连优胜。

驱车到朝鲜，备战弹药运，停战虽签字，硝烟仍然闻。

押车紧握枪，防特抢车逼；夜晚站岗哨，摸哨险伤身。

每逢雨季至，桥断汽车横，为给车引路，跳河探水深。

雨水浸崩墙，抢修防空洞，冒雨拼命干，汗雨浃背淋。

夜陷三八线，两人车上冻，挡泥领推车，爱护朝鲜人。

不怕冰刺骨，何惧冷袭人，紧握手中枪，心里有敌情。

历史话经典，齿暖当思唇⑬，举世论英雄，盛赞毛泽东。

中央果断决，组织志愿军，御敌国门外，安邦把匪清。

出国要求高，纪律更严明，粮钱与物资，全部国内供。

上山捡柴火，付款给道郡⑭，模范地遵守，感动人民军。

三大纪律学，八项注意遵，无私来援助，佩服中国人。

最可爱的人，恨敌更爱民，中朝肩并肩，军民心连心。

阿妈妮赞语⑮，比喻多动听：小指犹"美李"⑯，拇指志愿军。

车停烈士陵，悼念毛岸英⑰，革命捐躯者，"皇亲"第六名。

杨次樵烈士⑱，炸死梨木亭，生前情手足，七旬慰忠魂。

吴之初大伯⑲，相逢知识营，援朝同艰苦，难忘战友情。

当时连队里，百五六十人，年评士兵俩，却常荣立功。

参军达六载，两次三等功，一次通令奖，军功章闪金。

入朝三年多，锻炼有回声，选拔进军校，五六年回北京。

预科学文化，优秀学员评。身体偶患病，转业回县城。

## 调出去支农

五七年进银行，邵阳受培训，初入业务门，调出去支农。

大跃进驻社，打凼履破冰，强行办食堂，内心护群众。

云盘山炼铁，厂办任主任，深入逐炉查，报产无虚吨。

五九年修铁路，"五定"促工程⑳，协助杨团长㉑，荣膺省先进。

摇车压伤者，棋梓一民工，要做截腿术，输血要得紧。

县指紧急令，带头齐响应，去县合血型，献血第一名。

率城关三团，突谷水难工，以身作则干，任务早完成。

六〇年整社，入队共三人，天灾加人祸，生活低标准。

两个病回城，您自搞"三同"，水肿不下阵，坚信事业胜。

送李公疗养，多活四十冬，李可畏伯伯㉒，总念救父恩。

六一年春节，病倒胡笃诚㉓，帮助熬药汤，曾忆患难共。

良山搞双抢，爸与刘桂生㉔，潭市去买秧，投宿公社困。

探问炊事员，有否饭菜供，师傅断然答：早就没有剩。

寻到会议室，两人卧板凳，捡吸香烟蒂，抗饥又扑蚊。

待到夜半时，机关加点心，目睹吃面食，"外人"没有分。

君心在嗟叹：物质生活穷，精神文明差，几多互关心。

六六年行善事，送盲去省诊㉕，两医院同断，好心难治病。

六九年送移民，三次乐安行，抢救嵌伤女㉖，行李被偷尽。

七〇年上三线，指挥同劳动，午休突通道，大班齐出勤。

两次修铁路，领导能胜任，干群齐参战，湘黔舞蛟龙。

七二年上梅龙，蹲点又出工，抬"轿"六七里，帮民把猪送。

土车载磷肥，霸蛮推上仓，廿里运石灰，肩挑一百斤。

冷天不怕风，炎热赤膊冲，生活群众中，别人难辨认。

蹲点各社队，干群皆评论：劳动好干部，社员贴心人。

七四年富仔流，投资无分文，请示拆其屋，折价计买工。

方法虽过火，集体逼起弓，稳住劳动力，当时利群众。

七六年调苏东，未批"翻案风"，突出抓生产，工作得民心。

工属妇砸锅，欺负地主人，照样调解赔，处理求公正。

## 处世心不惊

五七年反右，少数人不明，反统购统销，叫嚣粮食凶。

县委工作组，下乡在马龙，抓"纲"促稳定，抢收又抢种。

红薯米被截㉗，二伯求说情，无半点犹豫，政策作说明：

家里粮食缺，只能互调供，各地保本域，黑市要查禁。

五九年反右倾，县里搞运动，洗手又洗澡，人人自危困。

小错与缺点，上纲上线轮，鸡蛋拣骨头，都在检讨中。

"文化大革命"，参与大辩论，反对打砸抢，保护人权重。

照批"走资派"，农村一阵风，蹲点常照顾，生产不放松。

错整"小土地"㉘，没收网和箩，调查作纠正，众言有水平。

一九七〇年，"一打三反"中，图早点过关，凑个"四不清"：

吃饭少给钱，未结备用金，退赔七十元，妈请专人送。

花甲去羊城，结识小李君，下车给带路，可谓今雷锋。

巷遇仨流子，故意撞他身，以"伤"施敲诈，挡路相纠缠。

爸出面说情，50元作诊金，对方仗势众，非两百不行。

小李灵机动，手举垃圾问："哥想干什么，我与你们拼！"

边斥边迅跑，爸随后面跟，见我还感叹：严打何能停！

面对情况变，更换观念新，主流通河海，处世心不惊。

## 勤于动脑筋

有何不想学，有啥完不成，父亲不信邪，勤于动脑筋。

小张落岳家，要搞房产证，几次请帮忙，实在难辞情。

经拟《说明书》，借验质监证，小舅弟签字，顺手菜地赠。

他爸老张说，幸找陈主任，若不出点子，文本事难成。

爸当辅导员，参与搞"四清"，总结审计法，归纳查错经。

偶尔错付款，回忆要认真，摸底排队查，找准当事人。

抓住其要害，一言即击中，让人有退步，多数能取胜。

错怪多收款，监证将底清，疑惑若未解，再将收入轮。

错账顺序查，是否有变动，以原始凭证，对自制凭证。

账实不相符，结算可否定，偏信易搞错，务实结论正。

## 励精事金融

在行钻业务，主动学内勤，励精事金融，从不乱弹琴。

外出兼抓农，围绕党中心，后勤紧跟上，党政护金融。

43岁管钱，点钞练不停，参加支行赛，都说老陈行。

信贷员比武，答题快又准，成绩一公布，总结得奖品。

协助领导抓，赢得"总理"称，工作重实效，多次评先进。

改革开放起，开拓跟得紧，支持市场活，调研供资金。

提升所主任，深感担子重，开源又节流，促农村金融。

调查放贷款，勤催促回笼，工作到门户，储蓄存款升。

不以贷谋私，行贿没有门，抒一身正气，展两袖清风。

整顿信用社，调查研究精，错款错账案，老大难解冻。

贪污挪用怯，民主办社兴，业务大发展，缘于整社功。

党政表扬信，干群赞许声：地道银行家，当代新包公。

党报通讯员，团报编辑人，爱诗词对联，探金融理论。

在职趁暇写，退休情更浓，文章与诗稿，报刊书上登。

通讯员受奖，读者予好评，用文字传后，不愧文化人。

提前搞病退，未评高职称，省哲科协会，颁发会员证。

爸为人直爽，不服乱批评，名利无所求，甘当一平民。

拨乱反正后，神州大地春，尊知重人才，科技领先行。

国家建设快，人民生活升，依法治国好，社会愈稳定。

## 艰苦乐融融

廿世纪中叶，购单车吃紧，跑遍两公社，日夜练步行。

工作难休假，抽空赶回程，选干重力活，挖土与挑粪。

蔬菜靠自种，克己待亲朋，烟酒无嗜好，浪费被除名。

珍惜针线包，缝补似女工，夜晚洗衣服，替妈忙不赢。

脸盆被跌损，点漆照样用，卅载常倒置，防腐揭秘闻。

水利资源重，处处节约用，洗澡限供水，不忘杉木洞[②]。

饭菜求煮熟，质量不多问，当兵已习惯，生活随大同。

进城办事情，包子饱肚中，除非去开会，从不进餐厅。

每回买糖果，先给外婆送，祖不嫌礼少，赞叹敬老情。

### ■ 此"屋"最相思

负债心不宁，贪挪法不容，以入敷支出，年终有钱存。

俩老爱勤俭，合力务振兴，白手建家园，祖业免继承。

茶叶饮料正，营养防癌症，莫笑价值贱，醉煞采茶人。

老来手足笨，钝鸟先飞行，压缩打牌时，多投绣球工。

破晓爬上山，芬芳空气新，炒制不拧水，越喝味越浓。

市场经济活，各业搞竞争，称赞炒货店，艰苦善经营。

飞涎缠万贯②，邀爸红安行，九三年元旦，装一船花生。

船泊岳阳港，调车必先行，侄要叔上岸，爸愿搞押运。

拉肚难止泻，半夜炒米诊，乘船两昼夜，晕船体验真。

年迈经验丰，生活重实用，仔细去领会，老和尚传经：

寝言不安静，食游防跌凶，饭语代谈判，骨梗易钻空。

养成好习惯，缓解病痛生，利用偏验方，节省医药金。

不食汤泡饭，肠胃少毛病，朝洗冷水脸，血液畅流通。

倘遇头发昏，搔首冷水浸，促进血循环，换来脑镇静。

年吃两猪胆，养护双眼睛，四季常锻炼，长年少疾病。

生活向下看，心理趋平衡，清贫减忧患，艰苦乐融融。

## 悠悠大山情

湘乡出北门，陪爸去龙洞，车上湘韶路，隐约见"巨人"。

仙女恋韶峰，巍巍耸入云，严君心情激，故事又重温。

海拔六百米，四季景宜人，远眺数百里，莽莽连东溟。

传说远古时，舜帝出南巡，歇憩仙山顶，韶乐感天宫。

两妃觅夫处，洗刷胭脂井。古今领袖杰，护峰为百姓。

当年重阳日，青少勇攀登，先公陈家和，巧遇毛泽东。

指点江山言，激扬文字咏，公虽长六岁，句句都聆听。

爸编新家谱，以山喻公神，人们思反哺，以她比母亲。

韶峰山脚下，赣迁始祖屯，三百多年前，首创陈家冲。

潺潺胭井水，孕育一冲人，年轻辈成材，老者返回童。

儿留加拿大，父忆朝鲜征，身居万里外，心朝北斗星。

孩辈外地生，追溯念祖恩，木本水源在，悠悠大山情。

## 眷恋血统亲

廿三岁转业，姑娘爱英俊，心思在升学，佯装情不懂。

六一年高考，未录在职工，安心于工作，方才锁住龙。

次春调虞塘，相中我妈贞，大队当会计，共大肆业生。

别人不答讲，对我爸独钟，俊秀元气振，温柔厚夫君。

相识不断话，感情日益增，六二年国庆，公社贺新婚。

爸妈相结合，天生有缘分，居左倚韶峰，屋前朝九峰。

莲虞西山塘，妈三七年生，铁炉冲土地，天帝庙王君。

九月初八日，豕属亥时辰，比爸小三岁，"三六"少月份。

连育四子女，有仁"八"日生，老满"6.26"，注定嗣后人。

爸爸性急躁，容易动感情，妈妈性柔缓，矛盾化和平。

认识逐渐深，小异让大同，凡事看效果，枝节不必争。

刚柔结成对，孕育和睦氛，儿女参调节，自然少磕碰。

廿八岁成家，年底另炊烟，岳家十四载，郎舅如弟兄。

一九六四年，岩畔梅花红，女大怕难产，罗婆来接生。

一九六五年，花红雨露润，爸爸外勤忙，请假难脱身。

抽空回家转，思想方安定，传宗接后代，自古重男性。

拉大间隔龄，自觉控制生，妈妈未绝育，深谢爸留神。

一九六八年，军旗艳芙蓉，辅导兼蹲点，双抢冒得空。

请假先天晚，归队在早晨，变化重产粮，速往队里奔。

一九七二年，红日彩霞呈，舅妈思小孩，外祖盼抱孙。

双抢传电讯，晒谷交代人，探母女平安，次日又爬仑。

子女心头肉，再苦总得供，孩子亲舅父，两老想得通。

西山塘湾里，育我姐妹群，协助带养者，外婆舅姨们。

七六年买屋，送别陈国进③，勤俭创新业，温暖自家蹲。

一九九二年，楼房拔地升，劝儿攒积钱，偿债一身轻。

小时不懂事，可能招声吼，从来不惯养，难闻打骂声。

七七年收红薯，姐挖欠小心，铁耙伤妹手，妈嘱莫批评。

送虞塘医院，住行看门诊，回家未斥责，重视其教训。

七五年儿眼病，两次送县诊，半夜住卫院，生怕我失明。

### ■ 此"屋"最相思

积久成近视，戴镜看得清，担心儿读瞎，夜思泪湿枕。

八五年招工，征询舅叔云，尊重儿志愿，支持大学升。

分数超重点，又怕搞错分，赴长托友查，录取上北京。

乍闻起风波，唯恐乱行劫，去信校党委，劝儿走得正。

长途汽车乘，九四年广州行，关怀儿婚事，可怜父母心。

自由谈恋爱，次年冬结婚，家中设酒宴，招待众乡亲。

儿媳双出国，父母极担心，瞻高望世界，写信去送行。

小两口融洽，大人受尊敬，一旦闹别扭，当然害心病。

感情现裂缝，长辈态度明：夫妻生活事，自己去调整。

男女心情切，都愿要后人，老来有人扶，事业有继承。

确实难生育，办法可变通，思想得统一，收养图报恩。

生养两不行，宽恕天造成，社会福利保，老年公寓终。

智力投资准，消费不怕穷，供我攻博士，姐妹读高中。

儿女有出息，爸妈多高兴，偶然出矛盾，心里不平静。

小时管教严，长大只叮咛，走遍国内外，教诲耳边萦：

男儿莫失言，女儿莫失身，严以律自己，到处站得稳。

幼小宜教育，要求莫放松，若任其放荡，更难费精神。

关心姐妹恋，嘱咐要慎重，老辈只参考，主张自由婚。

婚后要协调，个性互适应，姐妹情专一，丈夫爱家庭。

外甥茁壮长，喜爱苗儿正，有时不听话，教育仍热忱。

编纂新家谱，眷恋血统亲，爷爷排风险，奶奶教耐心。

打钩虫乱语，梅伯根治灵，抗病不低头，前途定光明。

桃红根本功，怕爸打单身，携侄来送礼，公社迎新人。

兰花同根生，对爸关怀深，52岁殉车祸，难息叹惋声。

和庚叔婶俩，未忘助学心，待我若父母，旅新念老兄①。

桃秀姑辞世，老表仍思亲，阳元姑牵挂，诀别恨终身。

三年困难时，小姑将米省，磨粉做粑粑，热情款胞兄。

兄弟姐妹情，骨肉同胞亲。主持修坟墓，怀念老祖宗。

向舅奶拜年，携我去投亲，仁义又理智，常温老表情。

入世新时代，当灵活运用，家教好传统，我们不会扔。

人生年岁短，天地日月永，青春花似锦，搀扶重晚情。

## 喜庆夕阳红

将人比己好，心不离群众，谆谆肺腑话，咱们心里铭。

身体本钱足，教养功底深，办事有本领，光辉照前程。

辩证莫唯心，坚持唯物论，敬神做好事，不如主义真。

明知有兴衰，盖棺看定论，万事留余地，永远会做人。

游泳未成功，遗憾启后人，莫学"旱鸭子"，任你主浮沉。

精通方块字，奋力攻外文，不再当"哑巴"，结交全球通。

防病须活动，甘愿尽辛勤，只要身体好，宁可干到终。

八八年退休，企业管财经。三年后在家，劳作事不停。

两老住集镇，化粪溢塘中，要搞有机肥，"瞒"人去挑粪。

朦胧天未明，行人看不清，谁在捣公厕，原是淘粪翁。

姐妹住城市，蔬菜常供应，自种无公害，食用最放心。

斩菜煮熟食，饲养好家禽，食足多产蛋，丰收拥笑容。

大家都称赞，人民老长工，素来爱劳动，坚持善始终。

友邻关心问，人活有几生，爸却歌作者，再活五百春。

其实心明白，自然规律定，无聊伤富贵，勤劳养精神。

平时闲不住，学习抓得紧，书报不离手，宣传练口勤。

关心国家事，方向看得清，讲法律法规，释政策方针。

评中央领导，精辟作阐明，搞改革开放，英明扭乾坤。

继两代精华，开拓又创新，学三个"代表"，执政善为民。

忆爸大半生，耕耘多勤奋，晚年不停步，喜庆夕阳红。

## 爱犬慰心灵

老爸忆童时，养犬卜吉凶，预报客人至，热情去迎宾。

若有盗窃侵，夜深狂吠惊，如遇差狗子③，叫你躲壮丁④。

自从得解放，养犬观念新，最怕咬伤客，招致闹人命。

阿爸去收贷，一九八六冬，恶犬护赖账，咬伤脚后跟。

找医师注射，疫苗又血清，从此更加强，防犬警惕性。

过去追着打，如今增仇恨，绝对不养犬，一票作决定。

家室国外回，待业在家庭，闲暇无事事，养犬兴趣生。

## 此"屋"最相思

喂条哈巴狗，"来福"美其名，孤独逗趣儿，动物通人性。

电告好宠物，爸妈持谨慎，吩咐防咬人，疫病莫染身。

不久她外出，养犬耽误工，出差请人喂，犬亦露忧心。

女主不在家，它却误失踪，愈加追人走，如害相思病。

意识我久出，咬袋不放松，祈我陪它玩，伴居盼天明。

草坪里打滚，观众拥笑声，虎跃寻猫斗，其貌不狰狞。

穿衣"递"裤子，出进鞋袜"拎"，畜生知人事，孰又不爱怜。

设法除拖累，专车往湘送，妻子打电话，拜托父母亲。

述说好良种，墨西哥引进，生就有灵气，善于看家门。

支持搞工作，老人齐答应：一定喂养好，宁愿多劳神。

早晚去放风，带绳后面跟，催促拉屎尿，转悠半点钟。

克服难扯拌，让它自由奔，几次试验过，并未出险情。

人随犬锻炼，形成规律性，爱屋及乌呀，老太爷扬名。

我妈逗它玩，刺球粘犬身，捉它未摘尽，直击犬嘴旁。

越滚越刺钻，通宵闹"天宫"，妈妈心头急，要爸除犬痛。

请兽医指导，用夹卡住颈，爸爸剪刺球，手被犬戳痛。

把犬送回家，诊所去打针，重在儿女情，心里无怨恨。

过后仍放犬，愈放兴愈浓，唤它"搬"红薯，笑煞在场人。

有时它闯祸，即刻桌下遁，生怕挨惩罚，伏卧静无声。

我默然离走，它满腔泪涌，几餐不进食，睡守行李旁。

如此会"听话"，爷娘多高兴，回报儿与媳，远近皆放心。

讵料半月后，带它跑屠砧，不慎爸失手，车祸丧犬命。

宠物遭不幸，两老心沉重，养犬已失败，怎么交代清。

爸登快包车，按目击作证，守候收费站，肇车未查明。

他老叹息声："神犬"已丧身，要"隆重"安葬，深埋紧筑坟。

来福刚出事，我们即反应，饮食无滋味，内心出矛盾。

消息得沟通，我恰转回程，妥善埋葬犬，了却悬念心。

爸爸感慨深，年迈步磨蹭，青年翻白眼：你这老古董！

孩提亦斥责：你这糊涂虫！唯犬反常态，老丑照样亲。

谢你领它玩，喂肉加点心，由衷感恩惠，可惜语不通。

奥地利女作家，耶利内克名，以犬弗洛皮，写两篇散文。

爱犬观察微，创作源泉丰，教人会生活，珍惜"两生命"㉟。

她与它散步，意义目的明，犬不识现在，未来更不懂。

二〇〇四年，小说散文评，诺贝尔文学奖，唯她获殊荣。

我们中国人，于犬有"感情"，破禁雪国耻㊱，威严守国门。

见物触灵感，思维哲理珍，盛世多富贵，玩犬赏闲情。

莫怪儿溺爱，失犬心悲痛，老来添逸致，爱犬慰心灵。

## 关怀儿写信

有心办学院，自信能竞聘，父母"忧天倾"㊲，生怕得罪人。

日夜工作忙，无空做说明，只言相劝告，片语欠耐心。

老爸善笔耕，关怀儿写"信"，拜读心地亮，摘要录其文：

白天未休息，晚班午夜困，身体要注意，健康为根本。

想与你聊聊，难得几分钟，特写成文字，让汝去自忖。

九六年金鼎奖㊳，省政协请进；二〇〇〇年评"十佳"，领奖赴京城。

事迹刊"华夏"，历史添光荣，客观重现实，千万别居功。

一分为二看，鲜花与掌声，严格律自己，谦逊待友朋。

二〇〇三年晋教授，又提副主任，年多便升级，难免有争论。

出国两年半，学者去访问，调研诸名校，按说已取经。

蓄电池专家，国际都有名，同仁较满意，办事持公正。

民意注选票，上级看得清，是否真拥护，还需作鉴定。

提升积极干，无官一身轻，教好安排课，科研钓大鲸。

正确党领导，肯定会用人，只要看中你，迟早会擢升。

公示获通过，姐妹多高兴，长辈寄厚望，勿忘党重用。

升为正处职，显然担子重，尽职又尽责，当好勤务兵。

晚小听教育，方法是头宗，指导众教授，境界超师生。

耍灯望头领，演说看施政，党纪与国法，竭力护严明。

领导作分工，各人心里明，班长挑重担，责任在抓总。

以行政为主，教课仍进行，学术继续搞，科研不能停。

上下齐协调，拧成一股绳，讲授又实习，教学出精品。

尊重书记官，出差委托人，代理不误事，归来感谢君。

■ 此"屋"最相思

年终搞评比，先进让他君，任务完成好，奖金厚功臣。

家有贤内助，放手她去弄，生活有节奏，后勤也立功。

内外均兼顾，有事汇报勤，反馈好印象，自然得民众。

重温摘录信，神会又心领，客观条件备，我会去利用。

一千六百亩，池塘映月轮，还有大学城，任咱去扑腾。

瞻仰教师村，高楼耸入云，方圆植物断，草坪绿茵茵。

棕榈多挺拔，松柏栋梁材，人车分道走，水泥路纵横。

四季披绿化，百花展笑容，灯照辉煌夜，风花雪月情。

清洁常维护，胜过卫生城，校园噪音小，大地空气新。

爱国守法纪，知礼讲诚信，牌赌难见面，举止重文明。

人文环境美，此地好安生，你俩别牵挂，不会再伶仃。

## 尾 声

奉劝爸与妈，当知量力行，年龄上古稀，岁月敲警钟。

父母有业绩，儿女心里明，寄殷切期望，我们印在心。

儿女已成熟，自知责任重，教育好后代，当好接班人。

老人要休息，从此少操心，注意养生道，自己多保重。

步入耄耋门，坎坷路难行，撑棍健步走，争创期颐春。

老者保健好，少者才放心，子孙绕膝下，幸福满门庭。


名词与人物注释：

①"韶峰"原名仙女山，属湘乡石塘村管辖。征收尖峰后，重建韶峰寺归韶山管理。

②"堂曾祖"字祥麟，系乐三伯的爷爷。

③人物韬晦：根据取名的初衷或文字的含义，将三代人的大多数名字藏匿于人文述说和景致描绘之中，如"海阔发议论"，就包含了爷爷字（馥生）、奶奶名（灯曼）、爷爷名（家和）、伯父名（声厦、声序、声应）、爸名（声庠）、爸字（尧根）等名字。妈名（钟俊元）、大伯父字（梅根）、二伯父字（桃根）、三伯父字（兰根）和本人（红雨）、姐（红梅）、妹（红蓉、红霞）及四表伯叔（仁、义、礼、智）等名字，也都分别包含在有关章节的某一句或两句词语之内。

④"堂祖共笔砚"：爸的同年堂叔英杰（名家晚），擅长诗联，会看风水，晚年入佛教。

⑤"四书"与"五经"通常指《论语》、《孟子》、《大学》、《中庸》和《诗》、

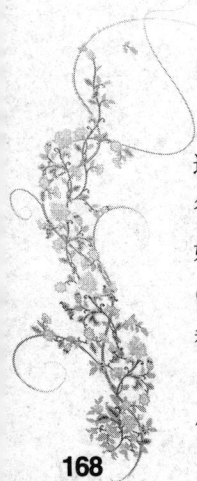

《书》、《易》、《礼》、《春秋》。

⑥ "劈柴脚被砍，放牛肩摔痛"：爸12岁时与二伯父劈砍松枝时，因长柄茅镰搁置不当，右脚杆肌肉被割破。后不久，放牛时抓住树枝往下溜坡，因树枝突然折断摔倒，使左肩膀脱臼。

⑦ "巧避禁赛灯"：堂伯乐三新中国成立前任保长，1949年春节，上下庙赛光灯互不服输，延至月底不休。有一天晚上，花桥湾的警察前来制止赛灯。乐巧计回避，迫使警察直接出面干涉。刚至龙家桥，就被埋伏的群众痛打了一顿。新中国成立后，乐曾参军、任教，于1996年73岁时病逝。

⑧ "智伯图书送"：智系堂伯，字光国，曾任教授。青海省志编辑。古稀后因车祸遇难。

⑨ 《白骨塔的来历》：说的是湖北某地的反动统治阶级，将被他们镇压的农民暴动者的骨骸堆砌成塔，以压制农民起来革命。

⑩ "古文能拿下"：教授爸私塾多年的堂曾祖朗秋（名泽涟，离休教师，省诗词学会会员），除教"四书五经"外，还指导爸选读了《古文观止》、《唐诗》、《诗韵》和《东莱博议》等古典文学作品，辅导爸作诗词对联。

⑪章先生：名敬和，长期任教，有名的诗词家。

⑫贺老师：名先瑞，长期任教。

⑬ "齿暖当思唇"即"唇亡齿寒"的变通运用。

⑭ "道郡"系朝鲜的省与县。

⑮ "阿妈妮"朝鲜称老大娘。

⑯ "美李"指美国和韩国李承晚集团的入侵部队。

⑰毛岸英：毛泽东之长子，抗美援朝被敌机炸死，安葬在朝鲜成川郡。

⑱杨次樵：白田镇大禾村人，汽车驾驶员，1954年5月被风雷弹炸死，葬在朝鲜伊川郡梨木亭。

⑲吴之初：育塅乡中田村人，曾任师部参谋和公司经理。

⑳ "五定"：修铁路时曾推行的定任务、定劳力、定时间、定质量要求和定报酬（工分与伙食补贴）的责任制措施。

㉑杨团长：名文发，时任国际公社副书记，团结带领民工四团，圆满完成修路任务，赢得全县16个民工团出席省指的唯一先进单位。

㉒李可畏：山枣镇山田村人，曾任银信干部至乡镇副书记退休。

㉓胡笃诚：育城乡中田村人，曾任党校总务，公司经理，2003年病故。

㉔刘桂生：棋梓区人，时任湘乡一招待所会计。

㉕ "送盲去省诊"：牵着中沙扶塘大队杨恒佳去湘雅医院和省人民医院看眼病。

㉖"抢救嵌伤女":1989年为抢救移民中一个被火车厢连接板嵌伤了脚的小女孩,爸的行李却被人偷走了。

㉗"红薯米被截":1957年春,大家庭缺粮,二伯父在马龙桥买的几十斤红薯米被乡政府没收了。后听说爸到了马龙,便专程步行前往,想请弟出面去说情。

㉘错整"小土地"指土改时划的"小土地出租"成分,此指道平大队熊资善。

㉙"不忘杉木洞":1971年在辰溪县杉木洞抢修铁路护坡,因天旱水源不足,每天由厨房发给每人三瓢热水洗澡。

㉚陈国进:原卖给我家平房屋的主人,已迁往长沙郊区落户。

㉛"旅新念老兄":叔父和庚(名声庭),武大毕业,曾任航天部三院图书馆主任、研究员。退休后,与婶母李彩云(大专、工程师)随女婿去新加坡,帮其照看小孩操持家务。

㉜"飞涟缠万贯":堂弟飞涟,1983年开办炒货店,走南闯北采购花生、瓜子,被人们誉为"腰缠万贯"的大老板。

㉝差狗子:是旧社会人们对那些欺压人民的警察和当兵的贬称。

㉞躲壮丁:指过那些青壮劳动力不愿意为旧政府卖命而千方百计逃避当兵的行为。

㉟两生命:见2004年10月8日《新京报》所登微蓝《她捧走诺贝尔文学奖桂冠》一文,即"她因宠物而起笔,文字却开始讨论生命的意义,自在与他在的意义"。

㊱破禁雪国耻:即指1921年以前,英国人在上海英租界的公园所立"华人与犬不得入内"的禁令,后来被我国人民所冲破的革命行动。

㊲忧天倾:即"杞人忧天",古人有所谓"杞人无事忧天倾"的传说。

㊳1995年主持研制"低锑工艺的研究与推广",获广州市1996年科技突出贡献金鼎奖,主要事迹已被《羊城晚报》等多家报纸、电视台、杂志报道。2000年荣膺中国化学会全国十大青年化学奖。

㊴经反复修改补充,此文的内容已延至2005年初。

### 7.2.2 代钟孟春上校作祭母文

自从获噩耗,哀痛断肝肠,未给妈送终,举家陷悲伤。

转讯到国外,兵巍泪汪汪,托我邮奠仪,多给祖烧香。

忆妈做女工,送我进学堂,培育我成人,报国把兵当。

厚恩实难报,终生永不忘,个女不哭灵,莫怪别人讲。

只愧少锻炼,我俩体欠旺,不能亲悼念,以电代吊丧。

妈妈识儿性,爱女情更长,孝敬冇到位,请您多原谅。

幸喜弟媳好，护理不怕脏，代我哭妈妈，孝媳美名扬。

侄儿学业重，抬头望家乡，挥泪悼祖母，感情都一样。

子孙母血脉，都愿来拜望，情况有特殊，劝妈心开朗。

平时尽孝敬，风格数高尚，最后欠礼貌，请莫挂心房。

家有好兄弟，社交善相帮，感谢众乡亲，多为我帮忙。

电话三稽颡，代替拜灵堂，跪谢戚邻友，送妈上山冈。

人类生与死，规律不可挡，妈年上耄耋，福寿已全享。

愿妈放心去，伴爸好安葬，保佑后来人，幸福万年长。

＊钟上校系从海军东海舰队医院退休的团级干部，当时因高血压病情严重正在住院救治。其女兵兵、巍巍分别在新西兰工作和美国留学。

### 7.2.3　《陈家和家谱》对主要人物的简评

#### 父亲陈馥生

为人耿直，刚正不阿，铮铮志气，穷能思变。

知书达理，聪明能干，地方议事，为民挑担。

能言善辩，据理力争，代人胜诉，乡益皆赞。

《三国》《水浒》，说书如阅，闲谈诗对，换得心宽。

测卜吉日，看地算命。指伤封血，"鬼怪"先生。

毕生务农，佃耕卖柴，春夏秋冬，劳作不歇。

人多数口，供膳艰难，一年大计，买粮仓满。

入初级社，打心喜欢。劳累积病，古稀摇幡。

#### 母亲章灯曼

陈门章氏，小名灯曼；本性善良，家务主揽。

纺纱绩麻，豕鸡满栏。五男二女，心何稍闲。

目不识丁，差点骗债。鼓励子孙，读书卸担。

长子军掳，急累成疾，方知天命，告别人寰！

#### 长兄陈梅根

为人诚实，不假言语，凡善不欺，逢恶不惧。

挨打不妨，扁担还仇，体贴贫下，帮困难户。
逃脱虎口，历尽辛苦，种田卖柴，汗流当午。
言词过火，胸有量度，兄弟叔侄，和睦相处。
参加工作，认真服务，屡评先进，功绩建树。

## 大嫂沈冬娥

性格温柔，待人和善。做事从容，劳作不断。
家婆早逝，内务主管，和睦团结，满堂喜欢。
儿媳出事，单身汉增。六旬丧夫，痛失老伴。
子孙有为，劳累情愿，若闻扯皮，心如麻乱。
起早摸黑，洗刷煮饭，抚育孙孩，哪得休闲。
毕生勤俭，有福难享，良心不泯，思念永远。

## 二兄陈桃根

形似孤僻，喜欢犯听，其实不然，讲究交情。
往来密切，姐夫表兄，沅江堂叔，半世犹亲。
木匠群学，泥工自精，安排调兑，心想事成。
见弱受侮，打抱不平，厉声一吼，欺者自醒。
改革开放，快步紧跟，丢掉三斧，炒货加工。
儿女卷入，带活一冲，繁荣龙洞，装点韶峰。
书法楹联，项项入门，能工巧匠，亦武亦文。
读书四年，即事劳动，推车挑担，腰累如弓。
遇到困难，兼顾弟兄，自家拮据，宁可借用。
瓜瓢出售，凑几个钱，支持五弟，读书盘缠。
大家缺粮，郎舅偷运，夜钻麦地，险避查禁。
艰苦日尽，幸福益升，子孝媳敬，赡养至终。

## 二嫂沈群娥

身材出众，性格爽直，勤劳俭朴，家务善治。
劝慰丈夫，说话和气，沟通妯娌，化除意见。
佐君创业，不愿停滞，鼓励儿女，开拓前进。
眷恋夫君，如痴似醉，病中护理，耐心扶持。
甘苦与共，同偕到老，儿孙敬奉，颐养天年。

### 三兄陈兰根

为人诚信，顾全大局，热爱劳动，全力投入。
起早摸黑，从不闲住，原大家庭，不愧砥柱。
农活石匠，操作自如，方圆数里，技术突出。
愚公移山，肩扛锤揸，建房基脚，坚如铁铸。
恭兄友弟，和睦相处，夫妻恩爱，创业欢居。
勤耕凿石，送女读书，大学中专，人才辈出。
做集体事，如己工夫，确保质量，先进常顾。
车祸天降，不幸捐躯，年仅五二，令人唏嘘！
儿女勤劳，实而不虚，让农经商，敬奉有余。

### 三嫂沈菊英

地道农妇，自有主张，迎宾待客，不冷亲朋。
主持家务，调兑适当，佐夫成家，艰苦备尝。
教育儿女，学习向上，男耕女劳，事业兴旺。
中年丧夫，未陷悲伤，痛哭新春，气绝过枉。
儿辈外出，善把家当，领孙大屋，催读琅琅。
和睦团结，胸怀宽广，老辈协调，一如既往。
知情达理，树立宽广，晚年幸福，心旷寿长。

### 老四陈尧根

性格直爽，直捅不究，若遇反感，坦诚再纠。
工作踏实，劳动上游，身先士卒，评议居优。
保家卫国，抗美援朝，备战运输，立功荣耀。
转业银行，炼铁修路，支农蹲点，无所不做。
遇到矛盾，肯开心窍，变通办法，果得良效。
深入基层，调查研究，处理贪挪，情面不留。
新闻通讯，军地两有，诗联入集，纪念退休。
钻研业务，练习书法，民间文人，也凑个数。
教育子女，文明不丢，鼓励上进，力争一流。
放眼世界，儿媳出国，攀高科技，报效神州。

## 吾妻钟俊元

性格温柔，心地善良，劝解纠纷，循循有方。

恶语化解，好事宣扬，和睦邻里，从不中伤。

读书共大，工作村上，廉洁奉公，不负众望。

自力更生，购置家当，伴娘带子，欢聚一堂。

喂工分猪，记财务账，屠坊过秤，日夜奔忙。

回忆当年，白手起家，攒钱买屋，又建楼房。

培育子女，高中学堂，儿获博士，不爱伸张。

儿女孝敬，常来探望，两老和谐，晚年安康。

## 弟陈和庚

性格直爽，不爱巴交，坦诚求实，崇贤尊老。

小学成绩，名列前茅，初中取上，命运好走。

武大毕业，壮志云霄，国防科委，择优选调。

文献领域，理论权威，开办电大，主任兼挑。

撰写论文，编写教材，培训学员，中师达标。

文化部审，评研究员，名副其实，不曾骄傲。

花甲退休，倾心儿女，天伦之乐，欢歌载道。

## 弟媳李彩云

本性善良，温柔大方，调和矛盾，说服力强。

少年上学，家务事帮，高中毕业，部队选上。

学无线电，负责测试，调至三院，管档案忙。

大专文化，工程师档，工作踏实，任务保障。

科学管理，业务指导，驾轻就熟，干群赞扬。

一男一女，教养得当，学有本事，行不离"缰"。

刚刚退休，随同女婿，家代总管，新加坡逛。

培育外孙，天天向上，夫妻偕老，终年舒畅。

### 7.2.4 为我与夫人钟俊元预作碑文

## 一、严父传略

自幼性刚正，翻身追学问。

从戎去援朝，国内外立功。

转业至银行，辛勤支三农。

刻苦钻业务，受宠升主任。

克己助贫困，两老心相通。

自觉守法纪，审计见分明。

呕心嚼文字，晚年事竟成。

文学作品集，出版有两本。

读者皆赞赏，余热暖新人。

发扬好传统，后代定振兴。

## 二、慈母传略

从小历艰难，心慧志非凡。

读书攻共大，半生献财会。

廉洁账清楚，先进县区悬。

勤劳又俭朴，佐君挑重担。

对小循善诱，求学不贪玩。

儿校任博导，媳医护孙乖。

梅花知冷暖，芙蓉花烂漫。

彩霞映美景，欣喜敛心间。

矛盾勤化解，邻里尽和谐。

温柔赢知己，精神留人寰。

## 三、对联

1. 陈力尧天固根底，钟爱俊美护元音。

2. 背负韶峰枫似醉，前眺国道车如流。

3. 音容宛在，信念长存。

（2011 年 4 月）

### 7.2.5 安居西山塘题联

万语千言难谢党，

五湖四海好安家。

（1963 年）

## 7.3 纪念篇

### 1997 年喜迎香港回归

英方倒下米字旗，欢迎香港喜回归。

百载国耻今刷洗，神州大地尽朝晖。

### 1998 年庆祝香港回归一周年

沧桑四百载，紧随香港归。

摆脱殖民地，两制显神威。

### 2002 年庆祝中共十六大胜利召开

南湖船上星火燃，特色神州谱新篇。

三个"代表"催人进，千秋子孙颂圣贤。

### 1990 年为栗山化工厂题联

披荆斩棘敢攀栗山顶，

求质保量定占化工尖。

### 2005 年纪念湘乡市老龄书画协会成立十周年

十年退休无事事，

百练书画长知知。

### 1998 年自题联

十亿舜尧歌红日，

百寻深根固青松。

### 2013 年祝贺侄孙陈曦、曹燕湘潭置房纪念

经营善推陈惊曦梦，

改革助尔曹乐燕居。

### 1976 年题成少坤、徐秋皇建新房

老少齐欢乾坤添景色，

金秋上梁凤凰展新姿。

## 7.4　婚寿篇

### 1998 年贺胞兄陈桃根七十大寿

桃艳柳青岁月永，

根深叶茂寿年长。

### 1963 年贺钟克俊、刘惠娥结婚

克己奉公真俊杰，

惠贤勤劳喜娥眉。

### 1970 年贺友人新婚联

同心永走革命路，

合力长浇幸福花。

### 1970 年贺湘黔工地俩青年医师结婚

同着白衣齐奔革命路，

共炼红心永唱友谊歌。

### 1996 年儿媳红雨周密结婚联

红雨有心择良伴，

周密思考许终身。

### 2013 年祝贺侄孙陈思舜、贺莉新婚

文明当思虞舜种，

励志齐贺茉莉花。

## 7.5　激励篇

### 1973 年赠梅龙小学儿童们

莽莽神州广阔天，金童玉女喜空前，

少怀壮志旌旗奋，苦度寒窗步俊贤。

### 1971 年赠修路缝纫工

湘黔线上一枝梅，手巧心灵好剪裁。

细补密缝为奉献，民工战士笑颜开。

### 1974 年题梅龙大队办点

农金战士何惧难，穷山恶水只等闲，
支农扶贫结硕果，民强国富敢登攀。

### 1981 年赞劳动就业

春风化雨润新苗，劳动就业路千条，
工农商贸任你选，各得其所乐陶陶。

### 为小孙子楚炘题联

楚楚动人兴家道，
炘炘情感耀粤湘。

### 2013 年祝贺侄女陈春辉经商创业卓有成效

春暖花开创大业，
辉煌果实耀门庭。

### 2013 年祝贺侄孙陈曦经商创业突出

新陈不停运转，
晨曦永放光芒。

### 2013 年为侄孙陈林也爱读《林海雪原》题联

陈情常念《陈情表》，
林海又读"林海"书。

### 2013 年祝贺侄外孙成佐读研攻博在望

成功就在脚下，
佐理永存心间。

## 🌀 7.6 春联篇

### 1959 年铁建民工团春节题联

春节拜个年，互祝身体健康，又快又好建设湘黔路。
英雄大集会，学习功臣模范，戒骄戒躁再开革新花。

### 1998 年春联

青松迎日更挺拔，

枯树逢春又发芽。

### 2006 年庆幸添孙子自题联

静心惜晚景，

沥血育新人。

## 7.7 悼念篇

### 1998 年悼岳母九十四岁病逝

身历几朝，温良恭俭，朝于新，夕于斯，遽然西归，后代皆悲恸；

眼观五代，养育教读，来也喜，去也喜，常暖门户，桑梓仰慈容。

### 2009.11.8 悼刘德余世侄

痛哉刘屠撤，

犹念德行端。

夯歌余韵永，

都为你心酸。

常说一不二，

回头路难堪。

挟阎走正道，

后人好团圆。

*1970 年冬同上辰溪修建湘黔铁路，刘常领唱夯歌打飞硪。可惜 58 岁因车祸罹难。

### 2009.12.11 悼堂岳叔钟瑞林

痛心钟停哭号啕，

天赐瑞雪代白袍。

松柏林茂护儿女，

干到老不辞辛劳。

欢送您赴蓬莱岛，

此时走去争官做，

179

保佑好者添寿禄。

## 2009.11.21 悼陈元初

别说陈氏失郎中，
国家元首也有终。
学医初衷见奇效，
关心老少除病痛。
兄临弟恭成永诀，
悼念你像慰忠魂。
儿媳走了疼孙崽，
保佑好友和后人。

## 2010.7.5 悼苏坡信用社原主任杜福生

在岗杜绝舞弊，
耄耋福寿全归。
谁都生命有限，
且看老来所为。
未同兄长话别，
心里永存愧悔。
感动垂危不惧，
尚劝不孝莫泣，
谦称朽木无益。

## 2010.7.7 悼表兄章义和

遵守章法树楷模，
为人义重感心窝。
促进和谐求团结，
爱国表现广传播。
电话兄弟挥老泪，
讵料您又追二哥。
未病一日留思念，
但愿路上安全过。

放心走吧别牵挂，

保佑好人福寿多。

### 2010.7.26 悼杨桂兴"司令"

风吹杨柳叶凄凉，

惊悉桂侄拼阎王。

改革兴起办企业，

儿学司机父主张。

教育令爱受感动，

媳敬你们若爹娘。

年初一别成永诀，

整顿路规留印象。

领头走了雄风在，

保佑好人百年康。

### 2010.8.16 为生命垂危的世侄孙阳友海叹挽

沐浴阳光赏青天，

盼望友爱乐华年。

熟料海市藏强盗，

误导你传销入迷。

直到后果呈严重，

自残悔悟已枉然。

抢救晚矣留遗憾，

别忘了警惕受骗。

亲人呀泪莫涟涟！

### 2010.10.16 悼堂舅弟钟迪清

致志独钟当电工，

雷锋启迪乐七旬。

恶病澄清仍干活，

乡亲兄弟多感动。

癌症捞你去海市，

远航单一也怕沉。

但愿沿路无阻碍，

笔直劲走捣阎宫。

切实护好人口兴。

### 2010.12.22 悼阳小平世侄

生活阳间已逞能，

老爱小敬众喜欢。

最不平等数恶病，

害得你半百夭折。

遗孀一人成孤鸟，

泪洒路道心若割。

但愿走去驱魔鬼，

保佑好人添花甲。

### 2010.12.26 悼陈玉莲妹

重温陈情励子孙，

儿女玉立感亲朋。

青山莲花留心底，

多谢你姊妹情深。

冬访一次成永诀，

悼念路道泪沾襟。

但愿走去除鬼怪，

保佑好人寿无穷。

### 2011.1.21 悼干亲嫂谭淑云

末访谭因事未临，

病倒淑女众震惊。

痛彻云霄天流泪，

蒙赐干儿惦深情。

领略嫂子重教养，

赞佩您代代精明。

甘苦一律已享受，
此去路上可放心。
勇敢走向驱魉魉，
呵护好人当寿星。

## 2011.2.10 悼邻嫂杨元秀

春到白杨泣凋零，
感动公元景象新。
山川清秀天滴沥，
贤姑过老干群惊。
亲戚友人尤叹惋，
谁都说您历辛勤。
我若万一有不幸，
重蹈道路又为邻。
祈望出走斩魔爪，
全力护好后人丁。

## 2011.2.25 悼退休干部颜积光

悦色和颜有爱憎，
工作累积盖毕生。
退休荣光乐晚景，
团结弟兄磐石般。
福寿为您争高位，
佑晚无一不大亨。
回头道路难复返，
勇往直走只等闲。
努力护好后人欢。

## 2011.3.12 悼算命先生阳迪光

会看阴阳慰他人，
花言启迪显良心。
苏醒回光争享受，

安然过老获大胜。

多少弟兄亏短命，

地下为您来庆功。

万里挑一难满百，

归宿之路务必经。

此次出走驱妖怪，

特别护好后备军。

＊阳61岁时假死三天有幸获救，83岁竟一睡即猝然长逝。

## 2011. 3. 13 悼陈卫玲

出新推陈真要命，

精心护卫谢夫君。

如玉玲玲多悦耳，

怎离安老登天庭。

邻居姊妹皆叹惋，

大家悼您泪湿襟。

百口无一不感慨，

回归道路太艰辛。

勇往直走追穷寇，

极力保好后来人。

＊夫君胡定安护理她达11年之久。

## 2011. 3. 17　悼莫运莲

常劝切莫坏心肠，

重视气运讲风尚。

心中姣莲永不落，

随儿过老孙曾傍。

亲友邻人均羡慕，

福寿数您至高档。

鳏寡合一又丧偶，

目不择路崽女帮。

只祈前走驱魔鬼，

184

后来命好享健康。

## 2011.4.7　悼58岁的世侄李光明

百花推李为戴孝，

甲子时光未享受，

正逢清明添新墓，

祖宗携你一路跑。

可怜扭走多冤枉，

失之不得小康到。

先父太太都惊讶，

俩老趁早已控告，

次子去了暂停招。

## 2011.5.12　悼堂叔陈英杰

猝然推陈梅含悲，

佛教精英落尘埃。

文中豪杰受敬仰，

几来享堂未相会。

难忘与叔共笔砚，

朝圣敬您酒三杯。

儿孙无一再牵挂，

踏上道路莫复回。

大步前走除鬼怪，

后人命好寿夺魁。

## 2011.6.27　悼友嫂成萱英

生命完成典范留，

追椿携萱蓬莱游。

月桂落英惊挥泪，

感谢战友情未酬。

儿女叔嫂心欲碎，

邻里为您添哀愁。

媳婿无一不痛念，

迈上道路莫回头。

使劲前走驱穷寇，

切实保好人增寿。

### 2011.9.24　悼谭春桂

未能访谭已登仙，

方知今春正鳌年。

八月香桂惊溅泪，

亲友邻家齐悼念。

先兄开门等迎接，

有幸嫂嫂也续弦。

懿行为您裕后代，

儿三女一孙曾全。

从此上路莫回返，

强劲前走驱鬼魅，

保佑人好寿无边。

### 2011.9.26　悼虞塘区供销社原书记谭求誉

赶场访谭顿失君，

三线相求指导中。

领导声誉今犹在，

供销弟兄尽震惊。

邻里为您留怀念，

儿女无一不感恩。

匆忙上路莫反眼，

勇往前走追溃兵，

保佑完好后人兴。

### 2011.11.5　悼57岁的刘水胜

阎王抓刘已失明，

没有油水咋能擒！

收入取胜假报喜，
父兄叔姨敢与拼。
众叹甥婿敢吃苦，
打工的你突丧生。
留下儿一妻守寡，
迈上道路怎放心？
勇敢直走驱鬼蜮，
坚决保好后人兴。

### 2012. 1. 18　悼成惠英（之一）

旅途功成近八旬，
遍施恩惠暖弟兄。
天寒落英来吊唁，
握别姑嫂手传情。
培养骄子得好报，
同女为您护理终。
媳婿无一不痛挽，
泪洒道路见孝心。
勇敢劲走驱魔鬼，
定要保好后人们。

### 2012. 1. 18　悼成惠英（之二）

生活完成七八冬，
普降恩惠爱三农。
感天落英当白帽，
痛悼姻嫂尽知音。
勉励孙子赶儿女，
巾帼属您得满分。
百里挑一谁能比，
回归之路步从容。
此去行走破险阻，
竭力护好后人群。

### 2012. 1. 15　悼姻嫂吴秀英（之一）

被夫爱吴六十年，

不愧清秀半边天。

抚育精英都听话，

珍惜婚姻喜心田。

邻里叔嫂皆赞颂，

儿女为您哭灵前。

媳婿无一不孝顺，

送别道路泪涟涟。

强劲快走驱魑魅，

全力保好人寿添。

### 2012. 1. 15　悼姻嫂吴秀英（之二）

沉痛悼吴八十一，

力挽清秀夫尽义。

苍天落英同吊唁，

老兄婚姻晚无依。

佩服阿嫂疼后代，

子女为您哭干泪。

表里如一永相爱，

生死分路杜鹃啼。

勇往前走除鬼怪，

保佑人好过期颐。

### 2012. 2. 15　悼退休工人冯南梅

家妹与冯又合作，

东北西南奏哀乐。

相思红梅千滴泪，

见证老兄把竹拖。

纵然意愿超百载，

解脱使您少病磨。

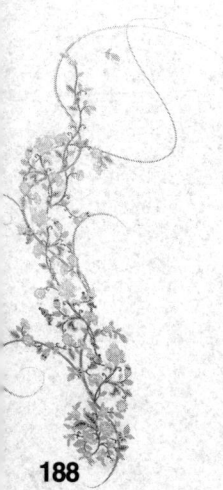

儿女如一尽孝顺，

送别上路心难过。

只望快走驱鬼魅，

继承人好寿星多。

*1992 年秋，冯为我家去相思村买楠竹建房，并押车拖回家。

### 2012. 3. 17　悼张晴辉

窈窕之张俏山冲，

同享阴晴感情真。

沐浴光辉结硕果，

勤俭无二超耄龄。

心怀深表来吊唁，

难忘拜嫂敢登门。

儿女与您文革误，

孙子专一事业成。

送别道路留不住，

强劲快走驱鬼魂，

奋力保好在世人。

*张原地主成分，曾受阶级斗争制约。

### 2012. 4. 5　悼刘鹤奇

乐队无刘亏持重，

我今失鹤少哥声。

脱贫出奇扬国道，

盛赞老弟报钟情。

爱妻哭你肝肠碎，

晚辈无一不痛心。

古稀上路迈健步，

勇往直走制鬼神，

奋力护好后来人。

*刘常教育儿女不忘五保老人钟竹青对他们的抚育照顾。

### 2012.4.21　悼堂岳叔母邓欣桂

包产拥邓醉三农，

改革欢欣励子孙。

人间折桂天掉泪，

追上四叔互交心。

请个保姆难脱险，

勇敢之您与病拼。

七对无一不痛楚，

送别道路向山盟。

只愿赶走那魔鬼，

保佑和好更精诚。

＊"四叔"系邓的老公，"七对"即七个儿女和其配偶。

### 2012.4.25　悼沈超辉

哥舅之沈偶登仙，

百年赶超怎收边？

家教生辉受感动，

原姻亲老慰榻前。

可敬仁兄传商务，

儿女绍您学先贤。

八十有一情未艾，

嫂送上路泣涕涟。

只望驱走那恶鬼，

让人均好过期颐。

### 2012.5.18　悼钟咏芳

劳作独钟肯帮工，

顿失歌咏众震惊。

永扬芬芳沁海底，

济济一堂爱三农。

可怜寡姐四子女，

耄耋之您仍奋进。

晚辈无一不痛挽，

送到山路泪哭尽。

只求劲走驱魔鬼，

保佑人好皆寿星。

＊"永扬芬芳沁海底"系指其永儿在粤海（深圳）开公司当老总，二女扬妹子娄底大医院的医师，他们都事业有成。

### 2012.10　悼念陈秋桂老人

革新推陈励子孙，

正逢深秋赶周公。

"86"香桂闲不住，

勤劳到老受尊崇。

邻里街人皆叹挽，

无不为您吊英魂。

女六崽一都孝顺，

送上山路东南迎。

此次出走莫复返，

确保嗣好享高龄。

＊老公姓周，＊已故大女东南在迎接她

### 2012.12.16　悼念谭元秀嫂

病后访谭恨口瘫，

可享公元六十三。

和谐作秀带头干，

妯娌姑嫂姊妹般。

老兄为您按摩护，

儿女无一不心酸。

送别上路难留住，

径直快走把鬼赶，

保佑人好只等闲。

### 2013.1.4　悼念 55 岁的阳和平

顿失欧阳猪谁刨，

谈笑言和孰能效。

买卖公平有杆秤，

可惜辞世时太早。

惟有贤侄夸财佬，

爱妻替你把客招。

噩传无一不痛首，

送别上路情未了。

只祈快走除鬼魅，

力保人好寿年高。

＊夸我银行世家为"财神老爷"

### 2013.5.10　悼念离休干部陈麟同志

同氏姓陈早参军，

敢驾麒麟缚苍龙。

可敬老兄工文武，

儿女比你更精英。

乡亲无一不感叹，

送别上路还叮咛：

顺祝快走祛邪恶，

保佑人好过百龄。

＊原把麟简写为"林"，也就有"弹雨枪林焕国运"之句，它包含了国家命运和老兄原来所用名字的"字"之意。

### 1967 年悼杨吉祥会计为集体摘油茶子不幸落水身亡

活三十岁何短？种稻子领先称模范，

上喜下喜见者仿效多欢喜；

传一万年不长，收油茶殉职重泰山，

老哭少哭闻之含悲也痛哭。

# 后　记

　　不忘国耻代代传，呕心沥血谱新篇。老爸陈尧根（名：声庠），从1988年提前退休以来，继抗美援朝时期开始写日记的良好习惯，仍然天天坚持做日记，笔耕不辍，创作颇丰。从2007年起，他先后出版了《阿爸情》、《韶山魂》等文学作品集后，又写作了《此"屋"最相思》一书。我认真捧读之余兴奋不已，是《此"屋"最相思》把我带回到了孩提时代同堂兄弟攀登韶峰的境地，真是一览群山小，胸怀容天下，五龙常献宝，仙女披彩霞，给人们以无限思念。去年8月，我携6岁的儿子回湘探亲，邀老爸随车去长沙、株洲旅游，他老每到一地，手不离笔，不是抽空作记录，就是把一纸草稿涂涂改改的。后来，从湘乡市17期《银河》文学上看到了他那篇《韶峰吟》的诗，才知他原来是在旅途中不断修改着那篇诗词的。发表之后，得到了读者的肯定，一致认为那是借回忆韶峰讴歌开国领袖和改革开放总设计师等伟人的一首颂歌。在其他有关赞颂韶峰的作品中，虽然有些内容相同，但是在表现不同主题的文章中有新的创意，对读者有新的启迪，令人觉得读而不厌。

　　去年以来，随着《韶山魂》在网上广为推介，湖南人民出版社2003年9月出版的韶山村史话的《韶山魂》又一次涌现在读者的眼帘，这仅仅是书名的巧合，其内容都各具特色。韶山村的《韶山魂》是一部纪实性的村史，而老爸的《韶山魂》则是陪同小孙子瞻仰毛泽东铜像的一篇日记，是爷爷和姥姥想要借参观韶山的机会向小孙子传达其本身感受的传承谈话，已使小孙子印象很深，贯注在朝拜毛爷爷的行动之中。在《韶峰吟》中，也都贯穿着把韶峰精神传承给后代、艰苦奋斗激励后人的深刻含义，至少在我们韶峰人和参观过韶峰的人心中是会永志不忘的。

老爸曾在《韶山魂》的《韶峰情怀乐期颐》一文中对韶峰作过概括性的介绍。1992 年秋天，我将参加工作的时候，叔叔从北京回湘探亲，为了向我们晚辈传承韶峰精神，他要我携带相机拍下我们在韶峰的留念。我们陪同尚能爬山的老爸与叔叔同行。叔叔在外读书回乡休假时同伯父在大山上从事砍柴、搬石的劳动搞得多，他主动充当讲解员，加上老爸的默契配合和补充，从迁湘始祖葬于韶峰仙女山脚部的宝剑出匣形地形、稠树沟直流而下的胭脂井水的三向分流以及韶峰新殿老殿的今古传说，给我这个开始走向社会的青年作了详细介绍。这是老辈教育我们不要忘记家乡的一山一水，不要忘却我们老祖宗对大山的一片深情，不要忘了毛泽东少年在山顶高瞻远瞩地抒发胸怀祖国、放眼世界的革命豪情。以至在《韶峰吟》一诗中大声疾呼"禁止乱伐乱建为人民"，在《九村并韶护韶峰》一文中为把婀娜多姿的仙女变成有如部队值班首长的武相而深感痛心，都是为维护美丽的韶峰母亲而发出的声声呼唤。要保护好韶峰景区，也像宏伟建设中国特色的社会主义伟大工程一样，不克服口头和纸上的空谈误国，是不可能实现中华复兴的伟大梦想的。只有继续发扬我们中华民族历来倡导的忠孝仁爱、礼义廉耻的传统美德，才能维护我们的道德底线。只有努力建设好社会主义的精神文明，才能切实维护社会主义法治的贯彻实施，为建设特色社会主义提供强大的精神支柱。只有一步一个脚印地真抓实干，才能排除前进道路中可能遇到的干扰和阻力，把可爱的韶峰和伟大的祖国建设得更加美好。

老爸自从新中国成立后注重于新诗写作，就忽视了对格律体诗词的深入研究。但他对于古风和新诗都有其独特的风格，写作时几乎信手拈来，令人回味不已。看了老爸的文学评论，使我想起他曾向我讲过，20世纪 70 年代他为广州军区《民兵生活》和为《湖南日报》等撰写的评论文章，曾被评为优秀通讯员荣膺奖励的故事。他的评论文章言真意切，既能指出潦草塞责的弊病，又能及时帮助作者端正为读者负责的文风。

老爸的文章也是紧密联系各个时期国际斗争的实际为其呐喊的。去

年九月，面对日本右翼势力制造的"购岛"事件和个别邻国挑起南海的领土争端，他在《与祖国同庆到百年》一文对百年的思考中，以自己半世纪的切身体验，提醒人们珍惜夫妻百年情谊的同时，描绘了我国曾被动挨打了一百多年、经历奋斗建设一百年不再被人欺侮、到下一个百年将永远屹立于世界东方的壮志宏图，唤起人们对日本军国主义的警觉，教育人民不忘国家的耻辱，坚信解放军能够不负人民的重托，随时准备为保卫祖国而战，保卫我们的社会主义江山永远立于不败之地。

经过通篇认真学习和相互比较，觉得《此"屋"最相思》确实是《韶山魂》的姊妹篇，它反映了亲情、爱情和友情的真挚情感，不愧为热爱大自然、热爱祖国、热爱中华民族和讴歌党的改革开放的颂歌。

这次老爸毅然决定将以我的口气赞颂他的《老父亲》和其他几篇曾经打印传阅的好诗文收于《此"屋"最相思》一起出版，更加丰富了新书的亲情和爱国主义与国际主义精神的内涵，对于我们韶峰陈氏家族的历史无疑是一个新的补充，对于目前全国兴起的读书热潮肯定会有所推动。

为了把老爸未曾出版的诗文汇集出版，我请教了有关专家和编辑。他们认为，综合作品集难得取一个总揽全局的书名。我向老爸汇报，他当时仍然跳不出自己所思考的老框框，反而认为这是出了难题，一时难以接受。但通过进一步解释说明，还是应允了。他经过反复琢磨，将自己设想的几个书名分别向中小学语文教师和农民中的热心读者征询意见，还是把《此"屋"最相思》这篇代表作作为文学作品集的书名。不用细嚼慢咽，我们仅从一个引号的"屋"字到一个原文不带引号的物字，就能悟出其中的深刻含义。这里虽只是一句唐诗的巧用，却充分显示了老爸文学修养上的升华。我认真阅读了《此"屋"最相思》一文，又通读了这本书，深感我们两代人在异乡创业之艰难，辛勤劳动的结晶值得我们珍惜，使我重温了亲情、友情给人生带来的温暖，也看到了那些为人民解放事业，为人民改革开放和改善人民生活的领袖们所创造的丰功伟绩。现在，我仅以先睹为快的体会推荐给读者。由于本人是学理工的，对文学缺乏研究，纰漏之处在所难免，敬请读者批评指正。

最后，让我向积极鼓励我爸写作和指导改稿的周旭才先生（湘乡

## ▌此"屋"最相思

市农行退休干部、原《湘乡金融志》主编、现任湖南省老年书画家协会和省楹联家协会会员、湘潭市老年书画家协会艺术顾问、湘潭市楹联家协会理事、湘乡市老年书画家名誉会长和湘乡市楹联家协会常务副主席)、陈和庚叔叔(研究员)和钟笃友舅舅(益阳市农分行工会主席)鞠躬致敬!向已经谙练热爱文学可能延年益寿而积极支持我爸写作的亲人和朋友表示衷心感谢!向悉心为我爸审查定稿、积极支持此文集出版的湖南师范大学出版社的领导和编辑、校对等致以深情的谢意!并让我以此后记感言向老爸的八十大寿献礼,祝愿他老人家健康长寿!希望老爸在保持身体安康并力所能及的基础上,继续做到老有所学、老有所为、老有所乐,争取有新的优秀作品问世,不辜负后代子孙和广大读者的厚望。

陈红雨

2014 年 9 月于广州大学城